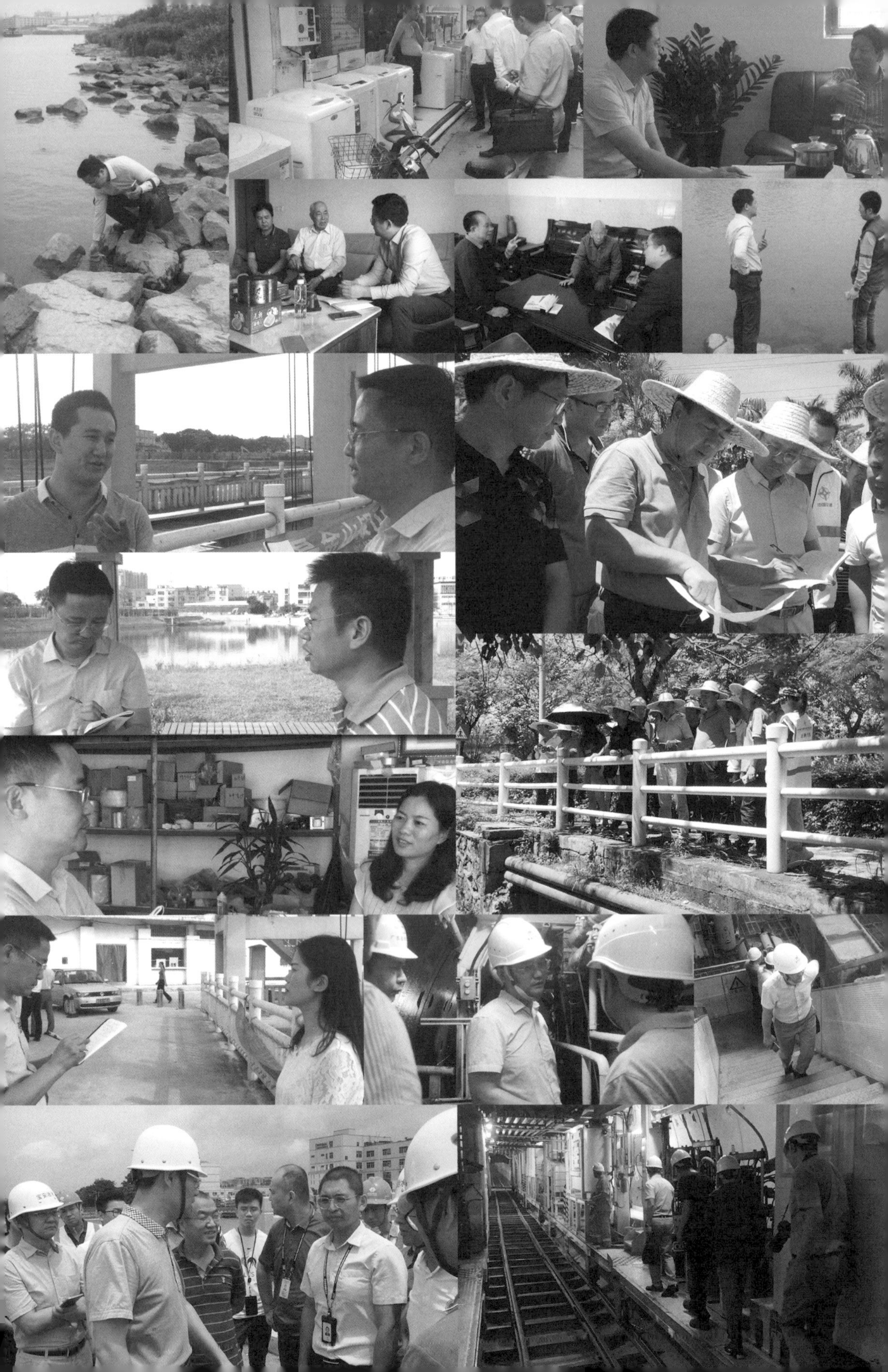

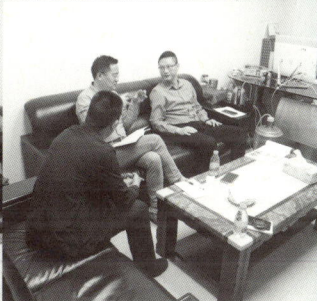

赵川 著

茅洲河

——流淌的深圳记忆

SPM
南方出版传媒
广东人民出版社
·广州·

图书在版编目（CIP）数据

茅洲河：流淌的深圳记忆 / 赵川著. —广州：广东人民出版社，2020.8
ISBN 978-7-218-14494-8

Ⅰ. ①茅… Ⅱ. ①赵… Ⅲ. ①报告文学—中国—当代 Ⅳ. ①I25

中国版本图书馆CIP数据核字（2020）第177942号

MAOZHOUHE：LIUTANG DE SHENZHEN JIYI

茅洲河：流淌的深圳记忆

赵川 著

版权所有 翻印必究

出 版 人：肖风华

责任编辑：梁 茵 陈泽航
封面设计：河马设计工作室
责任技编：吴彦斌 周星奎

出版发行：广东人民出版社
地 址：广州市新港西路204号2号楼（邮政编码：510300）
电 话：（020）85716809（总编室）
传 真：（020）85716872
网 址：http://www.gdpph.com
印 刷：珠海市豪迈实业有限公司
开 本：787毫米×1092毫米 1/16
印 张：18.5 插 页：2 字 数：260千
版 次：2020年8月第1版
印 次：2020年8月第1次印刷
定 价：56.00元

如发现印装质量问题，影响阅读，请与出版社（020-85716849）联系调换。
售书热线：020-85716826

◎ 治理前的茅洲河，是一条鱼虾绝迹、臭不可闻的"黑龙江"。

◎ 治理后的茅洲河，呈现水清岸绿、鱼翔浅底景象，被喻为可供市民亲水休闲的"金沙江"。

◎ 深受重金属污染的茅洲河底泥

◎ 治理前黑臭不堪的茅洲河支流——排涝河

◎ 垃圾成堆的茅洲河中游

◎ 污水大汇聚——茅洲河治理前常见景象

◎ 治理后的茅洲河（洋涌河段）

◎ 茅洲河上游李松蓢段

◎ 茅洲河干流一处补水口，水源来自水质
净化厂

◎ 治理后水清岸绿的茅洲河（上游段）

◎ 整治后的茅洲河支流新桥河

◎ 整治后的茅洲河支流老虎坑水

◎ 整治后的茅洲河支流潭头河

◎ 茅洲河碧道实验段的"啤酒花园"

◎ 顶管施工

◎ 暗涵清淤

◎ 面源污染清理

◎ 河道综合整治

◎ 施工场地排涝抢险

◎ 挑灯夜战

◎ 河道堤岸重构

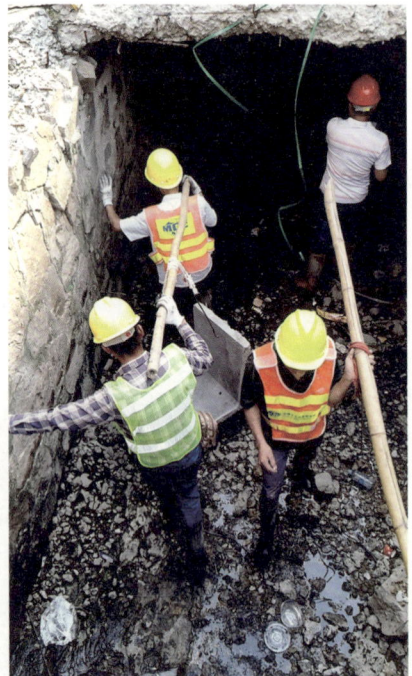

◎ 老屋村暗涵清污

（以上图片由深圳市宝安区水务局提供，特此鸣谢）

让城市留住记忆，
让人们记住乡愁。

——习近平

大地上所有的耕地都紧紧傍依在这条河的两岸，所有的道路也紧贴河岸蔓延，所有的村庄更是一步不敢远离。如铁屑紧紧吸附于磁石，如寒夜中的人们傍依唯一的火堆。

——第七届鲁迅文学奖获奖作品
李娟《遥远的向日葵地·灾年》

"一条河活起来，一段历史就有了逆流而上的可能。"

——第十届茅盾文学奖获奖作品

徐则臣《北上》

期待深圳

　　一口气读完赵川先生的力作《茅洲河——流淌的深圳记忆》，心情久久不能平静。作者怀着浓厚的人文情怀，花费大量时间和心力踏访茅洲河流经的土地，记录沿岸居民渐行渐远的记忆和乡愁，追寻这条深圳母亲河曾经的青春靓丽，也忠实记录她的负重、呻吟与蜕变……这是一种难能可贵、发乎自觉的精神开掘与深层探究，令人敬佩、值得倡导。

　　这本书，也从一个侧面展示了广东省、深圳市铁腕治污，全力拯救城市母亲河，使其涅槃重生的坚强意志和艰辛努力。赵川先生作为资深媒体人及作家，长期深耕特区土壤，以独到的视角，用他的心灵感悟与文化发掘告诉我们：一条河流的命运变迁，其实与每一个人都息息相关，已构成流域土地上所有人的集体记忆——既是一次文化寻根，也折射出这里的人们对待生命、生存、生态的积极态度。

　　"绿水青山就是金山银山"。以习近平同志为核心的党中央从关系人民福祉、关乎民族未来和实现中华民族永续发展的战略高度，坚持把环境保护、生态文明建设放在治国理政的突出位置，组织实施污染防治攻坚战，提出到2035年生态环境根本好转，美丽中国目标基本实现，到本世纪中叶把我国建设成为富强民主文明和谐美丽的社会主义现代化强国的宏伟构想。广东省及深圳、东莞两市积极响应党中央号召，以敢为天下先的开拓精神和实践勇气，投入数百亿元，对黑臭程度堪全国之最的茅洲河进行全流域系统性治理。无论从技术创新层面，还是思想开拓层面，都对带动全国的水环境治理产生了积极影响。

治理城市黑臭水体、修复生态环境非朝夕可以功成。中央政治局委员、广东省委书记李希、省长马兴瑞亲力亲为，王伟中同志接棒深圳市委书记后，响亮提出"所有工程必须为治水工程让路"，并多次赴现场"低调暗访，高调曝光"，着力破解难题，进而为治水工程的顺利推进扫清障碍。茅洲河全流域治理实践，充分说明统筹协作、科学决策在水环境治理中的关键作用。通过这本书的现场描写，深圳市、区、街道各级各层面敢于碰硬、勇于担当的精神风貌，同样给人留下深刻印象。

2019年8月，中共中央国务院颁发《关于支持深圳建设中国特色社会主义先行示范区的意见》，明确提出深圳要"率先打造人与自然和谐共生的美丽中国典范"，对深圳发展提出了更新更高的要求。就城市水环境治理及生态修复而言，深圳市已然取得了巨大成效，作为长期关注"水问题"的研究者，我个人认为深圳还需重点关注三个问题：

一是努力恢复水生态系统。深圳已于2019年底宣告全国率先消除黑臭水体，但消除黑臭只是水环境治理的基本要求和阶段性成果，水环境治理的最终目的是全面恢复水生态系统。在水生态系统中，沉水植物是最重要的初级生产者，是净化水体的主体，是淡水生态系统的基石。深圳应当在消除水体黑臭的基础上紧紧抓住促进沉水植物生长这根"生命线"，全面推进水体生态修复，打造水草丰茂、鱼翔浅底、水清岸绿的生态景观。

二是在实现污水资源化利用方面高标准再探索。污水资源化是把工业、农业和生活污水导引到预定的净化系统中，采用物理、化学、生物等方法进行处理，使其达到可以再生利用的过程。这是解决水资源短缺的重要途径。将污水充分收集净化，使其成为河流的补给水源，这方面深圳作出了大胆探索，成效显而易见。但治水不等于治河，必须在抓好截污纳管、提高污水收集和处理率、实现清水入河的同时，高度重视加强内源污染清除，着力提升水体自净能力，逐步恢复河流生态，使污水处理入河后进一步得到生态消解，从而持续、稳定地提高水质，确保达到地表Ⅲ类水标准，力争达到或接近Ⅰ类水，进而满足城市生产和生活用水要求，大尺度、全水域实现资源化利用。

三是努力增加河、库水容量。2013年12月12日，习近平总书记在中央城镇化工作会议的讲话中强调："提升城市排水系统时要优先考虑把有限的雨水留下来，优先考虑更多利用自然力量排水，建设自然积存、自然渗透、自然净化的海绵城市。"深圳在念好海绵城市建设渗、滞、蓄、净、用、排"六字真经"时，结合降雨充沛、地下水位高和地表径流量大、存蓄量少的特点，重点围绕"蓄"字做文章，在抓好水体生态修复、实现污水资源化利用的基础上，努力提高河道、河涌、水库和园林景观水体水容量，不断提高城市用水的自给率和天然水体的净蓄率。

尼罗河孕育了古埃及文明，黄河、长江孕育了灿烂的中华文明，古巴比伦、古印度也无不因水源充裕、生态优越而兴盛。蜿蜒奔流、"枝权蔓发"的茅洲河曾滋养了成千上万两岸原居民，今天的深圳，年用水量达到20.62亿立方米（2019年统计数，不含深汕合作区），其中大部分由东江引水而来，包括东深供水工程及东部供水工程，仅约15%靠水库集雨。目前，总投资350亿元的珠江三角洲水资源配置工程（西江引水工程）正在实施。与此同时，深圳年废污水排放量达14.23亿立方米（2019年统计数，不含深汕合作区），每年有大量雨水经排入海。巨大的反差应当引起我们的深刻反思。可以这样说，深圳的水环境、水生态、水资源、水安全决定着深圳的生存与发展，决定着深圳的未来。

　　2020年是深圳经济特区建立40周年，也是国务院"水十条"和国家"十三五"规划的"终考年"。2020年我国将"实现生态环境质量总体改善"阶段目标。我们不仅期待着茅洲河由死复生的沧桑变迁成为一代人的美好记忆，期待着其全流域、系统化治理成为城市水生态修复的典范，更期待着深圳站在新的历史起点上，进一步做好"水"文章，留下更多、更美的"乡愁记忆"，率先打造成人与自然和谐相处的美丽中国典范，成为中国特色社会主义的先行示范。

　　是为序。

2020. 8. 20

（王浩：中国工程院院士、著名水文学及水资源学家）

水 鉴

赵川在这里给了我们三条茅洲河。

一条是历史的河，如同一幅水墨画。花鸟虫鱼，仿佛有笛声悠扬。

一条是治理前的河流，也是一幅水墨画。水像墨汁一样的画卷，寂静无声。

一条是未来之河，更是一幅水墨画。黄鹂翠柳，白鹭青天，风生水面，气韵生动。

从野趣，到无趣，到有趣，茅洲河经历了三重境界：看山是山，看水是水；看山不是山，看水不是水；看山仍是山，看水仍是水。水境犹如禅境，河流很像人生。

为一条河写一本书，赵川不是第一个。为深圳母亲河的治理写一本书，赵川是第一个。

几十年来，我们一门心思发展经济，经济大树上结满了果实。只是有的苦有的甜，无论苦与甜，都是硕果。一个严峻的现实是，很多的金山银山都是绿水青山换来的，众多城市里的河流被高大的建筑碾压，城市的河流变成了下水道。

河流本天成，但也遭天虐。洪灾、旱灾和风灾都在折磨河流，黄河就是例子。然而，"天作孽犹可活，人作孽不可活"。人在城市化、工业化的道路上，欺负水，霸凌水，人祸面前的河流，尤其无力。茅洲河因为地处南方以南，雨水充足，河道从未断流。但是，如果深究，也有某种形式的"断流"，断的是清澈，流的是污秽。河流不会说话，不在沉默中爆发，就在沉默中灭亡。死亡的河流用奇臭无比来提醒人们，被侮辱与被损害的，最终都是要还的。死亡的河流很可怕，乌黑发亮、臭气熏天。茅洲河的死亡有一个具体的时间节点。根据有关资料记载的信息表明，茅洲河早在2002年前后就已经"草木难生，鱼虾绝迹"。清纯的最后消失，就是暴虐的全面登场，河流演变成自然的黑恶势力。我一直认为，"黑恶势力"这个词应该是受河流污染启发生成的。

看茅洲河治理就像看新大禹治水，更像是在看周处打怪。

周处年少时，凶强狠恶，为乡里所患。当时，山中有白额虎，水中有黑鳞蛟，并皆暴犯百姓，人们谓为"三横"，周处最为厉害。有人劝说周处去除害，他杀死了老虎，又下河斩杀蛟龙。蛟龙或浮或没，行数十里，周处与蛟龙搏斗了三天三夜，乡里人都以为周处已经死了，就互相庆祝。周处终于杀死蛟龙从水中出来，听说乡里人以为自己死了而庆贺，才知道自己实际上被当作一大祸害，因此有了悔改之意。他从此改过自新，终为忠臣。

从自然的状态来观察，茅洲河没错，河里的水有错。水没错，水里的东西有错。水里的东西没错，是水里的东西放错了地方。放错了地方，就作怪，危害乡里。

茅洲河治理首先是除掉岸上的"白额虎"，截断流域内的企业及数百万人口将工业及生活污水直排入河的源头。随后是斩杀水里的"黑鳞蛟"，清除各类有害物质积淀而成的底泥，将危害食物链和生态链的"隐形杀手"彻底消除。最后修复河流生态，这种修复其实修复的是生产关系，修复的是社会良知。

本书表面看起来写的是治理，实际上是在尖锐发问经济发展和环境污染的关系，其答案让人尴尬不已：生态环境的欠账终究是要还的，甚至是"连本带息"地偿还。

赵川在书中就此问题做了描述，让人相当震撼：

现在，关于茅洲河，还剩一道问答题：

"假如时光可以倒回重来，茅洲河的不幸会避免吗？"

这一设问，我曾向多位被采访的官员、专家及普通市民提出。

回答出人意料地一致："料难避免。"

赵川在给这种"料难避免"找理论依据，找来找去，他找到了。这就是所谓"库兹涅茨曲线"，它由美国著名经济学家、诺贝尔奖获得者库兹涅茨提出。该曲线被用来衡量经济与环境之间的关系也非常准确，其基本意思就是，在经济发展之初，"先污染"在所难免，并最终导致环境恶化。当经济发展之后，"后治理"理所应当，最终促使环境污染减轻乃至消弭。

环境库兹涅茨曲线理论，以发展初期对环境损害的"不可避免"性论断，宽恕了经济初始期的"野蛮成长"，也给环境的再逆转提供了肯定的结论。赵川说，这个"曲线"理论，给了我们一丝安慰。

千百年来，人类治水的经验比较单纯：利之导之，不使壅塞。进而提升为治国理政理念，防民之口甚于防川。再而生为人生智慧，上善若水。孔子观水而开悟，逝者如斯夫。现在的城市治水，完全是新做派，让河流重新生长，新生的河流归来仍是清流，这样做，一定前无古人，最好后无来者。

《冰鉴》是晚清名臣曾国藩总结识人、用人心得而成的一部书，对后世影响颇大。我认为，《茅洲河》应该又名为"水鉴"，是赵川用文学的方式记录茅洲河治理的一部书，对后世具有重要的启发意义。以史为镜，可以知兴替；以铜为镜，可以正衣冠；以人为镜，可以明得失；以水为镜，可以启来者。这应该是城市大水务的一个典型案例。深圳水务部门的一位专家说，什么是水务？水务就是把不能直接使用的水处理干净给人使用，把人弄脏了的水处理干净还给自然。读完赵川的这本书，我还想补充一句，特大型城市，应该让清亮之水在河道里自在地流淌，河道两旁鸟语花香，亲水的市民在这里感受着城市的性灵。

　　本书角度、语言俱佳，资料详实，观点鲜明。本书作者赵川，记者兼作家，出了好多本书，相当勤奋。

2020.8.23

（丁时照：深圳报业集团党组成员、深圳商报总编辑、高级记者）

目录
Contents

"国家焦虑" VS "深圳表情"

来自国家环保部、广东省及深圳市的三级要员，徒步走来，个个神情肃穆。

一行人登上横亘茅洲河的洋涌河水闸顶端的一处平台。

眼前可不是什么好风景。有的是扑鼻而来的混合了各种恶臭因子的空气。

此时是2016年4月15日下午。

说来也怪，别说形态、名称各异的数十条大小支流了，仅长度40余公里的茅洲河干流，就有好几个不同的名字。下游一段叫东宝河，中游一段叫洋涌河，上游一段叫大陂河，源头部分叫石岩河。

眼下的河段，附近老百姓都叫洋涌河。

现时的洋涌河水闸，既非灌溉之用，也非防洪排涝急需。涨潮时落闸，可将下游受海潮顶托倒灌至此的污泥浊水挡在下方；退潮时落闸，可拦蓄上游来水，拦蓄到一定体量时，再开闸放水，利用积蓄的能量，将下游水面漂浮物，连同河床淤泥等一股脑推刷至下游出海口。

多年来，茅洲河就是在这种情非得已的尴尬中，来回搅动、推赶着一河乌黑发亮、臭气熏天的混合物……

陶明夹杂在人群里，心情有些忐忑。

两个多月前，中国电建中标茅洲河流域（深圳宝安段）综合治理项目后，陶明作为中国电建深圳茅洲河流域水环境整治指挥部办公室主任、中国电建生态环境集团副总经理，被集团紧急抽派到深圳，对地情也不太熟悉。

这么多重要领导来现场调研，还是第一次。

一行人凭栏望向眼前的那片浓稠的河面，"忧心忡忡"几个字分明写在每一个人脸上。

此时，大家陷入一片沉默。

四月的深圳，已然是一派初夏景象。眼前的河面，色调单一。可见大片垃圾缓缓漂移，从河底时而咕咚冒出一个气泡。这些气泡浮在水面，不徐不疾，随波悠游。远远望去，在阳光照射下，竟是白亮亮一片。如放大的死鱼眼，传递着令人不安的讯息。

河岸宽直、视野开阔，空气流动性很好。一阵暖风迎面而来，搅动气流，夹杂着分不清、辨不明的恶臭，由鼻孔钻进口腔，直冲脑门；又透过呼吸道，直抵肺部。还有的随风钻进你的领口，侵入肌肤、黏附在内衣上，就连发丛中、汗毛孔到处都是它的存在。那种黏湿的不适感，让人忍不住恶心、呕吐，恨不得拔腿逃离。

即便你离开此地，回家洗个热水澡，浑身上下依然很不自在。那些莫可名状的怪味，似黏附体表，甩之不脱，洗之不净，挥之不去。让人目光呆滞，无精打采，胃口全无。

这时，时任国家环境保护部部长陈吉宁打破了沉默。他转向身边专程从北京赶来的中国电建集团董事长晏志勇等人，用一种半开玩笑的口吻打破这过于凝重的氛围："今天，我可是为你们站台来了，这么多人见证，媒体也在现场。倘若几年后你们铩羽而归，茅洲河黑臭依旧，不仅老百姓不会答应，我自己也下不了台啊……"

在场的，有时任广东省委副书记、深圳市委书记马兴瑞，时任深圳市长许勤，另有省、市、区相关领导。

这是令陶明印象极深的一幕："站成一排的领导们原本面部紧绷，被陈部长一调侃，松弛了一下，很快又复归紧绷。"

陶明此时心倏地往下一沉："将一条鱼虾绝迹多年、已病入膏肓的大河及其流域，整体打包给我们，要求在短短两三年内实现水清岸绿、鱼翔浅底，这恐怕在共和国历史上都前所未有。多年整治未见显效，殷鉴不远，数百平方公里流域内一团乱麻似的明渠暗涵、密如蛛网般的支流河汉，以及密布两岸或直接封河盖顶的各类厂房和历史建筑，谁敢拍胸脯、打包票说有百分百的把握？"

三年后，2019年3月的一天，我来到中国电建深圳总部——中国电建水环境治理技术有限公司，第一次同陶明见面时，他这样描述当时的情形及真实心境：

"我是一名老中国电建人，走南闯北40年，可以说跑遍全国各地，看过无数条河流。第一次来到深圳茅洲河边，所见所'闻'差点惊掉下巴！难以想象，经济如此发达，高楼林立、处处流光溢彩的经济特区、改革开放的窗口，竟还有这么个'另一面'……"

在随后的几年时间里，陶明与老同事们闲聊时，常常自嘲在深圳改姓"掏"了，在特区当了几年"时传祥"——那是掏粪工的模范代表。

媒体报道了2016年4月15日那天的新闻，当然没有将水闸那一幕写进稿件——

陈吉宁考察了深圳茅洲河水环境综合整治工程，对深圳市及中国电建水资源修复和水环境治理理念充分肯定，并对工程的进展给予高度评价。

陈吉宁说："希望深圳市和中国电建密切合作，用两到三年时间初步解决茅洲河水质问题，向深圳市民交上一份满意的答卷，并为全国水环境治理工作带个好头。"

国家环保部最高领导莅临深圳，诚然对中国电建这样的国字号央企寄予厚望，对广东省、深圳市以及茅洲河下游的宝安区等提出了明确要求。

分析人士指出，陈部长此行发出了几个明确信号——

◎国家层面水污染防治面临巨大压力，水环境治理刻不容缓，希望深圳这个先行先试的"模范生"能有所作为，为全国打造标杆，做出示范。

◎为茅洲河水环境综合整治定位："不仅是深圳市、广东省重点工
　程，也是国家水环境治理的标志性重点工程"。
◎希望号称"共和国长子"的中国电建将这项工程干好，在全国开个
　好头。

素来政者善谋，企者善断。

作为时任深圳"一把手"，马兴瑞这位航天人出身，素来讲究务实
精准，并以雷厉风行、"马上办"著称的专家型掌门人，此时，他的表
态反倒显得格外谨慎："……争取使茅洲河在10年内彻底改变面貌，为
深圳市的发展释放更大空间。"

企业家就不同了，出生于1958年，比马兴瑞年长一岁的中国电建
董事长晏志勇在向陈吉宁部长汇报时"口气很大"："中国电建懂水
熟电，在水资源修复和水环境治理领域经验丰富。我们将坚持'辨证施
治'、全流域统筹、多策并举理念，调动设计、施工、科研等各种手
段，把茅洲河治理好，还深圳一个精彩……"

中国电建是著名的全球500强航母型企业，承揽的工程项目数不胜
数，诸多国字号超级工程如葛洲坝、长江三峡等都曾留下他们的身影。
茅洲河综合整治，正是中国电建转型发展，拓展业务板块，大规模进军
水污染治理领域的标志性项目。

实践证明，中国电建布局深圳的这步棋可谓深谋远虑。

中国电建以123亿元中标签约的茅洲河流域（宝安片区）综合整治
EPC项目，涉及面积约112.65平方公里，包括一条干流和18条支流。项目
包括河道综合整治工程、片区排涝工程、雨污分流管网工程、水生态修
复工程、补水工程、综合形象提升工程，共6大类46个子项目。

这是该集团在华南地区首次中标百亿以上水环境治理项目，也是
深圳市乃至广东省决战茅洲河治理的首标。随后，他们又顺利拿下包括
茅洲河上游光明区境内的水环境治理工程，连同下游段东莞一侧的茅洲
河治理项目也一并"吃"下。在后续工程中，更是顺风顺水，连续拿

下"正本清源""全面消黑"等专项工程，在多个央企参与的群雄逐鹿中，抢的蛋糕最大，各类项目金额达数百亿元，在深圳积攒了口碑，打造了品牌，站稳了脚跟。

自中标茅洲河首期项目后，中国电建立即委派集团党委常委、副总经理、资深专家王民浩挂帅，从全国抽调了首批56名技术骨干，火速南下深圳。赶在2016年春节来临前五天，也就是2月2日，集团火线召开茅洲河流域（宝安片区）水环境综合整治项目誓师大会。中国电建集团党委书记、董事长晏志勇亲临并脱稿发表了一篇激情澎湃的战前鼓动演讲。

从演讲中，他披露了很多重要信息。

这是在全球110个国家和地区承揽过业务的中国电建有史以来第一次为一个单一工程项目召开誓师大会。

正是从这一天开始，深圳全面开启河流污染治理的前哨战正式打响。自深圳建市30多年来，堪称"屡败屡战"的"治水"编年史上，从此进入"茅洲河时间"。

也正是从这一刻起，深圳、广东乃至中国河流治污史上，有了一段值得让后人铭记和深思的"拯救城市母亲河行动"。

水是生命之源、生产之要、生态之基。可是，近年来全国范围内，特别是东部经济发达省份，水体污染已到了"无河不污"的程度，尤其是长三角、珠三角的城市群水体治理更是到了火烧眉毛、刻不容缓的地步。

2012年，在组织起草党的十八大报告时，作为起草组组长的习近平，明确提出将生态文明建设纳入中国特色社会主义事业"五位一体"总体布局，提出"美丽中国"奋斗目标。

2014年，习近平总书记提出"节水优先、空间均衡、系统治理、两手发力"的新治水思路，被业界称为"十六字"治水方针，强调"生态文明建设是关系中华民族永续发展的根本大计"。

2015年2月，中央政治局常务委员会通过《水污染防治行动计划》，简称"水十条"，明确提出，到2020年，地级以上城市建成区黑臭水体均控制在10%以内。

随着"河长制"、中央环保督察和"水十条"密集出台，一场席卷神州大地的治水兴水大业全面铺陈开来。

截至2016年1月，全国已有32座城市提出要治理数千公里黑臭水体，随着时间推移，这一数字还会进一步扩大。

诚然，对于企业来说这是巨大的商机；另一方面来说，国家要消耗多少资源，为经济突飞猛进所带来的生态亏欠埋单也可想而知。

根据公开信息，截至2016年初，深圳市310条河流中有159条属黑臭水体，在全国36个重点城市中数量最多。此外，深圳还有1467个小微黑臭水体。

全部黑臭河流中，茅洲河更是首当其冲，黑臭程度几乎位列全省、全国之最。同时，深圳污水管网缺口达5938公里，超过1.2万个小区及城中村没有实现雨污分流。此外，污水处理设施也严重滞后……

几年后，当人们回望定格在2016年4月15日下午洋涌河水闸的一幕时，可以发现，写在各级主管脸上的"忧心忡忡"，又何尝不是当下中国普遍存在的"群体焦虑"？或者说，是"国家焦虑"被浓缩在了深圳"脸上"。

第一章

脸上留"疤"，特区尴尬

一位年轻朋友从美国发来靓照。

他穿着深色外套，坐在瓦尔登湖畔的一条窄轨铁路的枕木上。两侧是茂密的森林，两根深褐色的钢轨伸向远方。画面意境很美，景深从真实到虚幻，引人怀想。

路轨尽头是什么呢？我猜想，应是一方湖泊，湖畔还有一间木屋。

那是享誉世界的瓦尔登湖、梭罗，以及他自筑的小木屋。

朋友说，这是他第一次来到位于马萨诸塞州东部的小城康科德。"那间小木屋还在，湖水澄澈明净，水银泻地般晃眼。水质和湖岸同170多年前几乎一样……"

1845年，一个叫梭罗的人孤身来到荒无人烟的瓦尔登湖边，在湖岸山林中搭建了一个小木屋，住了两年又两个月。

这期间，他不断记录对生存和生活的思考，竟成《瓦尔登湖》一书。

多年前，我即对梭罗的诗意栖居神往不已——

> 世间曾有一牧人，
> 思想一度比山高；
> 羊群帮他在山间，
> 为他生存供脂膏。

现在看来，此种心境呈现了人与大自然友好相处的一个经典姿态。

2020年4月的一个周末，我特意来到茅洲河燕罗人工湿地公园一带转转。

这个地方此前来过很多次，每次都是工作性质，以休闲之名还是首次。

漫步"燕罗湿地公园"、走访"茅洲河展示馆"，感受"碧道之环"，眺望"洋涌河水闸"，在"啤酒花园"小憩……一种久违的惬意升上心头。

眼前所见，仅是茅洲河碧道12.9公里试点段中的2.1公里示范段。这里将以茅洲河为中轴，以全流域生态环境与空间为载体，打造"三生"融合的深圳西北门户。更多的科技创新资源平台及科技创新人才将被吸引进来。未来，深圳将沿城市河岸打造"千里碧道"，茅洲河碧道已建成开放部分，犹如巨幅山水长卷才刚刚露出一角。

过去的4年间，这一带河岸都围绕"治理黑臭水体"而挖、拆、建。这片河岸印满了调研者、工程设计及勘查人员和项目建设者的足迹。可以预见，这里很快将是"参观者"流连忘返的一方新天地。

环境对心境的影响，是一种非常奇怪的演变过程。

我再次想起梭罗这个怪人。

一个人择水独居两年多，自给自足，不寂寞吗?

还真是不寂寞。在清澈如镜的湖边结庐而居，"与星星为伴，与自然界的动物为邻。每天，鸟儿在房檐下歌唱，松鼠在脚边跳跃，兔子来到房前讨食"。这同1600年前中国那位"结庐在人境，而无车马喧"，乐享"山气日夕佳，飞鸟相与还"世外桃源生活的陶渊明，似有共同的人生趣味与格调。

这种人与自然极度和谐的境遇中，诗兴得以涵养，也令心智趋于松弛和饱满。

于是，梭罗有了这样的感受："你的住所附近有水可谓得天独厚……水的价值，哪怕最小的水井，你向下看去，也能看出地球不是毗连的大陆，而是间隔的岛屿。"①

显然，梭罗认为地球上的水脉是相通的。倘若通过瓦尔登湖畔的"水井"无限深探下去，或许能够抵达中国的珠江口，来到茅洲河的位

---

① 梭罗著、苏福忠译：《瓦尔登湖》，人民文学出版社2015年版，第69页。

置。这里也有大片"湖泊",如罗田水库、石岩湖等。

所不同的是,这条原本充满野趣的茅洲河,即便与我们所在的城市中心近在咫尺,人们也无法做梭罗那样的美梦——结庐湖畔、临水而居。因为深圳境内的所谓"湖",其实都是人工水库,包括西丽湖、石岩湖、银湖等等,储存的大部分都是引自数百公里之外的东江之水,是供庞大的都市人群饮用的水源。而本地的大小河流很少能直接流入水库,它们早已被污染,甚至黑臭不堪。

就拿茅洲河流经的深圳市宝安区来说,全区66条大小河流(河涌),除早期下大力气实现截污补水的两条河外,其他基本都被污染。茅洲河是深圳境内最大的一条河流,也是污染程度最严重的河流,没有之一。

倘若梭罗活在今天,他一定会惊讶:地球上的水脉虽可彼此"联通",但其命运竟有天壤之别。即便给他一万个理由,料也无法面对这样毫无生命气息,连空气也充满恶臭的境遇。

宝安区一位本土作家曾开玩笑说,再浪漫的诗人,即便李白在世、陶渊明重生,让他们来到茅洲河边,就算顿顿有好肉好酒款待,估计也会诗兴索然,只能叹作"长恨歌"。

当然,说这番话是四五年前的事了。

1980年8月26日,第五届全国人大常务委员会第十五次会议,批准设立深圳经济特区。40年发展历程,深圳地区生产总值从当年的不足2亿元增长到2019年的逾2.6万亿元,规模居全国第三,仅次于北京和上海,跻身亚洲前五。经济发展一路高歌猛进,足以让深圳人昂首挺胸、激情豪迈。

深圳更是中国高新技术产业发展的一面旗帜。在短短40年的发展史中诞生了华为、腾讯、平安等一批世界500强企业;崛起了一大批高科技公司,被喻为"中国硅谷";国家级高新技术企业密度位居全国第一;电子信息制造业总产值居全国首位……

就在笔者为写作本书而四处探访之际，一条关于中美贸易争端的"段子"在坊间流传。说的是美国制裁中国企业，先是中兴，再是华为，再是大疆，美国发动的贸易战，其实不是中美之间的贸易战，而是美国和深圳南山区粤海街道办科技园社区之间的贸易战。这，当然是有些矫情的调侃，但不可否认的一个事实是，深圳高科技企业的竞争力已令对手忌惮……

关于深圳经济成就方面的著述已是汗牛充栋。"世界经济奇迹""从追赶到标杆""中国改革开放的一面旗帜"，对深圳的溢美之词俯拾即是……

诚然，以深圳的经济实力和发展成就，完全担当得起这些耀眼的冠冕。

然而，世事并非一好百好，多有美中不足。甚者，在光环衬托之下，更见短板扎眼。譬如，一提及城市水环境，深圳顿然"失语"——仿佛一场演出的主角正置身绚丽舞台，当聚光灯骤然亮起，台下一片喝彩声起时，她却忽然"忘词"。此等尴尬，对深圳这个"优等生"而言，实在羞愧难当。

为了纪念改革开放40周年，2018年9月新华社出版《巨变：改革开放40年中国记忆》一书，通过数百位新华社记者所摄图片，以纪实影像传递"国家记忆"。

深圳无疑值得大书特书。开篇一张"开山炮"的经典照片，记录蛇口港开建，象征中国改革开放新时代启幕。随后是一幅幅深圳"敢为天下先"的精彩画面。

然而，在国家通讯社记者镜头下的"国家记忆"中，凸显生态文明建设成就的"碧水长流"这一重要章节内，"深圳"二字遗憾缺失。

与国内一线城市，甚至二、三线城市相比，在城市水环境方面，深圳最大"短板"暴露无遗。

一位环境学者从专业角度这样解读当年蛇口"开山炮"激起的涟漪：以发展经济为动机的高强度开发，从来都是以改变环境为肇始；举凡经济开发，必然意味着固有生态平衡从此打破。

尽管本地媒体"讳莫如深"，2016年前，关于茅洲河变身"黑龙江"的"丑闻"，依然会不时被外埠媒体"捅"一下，包括《人民日报》、央视等等。

深圳市一位领导曾发出这样的感慨："论城市软硬件，我们什么都可以拿得出手，唯独河流不敢示人。"这其中，茅洲河最是"臭"名远扬。

虽然下游一段同东莞市共有，但毕竟绝大部分干支流位于深圳境内，茅洲河之"丑"，外界理所当然地贴上"深圳标签"。

浏览一下媒体标题就知道，这条"黑龙江"是何等的触目惊心——

◎《深圳最大河流污染严重　恶臭熏得居民不敢开窗》（2013年8月27日《人民日报》）

◎《深圳第一大河臭味熏天》（2013年9月1日央视网新闻频道）

◎《深圳茅洲河污染严重臭气扑面　整治多年无改善》（2013年10月30日《羊城晚报》）

◎《茅洲河淤泥堆积，水黑发臭，成为"深圳脸上一道疤"》（2014年5月28日人民网—人民日报）

◎《茅洲河综合治理亟须加大力度》（2014年8月27日《南方日报》）

◎《城市的"刀疤"：茅洲河》（2015年9月23日《南方日报》）

……

在被媒体"群嘲"的同时，茅洲河更是屡屡被国家及广东省环保部门"点名"。

2015年7月，广东省环境保护厅发布《2015年上半年广东省环境质量状况》，公布了全省跨市河流37个交接断面水质检查结果：深圳流出的茅洲河等河流的水质达标率为"零"。而全省22条重点整治河流中，水质污染严重的前五名中，茅洲河又排在了"第一"。

如此"榜上有名"，也难怪各级领导脸上都写着"忧心忡忡"四字。

是深圳方面麻木不仁、无动于衷吗？显然不是。多年来，深圳市和东莞市都下过一番苦功夫，尤其是深圳市，围绕茅洲河的治理，可以说"前赴后继"了很多年。

茅洲河黑臭问题严重影响人民群众生命健康、区域经济社会发展和城市形象，中央和省领导以及社会各界对此高度关注——

◎张高丽、胡春华、朱小丹等曾多次就茅洲河流域水污染问题做出重要指示批示。

◎2013年、2014年，广东省环保厅和省监察厅连续两年将茅洲河污染整治列为省挂牌督办的10个重点环境问题之一，要求河流水质2015年基本达到Ⅴ类水体标准。（实际均未能完成达标，深莞两市政府负责人被约谈——作者注）

◎2014年7月，广东省人大审议通过相关决议，对茅洲河治理目标进行调整，要求深莞茅洲河2017年底前基本达到Ⅴ类水质，2020年底前基本达到Ⅳ类水质。

◎2015年的4月，国务院颁布"水十条"。明确要求：到2020年，全国地级及以上城市建成区黑臭水体均应控制在10%以内，长三角、珠三角区域力争消除丧失使用功能的水体。

◎2016年，根据国家"水十条"要求和省人大最新调整的考核目标，深莞茅洲河2017年底前要消除黑臭，2020年底前基本达到地表Ⅴ类水质。

◎2016年12月，第一轮中央环保督查明确将水环境污染问题作为督查重点，茅洲河位列其中。

◎2017年1月，中央第四环境保护督察组反馈指出了茅洲河治理中存在的问题，对茅洲河治理工作提出了新的具体要求……

2019年，对于深圳治水来说，是一个重要的分水岭，也是压力叠加之年。其时，决战决胜"全域消黑"目标尚在征途之中，新的更高目标又"从天而降"——当然，重大利好也随之而来。

这一年，深圳迎来两个具有里程碑意义的"重磅事件"。一个是2月18日《粤港澳大湾区发展规划纲要》正式发布；另一个是8月18日《中共中央、国务院关于支持深圳建设中国特色社会主义先行示范区的意见》（以下简称《意见》）正式出台。

从此，深圳迈入"双区驱动"新阶段。在这一战略背景下，生态文明建设成为摆在深圳面前的一道"必答题"，且分数必须达到"优秀"方能过关。茅洲河流域综合整治也立即"升格"为："承载着对标对表建设粤港澳大湾区和中国特色社会主义先行示范区的使命要求。"

尤其是《意见》，被喻为40年前深圳承担"杀出一条血路"使命后，再次被赋予"国家使命"，即"为新时代全面深化改革开放、为2020年之后，我国开启全面建设社会主义现代化的新征程继续先行示范"。"可持续发展先锋"成为深圳的"五个战略定位"之一。

《意见》对深圳提出了明确的生态建设要求："牢固树立和践行绿水青山就是金山银山理念，打造安全高效的生产空间、舒适宜居的生活空间、碧水蓝天的生态空间，在美丽湾区建设中走在前列，为落实联合国2030年可持续发展议程提供中国经验。"

深圳未来三个阶段目标也有了清晰的表达。第一阶段目标是"到2025年建成现代化国际化创新型城市"；第二阶段目标是，"到2035年成为全国城市范例"；第三阶段目标是，"到本世纪中叶成为全球标杆城市"。

在深圳第一阶段目标中，"生态环境质量达到国际先进水平"被明确列入。何为国际先进水平？虽未见量化标准，但老百姓心里已经在"算盘"了：起码要同伦敦、巴黎、东京、纽约这样的城市相当吧？

深圳地域狭长、腹地浅窄。从源头至出海口都在境内，且河网水系较为完整的河流,只有一条。这,就是茅洲河。

河流,是城市的灵魂。两千万深圳人多么渴望有一条可亲、可近、可游的河流在身边流淌。

让茅洲河恢复生机,让居住在河岸的人们,可以感受大自然的气息,这对年轻的深圳来说,是一种"浪漫的幻想"和"超现实"的期待。

算起来,我关注这条河流迄今已达20年。当年,深圳的河流污染才初露端倪,一位市领导的话言犹在耳:"我们是社会主义经济特区,绝不走西方国家先污染后治理的老路!"

事实呢?恰恰是睁着双眼将老路又走了一遍——某些方面甚至比西方国家绕得还远。

反思需要勇气,行动必须果决。数十年累积、亏欠下的生态负债到了必须清偿的时候。

茅洲河治理这一历史重任,自然落到深圳和东莞两市头上,尤其是拥有绝大部分干支流的深圳市。然而,在经济发达、建筑如麻的城区内,让一个河网密织的规模水系由全面黑臭变身水清岸绿,这将是一项史无前例的高难挑战。

有人梳理了自1980年8月深圳经济特区成立以来,前九任深圳市委书记的主要角色使命,发现均与市场经济体制探索及机构改革有关。直到2015年3月,马兴瑞就任第十任深圳市委书记时,宏观形势似乎有了新的变化,那就是生态文明建设上升至国家战略这一前所未有的高度。

这一年,适逢深圳经济特区成立35周年。

这是一个重要的时间节点。随着生态文明建设被纳入国家"五位一体"总体布局,建设"美丽中国",环境治理、生态修复等已成为决策者的优先考量。深圳治水提质攻坚战号角,也正是在这一宏观背景下全面吹响。

据深圳媒体报道,2015年11月24日,时任广东省委副书记、深圳市委书记马兴瑞专题调研茅洲河综合治理。在这次调研中，他强调了如下要点：

◎茅洲河治理是省、市重大工程，是当前最为紧迫的重点工作，刻不容缓。

◎要牢固树立绿色发展理念，按照百年大计、质量第一的要求，精心谋划。

◎要坚持治污、排涝、防洪、生态、景观建设并重。

◎与流域产业升级、土地综合利用、城市景观环境改善相结合，实现综合效益最大化。

一周多后。

2015年12月3日上午，深圳、东莞两市共同启动茅洲河界河综合整治工程。时任广东省委副书记、深圳市委书记马兴瑞主持召开了茅洲河全流域水环境综合整治工作领导小组第一次会议。

马兴瑞说，深莞两市打响全面整治茅洲河的攻坚战，这既是贯彻落实中央绿色发展、协调发展理念的重要举措，同样也是向省委省政府和两市人民立下的军令状，必须坚决完成好，交出满意答卷。此前，深莞两市成立了由马兴瑞任组长的茅洲河全流域水环境综合整治工作领导小组。

两个月后。

2016年1月22日，深圳召开全市治水提质攻坚战动员大会，明确未来5年治水目标。

马兴瑞要求，全市上下要攻坚克难，全面发力，用超常规举措坚决打赢治水提质攻坚战，确保按期兑现对全体市民的庄严承诺。

本次会议明确提出深圳治水时间表："1年初见成效、3年消除黑涝、5年全面达标"，"8年让碧水和蓝天共同成为深圳亮丽城市名片"。

根据深圳市治水提质工作计划，到2017年底前，茅洲河将消除黑臭，到2020年全面达到Ⅳ类水要求。

又两周后。

2016年2月5日，中国电力建设股份有限公司发布重大工程中标公告：中国电建牵头与下属全资子公司中国电建集团华东勘测设计研究院有限公司联合体中标茅洲河流域（宝安片区）水环境综合整治项目（EPC总承包），中标金额为123亿元人民币⋯⋯

业内分析人士表示，这是全国范围内首次将一条河流及其流域（局部）以整体打包的形式进行集中治理。

有着"共和国长子"之称的中国电建，随后在深圳开启诸如"万人大会战""百日攻坚战"等"大兵团作战"模式。

一系列石破天惊的"治水战役"，从此在中国的南海之滨打响⋯⋯

茅洲河流域水系的命运终于到了"决战决胜、在此一举"的关键时刻。

时间到了2017年4月。

深圳迎来第十二任市委书记王伟中。

公开的官方简历显示，王伟中1962年3月生，山西朔州人，17岁进入清华大学水利工程系学习。毕业后，入职水利水电部。曾长期在科技系统工作，直至任职科学技术部副部长。

2017年4月，王伟中从山西省委常委、太原市委书记任上履新广东省委常委、深圳市委书记。

到深圳后，拥有水资源工程专业背景及治水工作经验的王伟中尤其注重水污染治理。

据媒体公开报道，新上任市委书记当月的一个周末，王伟中便调研深圳市第一大河——茅洲河流域的黑臭水体、污水直排等情况，并且听取了全市治水情况汇报。

同年5月31日，深圳市河长制全面推行，王伟中担任深圳市总河长，同时担任茅洲河市级河长，领衔茅洲河的全面治理工作。

"所有工程必须为治水工程让路"，在2019年召开的深圳市污染防治攻坚战指挥部第一次全体会议暨水污染治理决战年动员会上，他又重提此前曾说过的这句话。

王伟中强调，"以硬干部硬作风硬措施完成硬任务"，要坚持以水污染治理为主攻方向，坚决打赢各类水域水体治理、污水管网联网疏通、水质净化厂提标改造、点源面源污染治理等攻坚战，坚决完成2019年底全面消除黑臭水体的任务，兑现向党中央、省委和全市人民作出的庄严承诺。

王伟中给全市"治水"干部下了一道死命令："2019年年底前，在深圳1997平方公里土地上，任何一片黑臭水体都不允许存在，巴掌大的一块都不行！"

这场启动于2015年底的治水接力赛，深圳正举全市之力奋勇完成"最后一棒"。

在车流滚滚中，数万名深圳"治水人"钻入各类管网交织的狭小地下空间开挖、铺设、疏导、修复、连接雨污分流管线，用"绣花"功夫，在城市肌理内"穿针引线"……

至2019年底，4年内深圳共投入1200亿元，对全市范围内被污染的水体全面消除黑臭。将全市地下管网进行合理布局、增添、改造，对现有城市管网完善、疏浚、联通；大量兴建水质净化厂，大幅提升污水处置能力；对河岸绿道和临河景观进行全面打造、升级……

1200亿元是一个什么概念？

正好是一座港珠澳大桥的造价。

为了城市的长治久安，放眼下一个40年，深圳下定决心，在一手抓经济的同时，不惜牺牲局部利益，腾开手脚补齐短板。

茅洲河全流域综合治理，能否如期实现国考目标？

深圳,能否在全国率先消除全部黑臭水体?

深圳,能否创下治理黑臭水体的"深圳速度"?

深圳,能否探索形成水环境综合整治领域的"中国经验"?

时间,会给出最终答案。

微信扫码

加入【本书话题交流群】,
与书友交流读书心得。

第二章

"中国制造"野蛮期的"罪与罚"

确定这一章的标题，很是犹豫。

这是一条特立独行的河流。

它滥觞于深圳西北部一片群山——阳台山（曾用名"羊台山"，2020年6月经深圳市政府批准恢复原名"阳台山"，以下均用此名）的北麓，流淌路径曲折诡异。先是桀骜不驯地由南向北"逆流"，再折向西，最终转向南，汇入波涛汹涌的珠江口伶仃洋水域。

茅洲河干流行经的轨迹，犹如在粤港澳大湾区核心区域夸张、随性地画了个变形的"几"字。主干道不宽，大部分在30米至100米之间，但沿途不弃涓流，在数百平方公里的区域内，伴随亚热带季风气候所带来的丰沛降雨，呼喝、啸聚了数十条大小支流，犹如一条盘踞深山的巨蟒，带着一众喽啰，一路挟风驭浪奔突向海。

从空中俯瞰，茅洲河水系宛如一棵干茎遒曲、盘根错节的古榕树，整体呈倒伏、不对称状开枝散叶。珠江口东岸的山野台地，塑造了它狂放不羁的性格。

茅洲河，属于珠江口水系的一部分，是深圳当之无愧的第一大河。流域跨越了深圳市宝安区、光明区，以及东莞市长安镇等地，干流下游一段为深莞两市界河。

关于茅洲河的数字描述有不同的版本，略有出入。本书以深圳市水务局提供的一份结题于2016年8月的《深圳市茅洲河流域综合治理方案》所提供的数字为基准——

茅洲河发源于深圳市宝安区石岩街道阳台山北麓，上游为石岩河；中游干支流基本"覆盖"深圳市光明区全部6个街道；中下游流经深圳市宝安区的燕罗、松岗、新桥和沙井共4个街道。其中，下游干线一段

◎ 茅洲河流域图。（深圳市茅洲河流域管理中心供图）

（11.7公里）属深圳市与东莞市（长安镇）的界河。茅洲河在深圳一侧在沙井街道民主社区汇入伶仃洋。

茅洲河干流原始长度为41.6公里，包括上游石岩水库控制河段（石岩河）10.3公里，以及石岩水库以下31.3公里。

茅洲河下游感潮（涨潮时海水可抵达）河段长约13公里。

实际上，自从石岩水库建成蓄水后，茅洲河已没有天然意义上的上源。

茅洲河流域面积388平方公里，其中深圳市境内面积311平方公里，东莞市长安镇境内流域面积约77平方公里，内河涌23条，河道总长54公里。

得益于深圳中西部繁密的原始植被，以及连绵起伏的山川沟壑，在丰沛的降雨条件下，造就茅洲河发达的水系。流域内集雨面积1平方公里及以上的河流共有59条，包括1条干流、25条一级支流、27条二级支流、

6条三级河流。其中，宝安区境内有河流26条、光明区境内有河流19条、跨区河流6条、跨市河流8条。

根据普查资料，茅洲河流域河道总长为285公里。大部分河段肩负防洪任务，水系河道中14.32%为暗涵，长度为32公里。茅洲河流域内水库众多，深圳市已建有石岩、罗田两座中型水库，另有26座小型水库。茅洲河东莞市长安镇境内建有小型水库8座。此外，扩建中的水库有2座：鹅颈水库、公明水库。

为了防洪排涝及阻挡海潮倒灌，茅洲河流域密布各类水闸，尤以中下游片区为多，共有39座。此外，建有雨水泵站46座。

综上可见，为了缚住这条桀骜不驯的巨蟒，人们使用了很多手段。这条肆意奔流了千年万年的天然水系，已被人类用各种工具和手段，外科手术式地拦蓄、切割、截断、再植了千道万遍。在同人类的殊死搏斗中，它早已被折腾得鼻青脸肿、千疮百孔、面目全非……

无论对"大宝安"还是整个深圳来说，这条干流河道最宽最长、支流河汊最多、水量及流域面积最大，也最富历史人文底蕴的河流，是

◎ 茅洲河流域曾是珠江东岸的鱼米之乡。图为1971年，沿河村民撒网捕鱼景象。
（松岗街道供图）

◎ 村民正在田间除草施肥，摄于1971年夏。（松岗街道供图）

◎ 农村妇女正在田间收获庄稼。摄于1970年代初。（松岗街道供图）

千百年来这片土地上的子民们当之无愧的母亲河。

茅洲河流域目前居住人口数百万计，这片土地年创造的GDP，数以千亿元计。然而，千百年来孕育了深圳原乡居民的母亲河，却是近些年来珠三角地区被糟蹋得最严重的河流，甚至被认为是"全国最脏的城市河流"。

21年前的1999年，我一脚踏进深圳媒体圈，第一站跑的就是环保线。

其时，青春豪迈的深圳，渴望从北京甚至联合国捧回各式荣誉牌匾，那年眼光瞄准的是"国家环保模范城市"。于是，"记者随执法人员夜赴偷排现场""工厂偷排污水被抓个现行"这类新闻时常见诸报端。随执法车一溜烟突查企业"偷排"乐此不疲，除了连篇发稿，还就此拿了不少新闻奖项。

印象中，那时的茅洲河还未纳入市级环保执法重点。孤悬半百公里之外，特区暂时还"够不着"。当时，流光溢彩、如日中天的深圳经济特区，指的是深圳河以北、原二线关以南的狭小区块。深圳大面积土地和生产型企业全都甩在关外。

当年，深圳对纳税人尤为宽容，对企业放得很开，环保执法也很是"柔性"。在争创"国家环保模范城市"背景下，环保执法的"隐性目标"，就是通过一次次突袭和处罚加码，令低端、污染型企业知难而退……在传统媒体的金色时代，深圳的纸媒更是处于龙头地位，其政治、经济地位显赫。长期"正面宣传"，偶尔"发威"，杀伤力极强。违法企业对媒体很是惧怯，因此，"带上媒体"，可让执法行动产生"倍增效应"。正牌记者当年的江湖地位，更与自媒体泛滥的当下不可同日而语。

随着环保执法在特区内紧锣密鼓展开，大批排污企业快速向特区外迁转……产业在升级，城市在转型，命运多舛的茅洲河，依然被"遗忘"在偏远一隅。相关人士私下会说，"那是条界河，扯皮的事多，主要由省里在管……"本埠媒体当然很知趣，那条河流就这样被"悬"在那，一年又一年。

东莞方面怎样？无论是经济体量还是与茅洲河的渊源和交集，同深圳相比是小巫见大巫，对这条河的维护即便有心也很无力，时至今日，也始终是"慢半拍"……

忙忙碌碌间，20年闪身而过。时代风云变幻、疾速向前，媒体业过山车般行进，一不小心，就从前沿弄潮儿变成了传统业者。外围情形在变，但我对这条河的命运依旧记挂在心。2015年底至2016年初，深圳实质性启动茅洲河治理那一刻起，她的大小"动静"总能牵动我的神经。

从2018年开始，我启动了一项行走计划：从上游至出海口，用脚板

"丈量"一下这条久违的城市母亲河，并试图走入这条河流所投射的历史光影中。在两年时间里，我花费了差不多所有的节假日，利用挤出的时间，走访茅洲河干流途经的街道及社区，踏访重要支流水域，寻觅遗失在河畔深处的文化遗迹，搜罗轶失民间的非物质遗存。从充满岭南风格的老屋村内阿伯阿婆们咿咿呀呀的絮叨中，从河流变迁见证人绘声绘色的讲述中，从一次次跟随"治水人""巡河者"的工作体验中，一点点地搜罗关于这条河的人文信息。

经过跨度三年的田野调查，我发现，倘若时光倒退两三百年，茅洲河两岸可是一片飞沙走石、倒海翻江的地界，在历史的自然演进中，这一河两岸是一个虎啸龙吟、强人云集之境。

从地理形态来说，茅洲河及其流域只是浩浩珠江的一个分支。不同姓氏的人们来自不同的迁徙方向，不同的生存背景、不同的谋生手段，以及鱼龙混杂的各色人等，都在这里找到归所。

我观察到，茅洲河越往上游，单一姓氏的自然村落越多见，宗族色彩也越明显；越往下游，姓氏越发复杂、码头色彩也越浓。

这是一个颇有意思的现象，有待社会学家去研究。

茅洲河上游一带山峦起伏，正是客家人喜欢居住的环境。如石岩街道阳台山一带，就是深圳客家人的重要聚集地。这里盛行的是客家文化，客家山歌成为标志性文化符号之一。此外，客家人有敬祖奉神的传统，一块石头也会有神附故事，因而颇多民间传说。

茅洲河中游，民俗传统及宗亲文化的"过渡性"较为明显。如光明区公明、马田、新湖等街道，这里聚集了麦氏、黄氏、曾氏、周氏、陈氏、梁氏等不同的姓氏，迄今保留了年代久远、香火缭绕的宗祠。在这里，他们聚族而居，按照农耕时代的宗族礼仪和约定俗成的渔农运作方式谋生并繁衍生息。

到了下游感潮段，民俗、方言、习性又有明显不同。包括隶属宝安区的松岗、沙井等曾经的墟镇，本土居民多以粤语白话交流，粤剧是其

◎ 茅洲河入海口一带的养蚝场面。摄于1970年代。（陈银凤供图）

典型文化符号之一。这里的传统居民，应属"广府"一脉，多从珠三角其他地区迁徙而至。

随着茅洲河下游感潮段的咸淡水交替，土壤被盐分侵蚀，耕种收成较差，捕捞、养蚝、晒盐、运输成为主要业态。尤其是茅洲河出海口附近，姓氏就变得非常复杂，移民杂居色彩格外明显。如临近入海口处的宝安区沙井街道共和社区共300名原村民，竟有50多个姓氏。

茅洲河出海口是伶仃洋，更小一点范围叫交椅湾。这片近海开阔带是"疍民"的活动区域，他们居无定所，岸无寸土，以舟船为家，捕捞为生，地位悲催。

就我的观察，茅洲河沿岸民风既淳朴又剽悍，民间有一个共同的喜好，那就是伴随铿锵激越的威风锣鼓舞狮子、耍麒麟、划龙舟。尤以高桩南狮表演惊险刺激，非武林高手难以驾驭。这些民间非遗技艺代代传承，生生不息。茅洲河流域人丁兴旺，人们在稼穑营生、渔桑农事之

◎ 沙井蚝民翻晒蚝豉。摄于1970年代。（陈启星供图）

余，特别注重强身健体。在乡音俗韵背景下，团结一致抵御外侵是原居民们的悠久传统，留下了可圈可点的史迹。

围绕这条放浪不羁的河流，千百年来，随着沿岸荒原被垦殖成沃野良田，丰饶的土地物产、便利的水陆交通，在物竞天择中上演着一幕幕人间悲喜剧。

一定意义上说，茅洲河流域村落布局特征，是经过弱肉强食后的尘埃落定。上游两岸地理形态和水文环境较为稳定，因而容易形成按姓氏聚族而居的一个个自然村落。中下游水面开阔，河汊纵横，各路移民来此谋生、定居，随着珠江口一带的地形地貌的沧桑变迁，沿海滩涂日渐陆化，为新来的移民提供了赖以生存的物质载体。如沙井街道茅洲河入海口一带的共和村、民主村，以及沙一村至沙四村等，从村名就知道，没有以姓氏、地域或风物命名，个性模糊，村史上溯绝不会超过1949年。

◎ 茅洲河位于中上游光明区李松蓢村的
梁氏宗祠。（本书作者摄）

祠堂，是中国人独有的安放灵魂的圣殿，也是存放乡愁的静泊之地。在沿茅洲河走访中，我惊讶地发现，尤其是中上游两岸村落内，在现代化楼宇包夹的空隙里，有众多被外面世界遗忘的祠堂和庙宇。如年代最远的麦氏大宗祠已沉淀了530年的历史烟尘，是深圳市目前发现的建筑年代最早、规模最大的祠堂建筑之一。

深圳，常常被人贴上"小渔村""文化沙漠"和"没有历史"的标签，其实，当你走进那些岭南特色的古建筑，再听一听老阿婆的呢喃、领受一番须眉皓白者的比划，你一定会有全新的认知。

改革开放后，茅洲河流经的这片土地成为中国改革开放的一方热土，仿佛积蓄了数百上千年的能量一下子迸发出来。经济的飞速发展，不仅让原本"靠河吃河"的乡民们从田间地头洗脚上岸，更让来自五湖四海的人们在这片土地上找到自己的价值，实现了人生的华丽蝶变。

茅洲河水系两岸的农、渔、工、商人士，转身成为城市居民，来自天南地北的人潮，打破了这里的沉寂。随着由农业文明向工业文明急速翻篇，转眼间，一河清水变成遥远的记忆。现代工业急剧改变了农耕社会形态，甚至重塑了山川地貌，也让水清岸绿成为过去时。

稀奇古怪、不知疲倦的机器，体量惊人又规范制式的厂房及流水线，让一件件外观奇巧、实用便捷的产品，跳下生产线，走出工厂，钻进一只只铁锈色的集装箱，源源不断"涌进"五大洲各国的超市、卖场，最终进入不同肤色、不同信仰、不同民族的家庭，并以"Made in China"这一共同标识向世界人民展示中国人的勤劳和智慧。

深圳是中国改革开放的窗口和缩影，茅洲河所在的宝安区（县）一定意义上又是深圳的一面镜子。

就茅洲河流域而言，迄今为止，从经济、社会、环境哲学角度的专项研究几近于无。只能通过对散落在典籍中的一鳞半爪进行整合、梳理，再结合采访相关人士，隐约可见某种规律性的逻辑链。

2002年5月广东人民出版社出版了一本《神奇的宝安》，记录了宝

◎ 茅洲河中上游沿岸曾是粮食主产地。图为1971年，松岗公社一公粮收集点。
（松岗街道供图）

安自改革开放后至本世纪初，发生的一系列"宝安奇迹"。一定意义上说，宝安可视为中国经济"野蛮成长期"的一个缩影。这块土地的"发迹"历程，构成其母亲河的"苦难"史。

"从中华人民共和国成立前至十一届三中全会前，宝安都是一个边陲穷县。"按书中记载，"宝安历史上虽有鱼米瓜果之乡的美名，但直到1978年，宝安县社会总产值也仅2.1亿元，人均国民收入只有303元。"

1981年10月，宝安恢复县建制，辖区为特区之外的区域。宝安县提出"为特区服务、为出口服务"。引进以来料加工、来样加工、来件装配、补偿贸易为主的"三来一补"企业，大力发展外向型经济，这大抵就是"Made in China"的端始。

统计显示，1982年至1992年的10年间，宝安年均经济增速保持了30%以上的"恐怖增长"，增速遥遥领先于广东本省"四小虎"顺德、中山、南海和东莞。

惊人的"宝安速度"下，以茅洲河及107国道宝安段构成纵横两轴的区域成为一片热得发烫的土地。宝安也在共和国经济发展史上留下可圈可点的辉煌纪录——

◎1978年11月，茅洲河上游的石岩上屋村诞生了全国第一个来料加工厂。此后，"三来一补"企业爆炸式增长：1987年宝安全县有1270家，到1992年达到5000多家。

这些企业为宝安培养了数千名懂经营的厂长经理，10多万人成为各行业的熟练工人。生产的产品满足了世界市场的需要。

◎1983年7月8日，新中国第一家股份制企业——宝安县联合投资公司问世。

◎1983年7月22日，全国第一张股票在宝安诞生。

◎1984年，茅洲河下游的沙井万丰村全国首创将股份制引入集体经济，改变了千百年来农村经济结构，农民开始"不像农民"……

在"三来一补"工业蓬勃发展的同时，传统农业也向出口创汇型农业转型，茅洲河两岸的农民彻底告别"养猪为了过年，养鸡为着油盐钱"的传统农耕时代。1990年，宝安全县农产品商品率达90%，"香港市场每三只活鸡，就有一只来自宝安"。

中国的传统农耕模式，在深圳宝安成为历史。

1993年1月1日，宝安撤县建区（龙岗区分设），发展经济依然是主旋律。

至上世纪90年代，宝安开始反思粗放型经济模式，开始注重调整工业重心、优化产业结构。

从传统农业，向来者不拒的"三来一补"经济转变；再向品牌型、技术型产业转型。两次转型，经济成绩单的耀眼光芒，将代价高昂的环境"伤疤"遮盖得"微不足道"。

自进入21世纪后，尤其是2001年中国正式加入WTO之后，沿海发达地区，更是如虎添翼，经济维持了高增长。只是环境问题更加凸显，空气雾霾和水体黑臭成为两大突出问题。

随着中国制造（Made in China）向中国创造（Create in China）转型，中国经济正在彻底告别粗放式增长模式，进而向高科技含量的"高质发

◎ 1980年代，位于库区的茅洲河上游石岩塘头村老围（现已拆除），常有渔船出没。
（石岩街道供图）

展"阶段迈进。

正是在这样的历史背景下，以茅洲河流域综合整治为代表的生态环境建设，才被真正摆上决策者的议事日程。

中国电建茅洲河治理指挥部的一位专业人士告诉我，经过对茅洲河河床沉淀物（底泥）的化学分析，茅洲河沿岸经济的野蛮增长阶段，同茅洲河的污染程度的对应关系完全成立。

惨痛的环境伤害，在茅洲河身上显露无遗。这种不可逆的污染累积叠加，让原本波涛汹涌的天然河流，变得奄奄一息，丧失了自我修复的任何可能。

如今的深圳是全国公认的七大缺水城市之一，但我翻阅1990年出版的《深圳市水利志》发现，深圳原本并非如此。

由于地处低纬度，在亚热带海洋性季风气候影响下，深圳雨量充沛，地表径流发达，因而水资源丰富。统计显示，"1987年，深圳全市人均水量5693立方米，为全国人均水量2700立方米的2.1倍，为广东全省人均水量3565立方米的1.6倍"。[①]

显然，深圳的地表水资源原本占有优势。只是人口的急剧增加，天然河道的全面污染，才将深圳挤入了"缺水"行列。

茅洲河的治理，也非现在开始。早在建国初期茅洲河就开启了"治理模式"。只不过那时是防洪、灌溉为主。"1956年在支流罗田水兴建了罗田水库，1959年在上游石岩河修建石岩水库。茅洲河流域多年修建的小型塘库有60多座。在茅洲河中下游则采取疏浚、河道截弯取顺、河床扩宽挖深等措施……"

这些记录，与我沿茅洲河进行田野调查，访问沿岸知情人士所得到的信息基本吻合。

---

① 王若兵主编：《深圳市水利志》，广东科技出版社1990年版。

斗转星移，时代巨变。

2004年4月，位于二线关之外的宝安、龙岗两区共18个镇全面撤销建制，代之以街道办事处和社区居民委员会。两区共27万农村人口由"村里人"变身为"城里人"。

随之而来，两区18个镇下属的218个自然村从此消失在历史烟尘里，成为市民化的"社区"。原农业户籍的村民，只要是年满18岁，均可参与股份合作公司分红，并以股份合作公司为单位参加基本养老保险。

2004年是深圳全面城市化元年。深圳成为全国第一个没有农村、没有农民的城市。

数十万人告别茅洲河两岸土地，成为市民。河流，作为农耕时代赖以生存的命脉，在工业时代及后工业时代它已经失去了"农业命脉"的"不可替代性"价值。乡村河流也变身城市河流，再也回不到"喜看稻菽千重浪"的过去了。

在工业经济的"野蛮生长"背景下，农耕文明视野里的"男耕女织""一网鱼虾一网粮"的乡野场景，瞬间支离破碎。

深圳市水务局提供的资料显示："茅洲河流域原是珠三角的主要产粮区，从上世纪90年代以来，随着城镇建设用地逐渐增加，两岸耕地面积逐年缩减，侵占河滩现象开始出现。进入21世纪以来，流域内开始聚集一批以电镀线路板配套生产企业为特色的工业企业，居住人口开始爆发式增长。如今，茅洲河流域常住人口约300万人，有工业区数万个，支撑着2000多亿GDP产值。"

经济挂帅、效益优先的前置条件下，种粮当然不如"种房"，生态环境的牺牲可以暂时漠视。河流变成无源空渠，逐步丧失了天赋的流淌功能，支流被直接填埋或被覆盖，无数根人工管道将各类污水，甚至排泄物全部导入河中……零成本、无代价，污水入河似乎天经地义，各类机器忙得欢实。

茅洲河以博大的胸怀，承受了沿岸经济快速增长所带来的环境伤害，更是长期不被她的子民们所待见。

在人们心目中，这条河流基本没有正面形象，无论是媒体报道还是河畔居民的口碑，它都是个蓬头垢面、臭烘烘、黑黢黢、油腻腻，令人避之犹恐不及的邋遢鬼形象。

这条养育了深圳原居民的母亲河，自20世纪80年代起，它成为中国最早开放区域内工业和生活污水的天然"受纳场"。经过近40年的无度索取，这条母亲河日渐失去了健康和容颜，直至消失任何生命迹象，在沉默和绝望中，进入了可怕的死亡沉睡期。

没有人能够完整描述茅洲河长达近40年的慢性死亡过程，也没有人能体会这条母亲河遭受的劫难和痛楚。

按照万物相生相克的原理，一条澎湃水系的死亡，必然存在其难以克除的天敌。显而易见，茅洲河的天敌就是受其恩惠、被其滋养的子民们。上天恩赐给地域逼仄的深圳人一条蓬勃激荡的天然水系，这条汤汤生命之水，在珠三角地区产业全面升级的前夜，撒手人寰。

茅洲河为她的子民们挤干了最后一滴乳汁，她的痛与恨谁能宽解？

梭罗说："所谓的听天由命，是一种得到证实的绝望。"茅洲河的死亡历程证实了这一断言。

我们无从谴责谁，也无从评判这场母亲河之殇背后的是是非非……姑且将这一切的一切，用一句也许并不贴切的表达来概括：这是"中国制造"野蛮期的"罪与罚"。

第三章

从"消费"环保局长到"环保钦差"驾临

当下的中国，政府职能部门的设置灵活，新设交叉部门尤甚。

民间的话语体系里，可不管你什么"小政府大社会""大部制""精简机构""强基放权"这些，只有一个朴素的认知：合久必分，分久必合。

譬如地方环保局，二十年前在各级政府机构序列里顶多是个二级局，是排在政府序列末端的小字辈，开会时环保局领导座位接近最后排的记者席；又无甚实权，有时还需借力媒体推进工作，因而环保局长很容易同记者"混个脸熟"。

时移世易，经过一番演化，这个局才日渐炙手可热。

从国家层面梳理环保机构沿革，可见其"水涨船高"之势——

◎1970年代，始有国务院环境保护领导小组。

◎1980年代，始设国家环境保护局。

◎1988年，升格为独立的副部级国家环境保护局。

◎1998年，升格正部级国家环境保护总局，直属国务院。

◎2008年，升格为国家环境保护部，成为国务院组成部门。

◎2018年3月，环境保护部更名生态环境部，成为国务院26个核心组成部门之一。

非常巧合。从1978至2018年，正是中国改革开放40周年的跨度，其间，国家层面的环保机构每10年晋级一个台阶。一定意义上象征了国家对环境保护认识提升的不同维度。不言而喻，随着生态文明建设确立为基本国策，环境保护机构的作用和地位日益彰显。

深圳，作为享有地方立法权限的经济特区，政府机构的设置更是新意迭出。40年来，前后经历了9轮政府机构改革和职能调整。区级水务局与环保局这两块牌子时分时合，相当长一段时间，区级环保局和水务局分挂两个牌子两套人马，后来"二合一"，从2019年3月起再次"一分二"。这都是因应经济社会发展要求，以及国家层面的机构设置的"对位调整"。

在深圳，为何环保与水务长期"合一"，而不是其他呢？譬如大气、海洋、国土部门等。想必，是因为深圳的水体污染问题最为突出吧。在深圳，通俗来说，水务与环保，一个管水里（水务），一个管岸上（环保）。河道污水治理是水务局的事权；而环保是个大范畴，不会专项去治水。河里的水弄脏了，但根子在岸上，所以环保与水务"二合一"没毛病，强化了政府部门解决"水问题"的迫切性；两局分设，凸显河流污染治理的独特性和重要性，也容易理解。

普通老百姓可没兴趣分析政府机构的分与合，一旦发现身边的环境问题，可不管这是"环水局长"还是"水务局长"的事权，他们责难的目标只有一个——"环保局长"。

2013年前后，由网络、QQ群以及微博、博客等社交平台构成的新型媒体圈，"环保局长"是个很容易被炒作的热词。

网上"重金悬赏，邀请环保局长下河游泳"的戏码层出不穷，很是博人眼球。

这方面，精明的浙江人开了先河。

2013年2月，浙江瑞安有个叫金增敏的年轻人，在个人微博上异想天开地"悬赏20万"邀请当地的环保局长到家乡的金光堡河游泳20分钟，一时间引爆网络，他本人也成了网红。

紧接着，同样在浙江，温州苍南环保局长又被"邀请"下河，悬赏额升至30万元。

难堪的又岂止一个浙江。

随着"悬赏下河"舆情全国发酵，"悬赏赌局"也来到珠三角。广东东莞网友肖功俊"如法炮制"，在微博上开价10万元，邀请东莞地方环保局长下河游泳，网民争相竞价，赢得一片喝彩。

　　深圳这座从来不缺创意的青春之城，"好事者"早已跃跃欲试。2013年，有位名叫"胖小谦"的网友，也在微博上"摆了一道"：公开悬赏——邀请宝安区环保局长到所在工厂边的"黑水河"里去游泳，旁边还贴出一张河面脏污不堪的照片。好事者纷纷"慷慨解囊"，愿意出资跟进加码悬赏10万、20万……附和者还晒出该河段所在的位置地图，显示区位在深圳西部工厂林立的宝安沙井街道，坐标地点位于"益华电子城"附近。

　　媒体竞争激烈的深圳，专业媒体闻"料"而动。一干记者飞奔现场求证。

　　卫视记者顺藤摸瓜，镜头很快对准这条"黑水河"——沙井河上游河段。其实，这里是沙井河、新桥河、上寮河等多条河流的交汇处。上游来水，无论是经过排洪渠，还是沙井河，都将汇入茅洲河干流。

　　报社记者找到附近益华电子城，先看现场，有了惊讶发现，再采访电子城内的几位经营户。几位常年在此做生意的年轻人，早已怒气冲天，此刻无不皱着眉头表达对这条河的不满。

　　刊播出来的画面，进一步佐证了深圳西部河流的丑陋不堪、无可救药。

　　深圳卫视2013年2月26日晚间作了报道。

　　在电视摄像镜头下，河面鱼虾等浮游生物早已绝迹，一河污黑恶臭的液体缓缓流向下游，河床裸露处，大量油光发亮的污泥、垃圾，散发阵阵恶臭。

　　记者随机采访路边行人，个个怨声载道：

　　"简直臭不可闻！这哪里像是条河，分明是条大臭水沟！"

　　"水体黑得像墨汁，阵阵恶臭扑鼻，令人呕吐。"

　　"河面上还漂浮着各式各样、五颜六色的生活垃圾。"

　　"我来了三年，发现河水年年有变化，那就是一年比一年差！"

　　在网友的群嘲声中，环保局长们"身价暴涨"。有媒体评论说，此举凸显了官民之间的尖锐对立，根源是环境恶化。社会新生代以"消费"环保局长的形式，行使某种监督和问责的权利，体现了中国式的智慧和幽默。

没有"删帖"、没有"封号"，也没有媒体"不跟风、冷处理"的禁令。在中国当下的舆论场，这波舆情来得颇为微妙。

这其中有一个显而易见的大背景。那就是2012年11月15日，党的十八届一中全会上，习近平当选为中央委员会总书记，产生了新一届中央政治局常委。生态文明建设新思维、新理念正呼之欲出。

见微知著，莫非那只可能引发山呼海啸的"蝴蝶"已扇动翅膀？

时至今日，随便用"悬赏邀请环保局长下河游泳"百度一下，立马搜出逾10万个结果，共有近百个网页。这种悬赏戏码，受启发于网络游戏，在娱乐化的网络语境中，很是卖乖讨巧。此种"赌局"盛行一时，悬赏的金额也逐渐加码，10万、20万到100万……显然，这种看似"集体无意识"的集中宣泄，背后是高涨的民意在助推。

毫无疑问，政府被逼到了一个十分难堪的墙角。

宝安区位于深圳西部，这里地势低洼，仿佛大半个身子倾向大海。这里是深圳的制造业中心，是亚洲乃至世界电子产业链最为完整的区域之一。同时，这里也是深圳河流污染灾难深重的区域，66条大小河流，九成以上黑成"墨水"，颜面难以示人。

沙井街道是宝安区乃至深圳市的工业重镇，这里工厂林立，经济发达，人口密集，富可敌市，水体污染则是惨不忍睹，茅洲河干流及多条重要支流在这里"痛不欲生"。

面对记者，有受访者表示，即便出资百万、千万，料也不会有环保局长敢来游泳。其实，这就是明摆着将环保局长架到火上烤。

有人说，在当今的中国，环保局长们的屁股底下坐的是一团怒火。

实践表明，眼下的中国，从上至下推动某项问题的解决，一味"治事"不如综合"治吏"见效快。行政问责正是这样一剂猛药，在惩戒官员、安抚民心、"降温泻火"方面疗效显著。上面检查若发现问题，向下问责在所难免。环境污染，治水不力，环保局长自然难逃干系。

有学者表示，其实，环境污染并非一朝一夕形成，更不是环保局长直接造成，只不过必须有一个角色充当"出气包"和"垃圾桶"罢了。

民间智慧无穷，有人替公务员考试"出题"了：

"当下中国，政府部门上午闹心、下午揪心、半夜窝心的职位是＿＿"

标准答案是："环保局长。"

这是深圳环保系统一位领导半带自嘲地向我转述的笑料。

笑料还不止此。

网络上，有好事者又出题了："请问政府机构里，哪个职位的领导更像热锅上的蚂蚁？"答案依然是："环保局长。"

当然，这不乏戏谑的成分。我猜测这多半是"业内人士"在自我整蛊，其背后的潜台词是，环保工作难以被理解，风险极高，是个揭盖即爆的高压锅。

我将这一话题，向深圳市生态环境局一位老领导请教，他坦然回答：确实形象逼真。

一方面，国家层面"不客气"。党中央国务院三令五申，中央环保督察，以督察干部为抓手，将环境问题同党政官员不作为挂钩，且一竿子插到底。如此"肃杀"氛围之下，各省、市、区谁敢怠慢、打马虎眼？轻则通报戒勉，重则警告记过，甚至直接被"拿下"，这样的例子多了去了。

"这活不好干，真的不好干。"这句话，我听了太多次。

其次，人民群众"不待见"。随着生活水平的提高，普通老百姓环保意识也日益增强，对生活质量的要求也日益升高。他们对身边的环境污染有意见、很"火大"。

其三，治理环境污染技术性强，需要政府部门的大笔投入。毋庸讳言，在相当长一段时间内，环保部门"宣传"调门远高于实际行动。环保部门并不强势，手头资源有限，是个"花钱"而非"挣钱"的机构，虽卖力却难见成效，话语权自然就弱了。特别是基层环保局长，这把交椅不好坐，是一个容易"闯枪口"的行当。

其四，为了发展经济，对一些财税贡献大户，政府部门舍不得下狠手。基层环保局长有委屈，上级动辄督办、限期整改，而且责任追究下来，环保局长一定首当其冲。

因工作关系，我认识多位基层环保局（水务局）领导，有一阵子，他们个个眉头紧锁，不少人巴不得早日轮岗、换岗、调岗，扳指头盼望肩头担子卸下来的那一刻早日到来，能回家"睡个踏实觉"。

更深层次原因，显然还不止于此。

震动各级领导，令基层环保局长们感到泰山压顶的是"中央环保督察"这根高压线。

让我们简要回顾一下"中央环保督察"制度的来龙去脉——

2015年12月，根据党中央、国务院的安排，当时的国家环保部启动河北省环保督察试点。

一位曾参加国家环保督察的专家向我描述操作程序：名单是从专家库中随机抽取，随后会参加培训。专项督察小组也是随机形成，直到临行前才知道要被派往哪个省市。到了目的地后，选位、现场取样、监测等全部不让地方插手，有些现场就能检测出数据，有些要过后才能出结果。整个过程类似于测试运动员兴奋剂的飞行检查，为的是权威公正。

由中央生态环保督察机构组成的督察小分队，被派往四面八方。国家环保督察，很重要的一个环节，是直接听取省市领导的情况介绍，检查汇报材料的真实性。若有材料不实，甚至弄虚作假，很难逃过专家的"火眼金睛"。

以水环境为主旨的第一轮中央督察，先后于2016年7月和11月，以及2017年4月和8月，共分四批进行，先后对31个省区市，全覆盖式开展；随后，再杀了个回马枪，分别于2018年5月及10月，分两批次对20个省份实施"回头看"。

这就是共和国历史上第一轮由上而下的无差别、飞行检查式环保督察。

其处罚力度之大、震动烈度之强、影响之深远，均超出了很多人的想象。

据央媒报道，截至2019年5月15日，第一轮"中央督察"及"回头看"宣告全部结束。其间，全国共受理民众举报21.2万余件，立案处罚4万多家，罚款24.6亿元，立案侦查2303件，共拘留2264人。

在问责方面更是铁面无私，毫无妥协余地。据权威统计，第一轮督察中，共约谈党政领导干部1.8万余人，问责1.8万余人。

2018年3月17日，北京，十三届全国人大一次会议新闻中心。原生态环境部部长李干杰向媒体透露，中央环保督察，从一开始就是由总书记亲自倡导、亲自推动。

他用四句话总结第一轮督察成效："百姓点赞、中央肯定、地方支持、解决问题。"

"环保钦差"到来，普通百姓当然欢呼雀跃。坐不住的是官员，蒙混一定过不了关。

根据公开的信息，被问责者以基层干部居多，甚至是科级、村级干部。

这是为何呢？

国家环保督察办公室有关负责人分析原因：督察中发现并问责的问题，很多都是群众身边举报的问题，所以涉及的人员以基层干部为主。

被问责者，即便离任了也依然要接受处罚，没有任何弹性空间。

广东省委、省政府2018年3月公开通报第一轮中央环保督察处理问责情况——

2016年11月28日至12月28日，中央第四环境保护督察组对广东省开展了环境保护督察工作，并于次年4月23日将督察发现的16个生态环境损害责任追究问题移交广东省，要求依法依规进行调查处理。

经省纪委常委会审议，并报省委、省政府审定，决定对207名责任人进行问责，其中厅级干部21人，处级干部83人，科级及以下干部103人，给予党纪政纪处分152人，诫勉55人。

这次问责通报中，广东茅洲河水质污染严重问题不出意料地被再次"点名"。

通报措辞空前严厉，认为："深圳市、东莞市政府对茅洲河流域污染整治工作落实不力，多项重点整治工程进展滞后，生活污水直排茅洲河。"

通报一针见血地指出：

◎深圳市政府及相关职能部门对茅洲河治污工作统筹部署、执法不力，工作机制未理顺，污水管网规划不全，污水处理厂等设施建设进度严重滞后。

◎宝安区、光明新区工作推进不力，部分工程项目进展缓慢。

◎东莞市政府及相关职能部门建设污水收集管网工作不力，管网建设缺口100多公里。

按照有关规定和干部管理权限，给予时任深圳市水务局及深圳市人居环境委、宝安区政府及环保水务局的相关领导给予党内警告、行政警告等相应处分。

这还远未结束。

2019年1月，广东省委、省政府再次通报中央环境保护督察"回头看"问责情况：2018年6月5日至7月5日，中央第五环境保护督察组对广东省第一轮中央环境保护督察整改情况开展"回头看"，并于同年10月11日将督察发现的生态环境损害责任问题移交广东省。据此，广东全省共对109名责任人进行追责问责。

国新办2019年6月27日举行新闻发布会，生态环境部副部长翟青答记者问时表示，根据党中央、国务院的决策部署，从2019年开始，2020年、2021年，利用三年的时间对被督察对象开展新一轮督察。再利用2022年一年的时间，对一些地方和部门开展"回头看"……

风云激荡。

一场横扫神州大地的环保风暴正席天盖地而来。

不同于以往做法，中央环保督察的对象主要是各省级党委和政府及其有关部门，并下沉到部分地市级党委和政府。强调"党政同责""一岗双责"，通俗说就是党委、政府都要担责任。督察结果要向中央组织部移交移送，作为被督察对象领导班子和领导干部考核评价任免的重要依据。

同时，中央环保督察由以往"查企"，转变为"查督并举，以督政为主"。说白了，就是同官员的乌纱帽直接挂钩。

这样一来，你说焦虑不焦虑？不急成热锅上的蚂蚁才怪。

清明巡河，与浪漫无关

"热锅上的蚂蚁",当然是一个比喻。

现实中,基层"治水人"情状究竟如何?

眼见为实。我希望以亲历的方式,近距离观察深圳市宝安区"水工"(水务工作者)们的一天。

不妨先简介一下蚂蚁们足底的"热锅"——

◎ 截至2019年,深圳不足2000平方公里的面积承载了逾2.6万亿元的GDP和2000万的管理人口,水环境承载能力已达极限,治理水体污染到了"决一死战"的关头。

◎ 2019年,被定位为深圳市治理黑臭水体决战年。上年排查的共159个黑臭水体被全部纳入国家清单,在全国36个重点城市中数量最多、难度最大。除了要接受省检查及国家黑臭水体治理"大考"之外,全市范围内所有黑臭水体必须年内"消失"。

◎ 在2019年初深圳"决战年"动员会上,广东省委副书记、深圳市委书记王伟中既是向与会干部下达总攻令,也等于是下达了一道死命令:"坚决完成年底全面消除黑臭水体军令状,兑现向党中央、省委和全市人民作出的庄严承诺。"

近40年沉淀的水污染顽疾,即将在2019年内扫荡殆尽,2000万深圳人等待这一刻的来临。

2019年4月5日,己亥猪年清明小长假首日。

按照公务安排,宝安区一干"水工"将前往多个水污染治理现场调研。所谓调研,其实就是督战,既拿鞭子(当监工)又拿指挥棒(当考官),发现施工方存在质量不合格、标准不合规、材料不达标等各类问题,均一一记录在册,现场督促整改,待下一轮复查时勾销。清明节是春节后第一个小长假，"清明巡河"，已成宝安"水工"近年惯例。

上午9点30分，一辆公务中巴车从宝安区水务局门前准时驶离。

宝安区水务局党组书记、局长李育基，局党组副书记、调研员吴新锋，以及区水务局工程事务中心等部门负责人全都到齐。今天，他们将现场巡查铁岗排洪河，以及位于深圳宝安机场附近的大空港片区黑臭水体治理的重点河流坳颈涌等施工点，全力以赴为迎接"0415（4月15日）"国家住建部、生态环境部黑臭水体专项督查（即所谓"国考"）做好准备。

假日里，车少路畅，约20分钟巡河队即来到位于西乡街道铁岗水库下游一侧的排洪河工地。

天气晴好，光线充足，施工现场忙碌一片。项目设计、施工、监理等部门负责人悉数到齐。

据了解，这条排洪渠为人工开挖，原本用于铁岗水库的分流泄洪，途经铁岗社区、凤凰岗社区等多个人口稠密的建成区，一定意义上成为周边住宅区和工业园区的排污渠。因此，雨污分流、引清水入河是治理关键。铁排河人工河道总长度约7.6公里，至西湾红树林湿地公园附近入海。

宝安区希望通过上源由人工补水的方法，再造一条水清岸绿的城市景观河。目前，工程已近尾声。

作为甲方，巡河队下达的每一个指令，对现场施工的乙方来说，都是一道必须执行的任务，这涉及局部调整，甚至推倒重来。因此，这种现场督查，甲方是来"找问题"，施工方则是"领任务"，角色不同，自然心态迥异。

李育基是今天巡河队里最大的官员。在狭窄的河边小道，他像个"头蚁"在前，一路走走停停，后面的队伍也"一"字形时停时续。

在一处绿化堤岸旁，面对一坡新近摆放的盆花，他问："栽种的是何种花草？"项目方人员回答："是马缨丹和黄金叶。为何摆放这两种主题花草，一是这两种植物较耐旱、花期长，二是易打理，方便后续管理。"

李育基没再说什么。

随后，大伙的脚步停留在编号"Y003"的一处出水口前。

这是一处雨水口，经过滤处理后可排入河道，成为动态水源。当天天气晴好，出水口却有少量水流溢出。"不对呀，这是雨水口，天没有下雨怎么会有流水呢？"李育基转头面向施工方负责人，"赶紧溯源查找，看这股水流是从哪里冒出来的。"又说，"我担心附近生活区有哪根暗管连着雨水管，没有剥离出去——雨、污水混流绝对不允许。"

与此同时，李育基指着对面河岸大片"裸露"的水泥墙说："这些墙体不能浪费在那，要清理、粉刷成景观墙。"

有人一一作了记录。

由于施工正在进行，沿河两侧道路坑坑洼洼，有些路段泥泞不堪。通行时，只能循着垫脚石，择路花式行进。看得出，李育基、吴新锋等应来过很多次，对这里的每一处施工点位早已烂熟于心。对每一处入水口、每一个重要节点，包括某些河段为何"硬处理"等等，问得十分仔细。对上次的问题依然没有整改的，则毫不客气地提出批评。

在凤凰岗小学段，巡河队停在一片栽种了灌木和风景树的绿化带前。李育基将施工方现场负责人喊到面前："仅仅表面'好看'还不够，建议这一块空间改种草坪，为的是能够让孩子们将来可以踏青，方便近岸亲水。还有，那边一处陡坡，建议削低坡度，方便市民今后移步赏景……"

若换个位置，从施工方来看，巡河队这帮人就是存心在"找茬、挑毛病"。从来都是说起来容易做起来难，可作为乙方，永远处在被动地位，虽有情绪、抱怨，也只能照办。面对甲方的"指手画脚"，考验的不仅是施工水平，还有耐心和意志力。

也由此可见，"巡河"其实是一件当"恶人"的苦差事。

临近正午的阳光较烈，沿着尚未通水的河道边蹒跚步行，虽然众人头上都戴了一顶草帽，但此时身上早已汗水淋漓。巡河队又发现了几处瑕疵，包括雨水口被堵塞、截污口有滴冒现象等，李育基当即向总承包商中交建项目负责人，还有设计、监理方代表一一指出，厉声要求："记下！立即整改。不要隔夜。"

11点30分。

巡河队一行来到前进二路外侧河段，此处往下是一段暗渠。从现场可见的破旧门框、连着水泥块的陶瓷坐厕、断裂的墙体等，可以判断，不久前刚刚拆除了一片临河建筑。眼下，河道正在疏浚，岸边绿化刚刚起步。

在一片开阔地，以"头蚁"为中心，二三十号人围成一个"〇"字形。

就上午发现的问题，李育基逐个"点兵点将"。最后，他说："还有10天时间，就一句话，锁定0415时间节点，确保顺利通过'国考'，弄砸了谁都跑不掉！"

中午12点半，环水局食堂，自助餐。

上午在太阳下步行3个多小时，午餐后，感到一阵困乏，瞌睡虫上来了。

我估摸，下午巡河的几个点相对集中，活儿应会轻松些。

于是，在安静处找了个沙发，很快迷迷糊糊进入梦乡。

梦境里一条小河在哗哗流淌，水质清澈见底，能数出鱼虾的个数。

严格说，这是江南山区的一条溪流，时而湍急，时而平缓，时而跳跃，时而回旋。一路跌跌撞撞，路径蜿蜒，碰击凹凸不平的河床时，会发出马铃般脆声。

来到平缓一点的地方，水流就停下脚步，与河底的砂石摩挲一阵，但终归是要奔向远方。

平坦，意味不远处会有悬崖。果然，流速在不断加快、加快、再加快……终于两眼一黑跌入深潭。到处是轰隆隆的闷响，不知出路和方向在哪。

山涧溪流最终来到山脚下，绕过村庄，进入阡陌田野。

一群孩童，在河边嬉戏。色彩斑斓的浅滩上，白肚黄脊的鱼群轻摇尾巴，静止在那，像梵高和莫奈的画。细心近看可见小嘴巴一张一翕，像咀嚼什么好东西。一旦有人扔进一颗石子，"倏"地下瞬间消失得无影无踪……少时常见景象，与现实叠合在一起，成了一个遥不可及的美梦。

身体猛然一怔，原是手机振铃耳边响起。回到现实。

下午2点30分，工作车再次启动。

除了李育基、吴新锋之外，负责大空港片区治水项目的江炜炜副局长也一同登车。根据线路，下午将调研玻璃围涌、坳颈涌、灶下涌、福永河等作业面。

中巴车经由沿江高速一阵飞奔后，首先停在了位于福海街道的一处挖掘机轰鸣的施工现场。这处工地为玻璃围涌疏浚修复工程，可以看到，原先的暗渠已被打开，污水已被截留，挖掘机正将乌黑的底泥一斗一斗地挖捞上岸。

李育基要求加快清理底泥，河道要尽快疏通。

不同于上午巡河，现在是以点代面现场查看，因此工作车走走停停。有时，巡查人员会使用随车携带的铁钩，熟练地翻开下水井盖，借助手提照明设备，查看下水道水情及截污情况。有时，会停在某处工地，查看施工中存在的问题。

◎ 在坳颈涌闸口处，巡河队发现有垃圾堆放，立即请福海街道办的负责人到场，马上整改。

◎ 在坳颈涌右支和顺支渠，发现存有一股污水，立即要求施工方中国十九冶落实整改。

◎ 在一处闸口附近，地面放置了一只垃圾桶，盖板上存有垃圾，附近还有一处搭建的板房，巡河组当即要求中国电建水环境公司核查相关方案，尽快清扫干净。

出大问题的，是桥下视线所不及的一处暗涵"胡乱搭接"。

在坳颈涌五号桥上游岸边，李育基蹲在河边，反复探望光线昏暗的桥下水面，似乎"嗅出"了什么。随即，李育基、吴新峰两人套上高筒防水胶靴，带上照明灯具，先后下到河里，顺墙摸向污水囤积的桥底下方，这里是岸上的视线盲区。

岸上的人等了一会未见两人折返，想必两人不会原路返回。于是，众人来到下游、桥的另一侧露天处等候。

约五分钟后，两人果真露头，从桥下涉水缓步出来。有人立即放下一把扶梯。

此时，是下午3点多。操不同口音、来自全国各地的施工人员，个个汗涔涔、唇干舌燥，不少人摘下草帽，卷起帽檐扇风……

待两位甲方领导上了岸，众人立即围拢成一圈。

有人递上瓶装水。

李育基摘下草帽，一边扇风降温，随即猛灌了几大口。

大家都在等待着。

喘息稍定。他问："这一河段是谁负责的？"

确认后，再问："桥下排水管是谁设计的？"

他问得很细，包括用材、内径、厚度等等。

随着声量急速放大，气氛越拧越紧。

原来，这次下河探视，果真在桥下的视线盲区发现了大问题：一处大口径雨水箱涵被"拉郎配"，接到了一根内径根本不匹配的细小排水管上。

李育基提出严厉批评。岂止批评，简直是暴怒，甚至动了粗口："简直是胡拉乱接，×××！莫非头脑里的那根污水管接错了？"

近几年，因经常奔忙于各施工场地之间，从衣着到面容，深圳的基层"水工"们大多"灰头土脸"，他们自嘲是"乡村干部"。

这位中等以上身材，壮实，头顶微秃的区环水局长，此时一手叉

◎ 宝安区水务局几位领导在"巡河"，及时督促、纠偏，强力推动施工进程。

腰，一手挥动着草帽。凌乱的头发随风拂动，额前的汗珠大颗大颗滚落下来。不知是因天气闷热还是情绪激动，只见他脸颊胀得彤红，颈脖上的经络也鼓突得厉害。

不知是谁递上几张餐巾纸。他抓过去在脸上擦拭了几下，纸巾很快团成一球，脸颊及下巴上则残留下几片白色纸屑，模样看起来有些滑稽。

喘了几口气后，他用早已嘶哑的嗓子向现场施工负责人描述桥下所见，以及可以预见的严重后果。

周围无人插话，只有李育基一个人发出的声波在空气中振动。他一旦停下，就十分安静了。

少倾，他指着河床露天处另一处用砖砌了半截高的污水井口问："这是哪家单位施工的？"

"是我们……"人群中有人举了一下手。

他用目光找到了应答者："也不用脑子想一想？现在是枯水期，一旦进入雨季，激流很容易冲垮井口。必须按规定改用钢筋水泥预制件浇筑，否则就是埋下个大隐患！"他要求施工方立即调整方案，"必须推倒重来！"

回到工作车上，吴新峰说："亏得是现在发现了，整改还来得及。一旦管口接上，哪天来一场龙舟水，下水不畅引起倒灌，必然形成路面积水。淹掉街头铺面，老百姓肯定会拿起电话骂娘，或在网上发帖指责，甚至会起诉政府不作为。"吴新峰补充道："这可不是开玩笑，过去就发生过这类事。如再发生一回，谁来负责？"

四月初的深圳，夜晚降临迟缓，日子似被拉长了。

离开此处，巡河队继续下一站。面对一段约20来米长的毗连地带，两家施工单位形成推诿。眼见双方"扯皮"不止，李育基快刀斩乱麻，直接划出界线、切分责任，话语软中带硬："这次就算吃点亏又何妨？后面的项目还有的是……"待两家单位现场点头确认后，巡河队赶往今天最后一个"点"。

此时是傍晚7点。街头路灯渐次亮起，五彩斑斓的都市夜生活在慵懒中缓缓启幕。

终点：福永河入海口涵闸处。

这里临近一处海鲜市场，多条污水口在此接驳、汇合。

在一处被揭开盖顶的巨型暗涵交汇口，李育基借助照明电源，蹲下身详细观察污水流量及走向。一边喃喃自语："涵道接驳可能形成落差，届时能否顺利过水是个难题……"

他向身边的施工负责人提出各种疑问。

施工方技术员将近日作业情况、遇到的困难，以及接下来的设想和解决方案一一介绍。

我观察，除个别环节，几位环水局领导对各施工现场其实心中有数。对他们来说，今天既是回访、督查，又是对新情况摸底、掌握。这类巡河活动也会滚动进行。

接下来，要对下午情况做一个总结。

各项目设计、施工、监理方全部集中到福永水闸旁一处空场上。

因附近封闭的暗涵被打开，空气中弥散着一股腥臭味。在昏暗的照明灯下，成群的蚊虫在空中飞舞，身体稍一停顿，便会遭到围攻。大家只能一边用草帽扑打，一边不断移动身体，让这群"吸血鬼"难以附着。

先是吴新锋、江炜炜分别提出各自意见和建议。两人都是直奔主题，无半句啰嗦废话。

最后，李育基向各施工单位发出五点"指令"：

◎各施工方需增加人员、设备，在确保工程质量和施工安全前提下，加快工程扫尾进度。

◎施工单位之间应加强合作，加快摸排正本清源、雨污分流管网工程周边暗涵及管道，保证污水不入河。

◎中建六局需将河流支渠，尤其是坳颈涌七个支渠揭开，将污水从中剥离出来；中国电建负责全线排查，溯源追踪，将污水全部截走，确保污水不入雨水涵、不入河。

◎一定要严格按照规定的时间节点确保河道贯通，先清洗河道，再常态补水。

◎中建六局加快福永河暗涵污水排查进度；中国十九冶加快进度，保证机场北排渠的污水不再进入福永暗涵。

每一个问题，每一项要求，都落实到具体负责人头上。有些施工方负责人姓名，李育基能直接叫出，有些则要求自报姓名。他叮嘱："今天发现的问题已全部记录在册，解决的具体时间也已确定，下次巡河逐条勾销。"

我粗略统计了一下，当天下午，共检查了13处大小施工点，打开的污水井盖至少有30多处，发现亟待解决的问题不少于6个。现在发现，中午的猜测完全错误。同上午相比，从一条河，放大到一连串河渠和暗涵，劳动强度之大，应高出数倍。

结束全天工作，巡河队终于登车返程。此时是晚上7点40分。

夜色渐暗，反衬之下，海鲜市场内的灯火显得格外明亮。透过玻璃窗，可见各海鲜档前人影杂沓……在清明三天小长假里，各行各业的人正以闲散的心态呼朋唤友品尝生活的滋味。

今天本该是一个松弛心情、忘却劳累的假日。

这座海滨城市，之所以保持了连续数十年的惊人增速，得益于她的体制、机制优势，更得益于一批又一批辛勤的逐梦人。

这边厢"水工"们一天的巡河刚刚结束，另一群人，他们的工作才刚刚开始。那就是被喻为深圳"治水铁军"的施工人员。为追赶工期，迎接10天后的"国考"，他们必须挑灯夜战。

无论白天与黑夜，无数人在不同的位置上在做同一件事：用勤劳和付出，全力找回这座城市丢失已久的水清岸绿风貌。

带着满心疲惫，拖着沉重步履，我随众人登上中巴车。

靠在车椅上，松下身子，这才感觉似乎被悬空了一天的双脚，终于踏实落地。此时，心里唯一的念头是，赶紧回到家里，脱下衣服洗个热水澡，将浑身的臭味和困乏一并冲走。

一路无话，工作车沿广深高速一路飞驰，司机加大油门，仿佛要将一天的疲累扔到身后。看着窗外一闪而过的万家灯火，恍然间，有一种莫可名状的情愫萦绕心头。

"清明巡河"，无半点浪漫可言。满眼晃动的尽是下水道、污水井、臭沟渠、黑底泥、黄土块，充斥耳际的是挖掘机的轰隆隆、哐当当，以及切割钢筋的吱嘶嘶怪叫声。

日夜兼程、风雨无阻。毫不夸张地说，近几年，为了冲刺水环境整治及生态修复，深圳的"水工"们成为城市最忙碌的一群人。

一位已经离开宝安区环水局（机构调整前名称）的同志告诉我，架不住长期"5+2""白+黑"工作模式，以及"闻鸡起舞+午夜狂奔"式的玩命节奏，好几位年轻干部已经提交了辞呈，甚至放弃就在眼前的晋升通道，离开了公务员队伍。

毋庸讳言，在当下的党政机关里，还有"做多错多"的"罩门"，以及"不做不错"的"窍门"，有些"明白人"干脆尽量少做或不做，反倒回避了很多责任风险。这种鸵鸟心态，虽被各方斥责，但其存在的土壤怕一时难以铲除。

根据公开的信息通报，深圳市及宝安区从事"治水"工作的前后多位市、区级领导及基层干部，在上一轮的国家环保督察及"回头看"中，因"工作不力"及各种原因，受到了问责处罚。背着处分"戴罪立功"、带着委屈流汗前行的大有人在。

中国现阶段，类似深圳宝安的这群"热锅上的蚂蚁"想必为数不少。虽然被"豪赌"的人们"慷慨"地"悬赏""消费"，但历史赋予他们应具备在"高压锅"里生存、在饱受诟病中埋头苦干的定力和功力。

不是身在"热锅"之上，断难体会个中滋味。

第五章

被重塑的源头风景

自然河流必是有源之水。

茅洲河纵然支流交错、密如蛛网，也终归有一个主干上源。

茅洲河的上源和上游在哪呢？

宝安本土居民会不假思索地说，还用问吗，石岩河呗。

没错，从官方到民间，茅洲河发源于阳台山的北麓应无争议，其上游非石岩河莫属。

实际上，石岩河早已今非昔比，它只是个名义上的源头而已。

打开高清地图，沿茅洲河上溯，一番"九曲回肠"之后，其干流上游戛然止于石岩水库大坝。也就是说，茅洲河上游河道，已被人为截断，说它是无源之河也并无不妥。

按正常河流形态，它早已失"真"。

"石岩水库哪有什么天然补水口，只有碗口这么粗的天然水流。"宝安区一位"老水务"有些夸张地用两手比划出一个"碗口"说："偌大深圳，除东部大鹏半岛有几条短促入海的河流保持了原生状态（天然源头，径流完整），基本没有完整意义上的河流了。城市建设改变了山形地貌，山体和植被被水泥建筑和道路取代，径流怎么形成？"

是呀，一座超级都市在地球上诞生，让亿万年大自然雕刻的样貌彻底易容。人类重塑了这里的一切，轰鸣的机器将成百上千座山丘推平，耕作了千百年的田园瞬间变幻成林立的厂房和高楼大厦，以及紧随而至的灯火辉煌和车水马龙。

绵延千年的水声喧哗，迅速被机器轰鸣和滚滚车流声所淹没。

说起茅洲河的发源地，石岩河是绕不开的话题。而提及石岩河，就不得不说起深圳西部那座著名的山体——阳台山。

阳台山主峰位于石岩街道境内，海拔587米，是深圳西部的最高峰。历史上是客家人的栖息地。这里山高林密，抗日战争时期，当地民众和东江纵队曾在此共同实施了一场影响深远的"胜利大营救"——从沦陷的港九孤岛将茅盾、何香凝、邹韬奋等一大批著名人士秘密拯救至此，后来被很多影视文艺作品所演绎。阳台山也因此有"英雄山"的美称。

孕育了石岩河的阳台山不仅仅是一座山的概念。它已成为一座森林公园。目前，总面积28.52平方公里的阳台山公园，经过多轮规划建设，已成为深圳市民周末观光踏青，感受山风野趣的好去处。

作为珠江口东岸难得一见的高峻山峦，在雨水充沛的气候条件下，成为野生动植物生长的天堂。据统计，阳台山有高等植物114科452种，脊椎动物82种，属国家重点保护动植物有8种。由于被早早划进水源保护区，阳台山这种原生态植被和景观得以较好留存。

阳台山由于植被丰富，孕育的河流也挺多，发端于山间石隙的山泉溪流有20余条。除石岩河外，还是白芒河、麻山河等河流的发源地。深圳市环绕阳台山的中小型水库共有5座。诚然，其部分来水蓄自阳台山，更主要还是引自数百公里外的东江之水。这几大水库是深圳的重要"水缸"，为成百上千万人提供生命保障。

石岩河贯穿六个核心社区，是整个茅洲河流域与居民最为亲近的河流之一。同时，干支流还要穿越工业区，因此，这条河流被污染的命运早已注定。

周智聪在石岩街道从事市政水务工作多年，是本地罗租社区人。2019年4月11日下午，在他引领下，我踏访了茅洲河上游的石岩河沿岸。

第一站是石岩水库。那里，是石岩河的终点。

石岩水库建成于1960年3月，蓄水后起了个美名——石岩湖。石岩湖总库容3198万立方米，为中型水库，是深圳饮用水的重要水源基地之一。

除了积蓄周边的河流入库，石岩湖同位于西乡街道的铁岗水库相连通。

自石岩水库建成后，包括石岩河在内的大小河流经过一道大闸拦蓄。流入茅洲河的水流受到约束。

在大闸的外侧，是一大片水生植物，它们担负起净化水质的任务。

石岩河行至此，被分成了两股，一股流入茅洲河，一股经过生态净化后进入石岩水库。

周智聪带着我走到大闸外侧的一处涵闸边。

此时，眼前呈现出一片水草丛生的开阔地，一块巨石突兀在前方。

"当地人叫鲤鱼石，是旧河道上的一处标志性天然物体。"周智聪说，"小时候，听村里大人说，一个夏天，有沿河放牛的兄弟俩将衣服放在鲤鱼石上，随后下河抓鱼。正值汛期，水流湍急，俩兄弟被淹死在这一片河道中。这件事，在当时石岩老街周边一带引起震动，让周围人对石岩河敬怕三分。"

这一家庭惨剧，是河边村庄大人吓唬小孩勿下河玩水的例证，成为村民们关于石岩河记忆的一部分。

涓流成溪，聚溪成河。自然游动、充满灵性的河流，不仅为人类提供鱼虾美味，更是临河而居的人们饮用、洗涤、嬉戏的天然场所。捡拾"河边故事"是我的兴趣所在。

周智聪是位七零后，他说："石岩老街和乌石岩庙你必须去看看。"

此前，曾前来阳台山周边很多次，但石岩老街和乌石岩古庙还真没到过，也没怎么听人说起。

今天，我要寻幽探古一番。

一个"熟人"就是一条路。经过一段绕行，再抄个便道。停车熄火，到了。

沿一条村路，步行百十米就见半坡上一处门楼不高的庙宇。抬眼望去，两位当地装束的中年妇女正在虔诚地烧香敬拜，留下一个引人猜测的模糊背影。

◎ 摄于上世纪80年代初，石岩河边石岩老街的热闹场景。（石岩街道供图）

◎ 摄于上世纪80年代初，石岩河边石岩老街的热闹场景。（石岩街道供图）

上得台阶，可见乌石岩庙内情景。果然，庙堂正中位置有一方圆形乌石。所谓乌石，其实就是天然大理石，在长年累月的烟熏火燎下，变得乌黑发亮。在生产力低下，又崇神敬佛的年代，突兀在河岸高坡造型奇特的石头，被当成圣物膜拜并不奇怪。

而根据乡民口传，加上文人笔录，乌石有了一个传说：大约200多年前的某个夜晚，伴随一阵电闪雷鸣，阳台山一带被云雨覆盖，上游山洪暴发，石岩河水位暴涨。河神发威，生灵遭殃，一场劫难似在所难逃。

出人意料，此次暴雨并未成灾。翌日天亮，乡民们猛然发现，原先光秃秃的河岸山坡上，竟"长出"几块巨型乌石。乡民们遂以为天降神物，镇住了河神，避免了一场无妄之灾。附近的乡民一传十、十传百，越传越神奇。

后来，乡民们皆认为此方神物露天存放，实为对神灵不敬。

众人遂商议，不妨就地建庙，将神石供奉其中，可将鸿运长留。很快，一座庙宇诞生。在随后的日子里，石岩河果然变得无比乖顺。这座神庙为十里八乡的人们带来风调雨顺的好年景。

因为供奉的奇石呈乌黑色，于是"乌石岩庙"名正言顺，且不胫而走。久而久之，乌石岩也成了此处地名。

深圳民俗研究者廖虹雷先生是石岩本地人，走访石岩河后，我向他求证某些说法，他向我揭了个"秘"——

"如今的乌石岩庙是后来重建的，供奉其中的乌石也是假的——至少四分之三是假的！"作为本地通，廖老师说，"庙，'文革'时期被拆除了，乌石则是在农业学大寨时被人劈开当做兴修水利的石材了。现在庙内的乌石岩其实是模仿原先的形态，用水泥仿做的……"

廖老师还补充了一则逸闻。当地人都觉得乌石岩是一块奇石，它每年个头都会长大。上世纪50年代，在石岩镇无人不知无人不晓。此事竟惊动了省里，广东省地质勘探队为此还专程前来观测，在乌石岩上涂抹

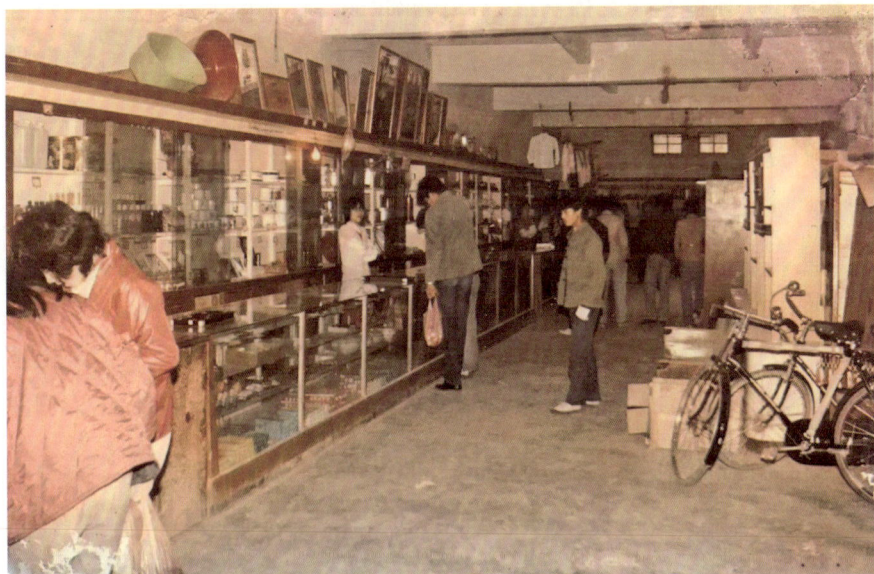

◎ 图为40年前石岩供销社内某一天的情形。（石岩街道供图）

一层油漆，用以观测是否真的会膨胀变大。

到了上世纪60年代中后期"文化大革命"开始，战天斗地口号震天，有人干脆将其一劈了之。流传甚久的民间传说，以及淳朴乡民对大自然的虔敬之心，随着破旧立新的历史铁锤重重砸下，一切归于灰飞烟灭。

据称，乌石岩庙在清朝时期曾被官府用作办公点，在民国时期乌石岩镇政府也曾设在此处。时至1930年，见前来烧香的人络绎不绝，当时政府为了满足民众需求，出资对乌石岩庙进行了修复。自此乌石岩庙香火更盛，连周边西丽、公明、龙华、沙河的村民也前来祭拜。

围绕乌石岩庙，也有一个充满革命色彩的掌故。1940年前后，有个叫陈冠修的年轻人曾自愿投到乌石岩庙削发为僧。其实，他是将此庙当作东江纵队的地下工作站，为抗战队伍提供信息和给养……

1944年，石岩遭到日军轰炸，庙旁边的斋房等建筑被炸成一片废墟，陈冠修也就此消失无踪。

新中国成立后，"乌石岩镇"正式更名为石岩镇。乌石岩庙于1950年代被设为医院，服务周边群众。1976年的一场大雨让乌石岩庙再次陷入绝境。当年7月，连下了两个多月的雨，这座饱经风霜的庙宇没能撑过这场风雨的持久侵袭，屋顶掀开，墙体爆裂。古庙面目全非，无法为信众们提供庇护，只能一拆了之。一块承载远近乡民无数寄托的天然顽石，难逃崩解的命运。

直至改革开放后的1984年，走上致富之路的当地群众又开始捐钱修建乌石岩庙……

如今的庙宇在古庙原址复建，虽然外观严整，古色古香，但规模不大。这里供奉了观音菩萨保佑平安，天井右侧供奉关公财神保佑人们发财致富，天井左侧供奉了文昌菩萨，保佑人们学有所成。

那天，看完乌石岩庙，周智聪又特意领我在石岩老街转了一圈。

老街位于乌石岩庙的下方，是沿石岩河布局的一条狭窄老旧街巷。

这里，曾是石岩墟的商业中心，现如今还保留了一些旧建筑，临街各门店拥挤、破旧、低端，看起来有些年份。老街模样同深圳的老旧城中村差不多，居住的基本都是外来打工人群，本地人早已搬离，入住到了高档小区。

沿街而走约一两百米，眼前出现了本地"最古老"的建筑——明星楼。

这是一栋三层高的仿西式建筑。一楼是临街铺面，二楼和三楼向内凹进，前庭立有几根罗马庭柱，阳台雕饰也是西式风格。岁月沧桑，这座中西合璧式建筑，因年久失修，外观很是破败，给人摇摇欲坠之感。但窗台上、廊道内晾绳上花花绿绿的衣服，说明屋子里是有住客的，且是拖家带口的那种。

"明星楼的主人是一对老华侨。中华人民共和国成立前夕，他们从马来西亚返归故里，建起了这栋西式楼房。"周智聪介绍说，"明星楼曾经是整个石岩老街最高、最威风的顶级豪宅，同时，也是最有'故

◎ 乌石岩庙庙门。（本书作者摄）

◎ 石岩老街印象。（本书作者摄）

事'的一幢建筑。"

老华侨、明星楼、归国返乡、落叶归根……这都是构成影视作品的天然元素。见我对明星楼左看右看，不断拍照，周智聪便继续介绍下去："洋气十足的明星楼建起来了，超过了老街所有建筑，一时风光无两，成为石岩墟镇的'头牌'。"说到这，周智聪话锋一转，竟道出令人唏嘘的结局："楼主人却没有风光多久，在随后的某次运动中，屋主夫妇被迫双双服毒自杀。屋主原本育有一女两男，悲剧发生时，最小的儿子才刚出生不久。家道变故，孩子很快夭折……"

"明星楼是有主的，屋主是那对老华侨年已古稀、幸存至今的儿子。作为家族的唯一男丁，早年，他曾避走香港，随远洋货轮浪迹世界……改革开放后，又回归故里安享晚年。"周智聪说。

穿过逼仄、拥挤的石岩老街，拐个弯，就到了石岩河边。

这里大约是石岩河的中游部分，一座桥梁跃过河面，沟通起两岸人流车流。老街顺河而建，这座明星楼，更是面街通河，位置极佳。这种前街后河、商住两便的建筑格局，在我故乡皖南市井也十分常见。

在河边修一座庙宇，附会各种灵异传说，表达了人们对大自然的敬畏，寄托了对美好生活的向往。

哗哗流淌的石岩河一路逍遥过市，为这座山水古镇带来灵气和绵长不绝的生活气息。

乌石岩、古庙、老街、明星楼……所有的一切都与这条连通外部世界的石岩河有关。

遥想当年，远行的人从这里告别阳台山，沿石岩河—茅洲河顺流而下，舟行数十公里，便可直抵珠江口交椅湾、伶仃洋，再往前，就是一望无际的大海了。

残存的石板，还有几棵遮天蔽日的老榕树，仿佛在诉说着石岩老街的过去以及石岩河的变迁。这一切，只能留存在当地老人的回忆里。

　　年逾七旬的廖虹雷先生，是一位著述颇丰的民俗文化学者，曾出版8部本地民俗方面的著作。出生、成长于阳台山的他，对这片土地上的一草一木都饱含深情。

　　2020年3月初，我向他请教关于故乡河流的记忆。

　　如今偕老伴移居罗湖区的廖老师说，现在已较少回石岩，但每年春节期间的廖氏祠堂举办的宗亲祭祖活动，一定会回去参加。廖老师对石岩的地名、民俗传统、茅洲河的变迁等，熟稔于心。他说，廖氏宗祠溯源有300多年的历史，根据族谱记载，廖氏先人是清朝康熙十年从中国客家人的集聚地广东梅州迁徙而来。

　　客家人喜欢伴山而居，阳台山当然是首选。

　　阳台山、石岩河所构成的山河体系，成为这多支客家人赖以生存的依托。

　　廖虹雷自幼在石岩河边玩水长大，他给我发来一些文字。这些充满烟火味的描写，无需任何画蛇添足，读者便可从中感受到茅洲河上游、石岩河边"那时"原汁原味的生存。经征得他同意，将这篇文字转录如下——

我的老家乌石岩

　　我老家在阳台山下的石岩墟。清康熙《新安县志》载，乌石岩因慈石古寺而得名，清嘉庆前建"乌石岩墟"。据《重修慈石古碑》碑刻：远在北宋建隆二年（公元961年），乌石岩已有人垦耕立村。乌石岩古寺乃"宝安胜地，乐利名场"。

　　乌石岩墟不大，却位置重要，是古代宝安中部的"通衢"，东北面的观澜、龙华去南头古城必经之地，西北面的光明、公明到南头或深圳墟，亦要经过石岩墟；以上地区的山货或蛇口、南头、西乡沿海的鱼获（甚至香港洋货），往往也经由石岩中转交流。特别是1933年建成岩（石岩）太（太平，今虎门）公路和岩口（石岩至蛇口）公路，后来又建成石岩至观澜公路，随着多条交通要道通车，石岩墟人流物流更为方便畅旺。

石岩墟坐落在慈石古庙的山坡下，成"开字"形的几条石板街，分布着米铺、李洪昌织布店、郑义和凉帽店、"火绞"（粮食加工厂）、木器社、打铁铺、日用百货、糖果、缸瓦、咸鱼咸杂店、同福饭店、陆百万烧鹅店、李炳记糖水店、利锦麻糖铺、严月严喜饼店、石安狗肉店、济宁堂药店、李志民牙科、余建强医师、李曼清接生、廖福裁缝、何满记补锅、徐锡麟打锡、周标记补鞋、刘海记百货、高祥理发、张好理发店、陆江客栈、玉珍（贞）客栈、"明星楼"邮电局、石岩当铺和石岩水果收购站、凉果场等数十间商铺。

每逢农历二、五、八沿"河沙坝"摆成集市，四乡八邻乡民交易猪、牛、家禽、五谷、果菜和竹木器制品，后来在古庙牌坊石级下整条街摆卖，再后来搬到街西头搭建一个有瓦顶的农贸市场，大大方便各地村民投墟买卖。

随文，廖虹雷老师还发来几张自己拍摄或珍藏的老照片，更让远至民国年间，近至改革开放初期茅洲河上游的自然风貌鲜活呈现在眼前。

第一张照片是四位年约5至7岁儿童。文字说明是："1978年夏天的石岩河。源于阳台山的石岩河，流经龙眼山、罗租、黎光、官田、上下屋、浪心村和石岩墟，逶迤西入茅洲河（后注入石岩水库），经松岗、沙井流入珠江口水域。图中为石岩墟明星楼后的一段河流，河面宽至近百米，河水清澈，沙砾晶莹，是石岩墟及周边村民的母亲河。图为拍摄者（廖虹雷）的孩子和侄儿在石岩河里玩水的瞬间定格，令人怀念。"

从这张照片的画面可以清楚看出，40多年前的石岩河水流清澈见底，浅滩漫流，岸滩柳树成荫，4位孩童赤脚站在河水里，完全是一幅传统中国水乡常见的野趣横生、河水漫滩、悠游自在的乡村图景。

第二张是1978年夏天，廖虹雷的孩子和侄儿在石岩河边（今石岩庙

◎ 浅滩漫流，岸滩柳树成荫——
1978年的石岩河。（廖虹雷摄）

◎ 1978年夏天，拍摄者的孩子和
侄儿在石岩河边（今石岩庙东
边榕树头）的鹅蛋石上玩耍时
留影。（廖虹雷摄）

东边榕树头）的鹅春（蛋）石上玩耍留影。

还有一张照片堪称文物级。画面是一座横跨石岩河的石桥。

廖老师告诉我，这张照片是迄今为止关于石岩河可追溯历史最为久远的影像。拍摄于1933年，即民国22年。

照片中的石桥，始建于清末民初时期，是一座经由石岩古墟西南面通向浪心、白芒和南头的石桥，桥面和桥墩均用巨型花岗石铺成。1933年岩口公路（石岩至蛇口）建成后，在石桥另一侧专门兴建了一座大木桥，方便汽车通过。

这座早已消失在历史烟尘里的十一孔花岗石桥，背景画面的一座古木阴翳的山丘，以及一片建筑，正是现今乌石岩古庙以及石岩古墟的局部。从桥的跨度及水面判断，当时河水充沛，河面较为宽阔，应有100余米。岸上的建筑也修造得高耸坚固，这应该是日本人飞机轰炸前的丰饶景象。

◎ 石岩河石桥。拍摄于1933年，为迄今记录茅洲河历史最为久远的一张照片。
（廖虹雷供图）

最后一张照片，画面反映的是2004年石岩墟的西南一隅，可见通往南头方向的石岩河上，1990年代又兴建了一座沿用至今的水泥桥，仍可见宽阔的河面及湍急的流水。

这四张照片，大致勾勒了石岩河及石岩墟近百年的历史变迁。

石岩河全长10余公里。现如今，有约6.4公里河道实施了景观改造。

2020年2月底的一天，我再度赴石岩街道走访，看看整治后的石岩河新面貌。

变化真快、真大！

曾经脏乱不堪、难以示人的石岩河，已是丑小鸭变白天鹅。

现在是枯水期，目测行水河床宽约20米左右、流水缓缓流淌，浅浅地漫过河床。

河道两侧高出河床的平台上长满开着小白花的绿色植物，随河道延伸，为单调、空荡的人工河道增添了生机和活力。待水泥硬化的河岸斜坡上爬满青藤绿植，河床石头结满青苔，石缝里生出绿油油的水草，整

◎ 石岩河上1990年代又兴建了一座沿用至今的水泥桥。（廖虹雷摄于2004年）

条石岩河就会富有野趣了，也会更接近自然样貌。

负责河道景观工程的石岩街道办副主任陈才河告诉我，实施截污、雨污分流及正本清源一系列"大手术"后，如今，石岩河内的清流，一部分是来自石岩河三个支流的来水。它们是沙芋沥河、水田支流、龙眼水。其次，还有一股水源是来自于石岩水库库尾补水工程，这里经过沉降和生态净化后的水体，通过压力泵重新打回石岩河中上游，成为石岩河的景观水源之一。

政府部门投入巨资，由中交建承建的石岩河改造项目，于2016年至2019年完成主体工程。加上开发商营造楼盘亲水效应的助推，"农民房""历史违建""城中村"盘踞的石岩街道，终于迎来临水而居的新时代。河岸大理石铺就的步道、亲水花园、一栋栋崭新楼宇……视野里的这一切，标志着一度被烙上"低端、偏远、闭塞"的石岩河沿岸一线，人居环境已发生颠覆性变化。

"眼下，自己最想做的，是在石岩河生态修复拓展出来的公共空间内，引入一系列文化项目，让文化气息飘散在石岩河两岸。"石岩街道党工委书记魏剑彬对水清岸绿后的石岩河有了"新思维"："只有文化气息浓郁了，人群结构改善了，石岩低端、落后的帽子才能真正摘掉……"

在我看来，石岩老街就是不可多得的文化"沉淀池"，若能将历史街区重新激活，让包括明星楼在内的历史建筑"讲述"自己的故事，将廖虹雷先生笔下的那些活色生香的"老字号"招牌重新亮出来……现有的这些元素足以造就一座因水而兴、原汁原味的"岭南风情小镇"。

假以时日，久已疏远的人与河的亲密关系，将恢复热络。

未来的日子里，深圳人结伴爬阳台山、逛石岩河、骑行石岩湖畔将是周末休闲不错的选择。

第六章

隔岸世仇因"水"结下梁子

茅洲河中游干支流构织的细密河网，几乎将深圳市光明区"一网打尽"。

茅洲河曾孕育深圳西部古老墟镇公明墟，这一带是个故事富矿。

在光明区文化部门一位朋友引荐下，我找到一位文化"活地图"——70多岁的梁锡佳老人。梁叔是李松蓢村人（为尊重讲述者，本章社区均称"村"），曾任原公明街道粤剧团团长，对地方文化传承颇多付出。退休前，梁叔曾在当地行医50余年，言及本地风物掌故，可谓探囊取物。

梁叔是个热心人，在光明区文化系统是个知名人士。

2019年3月26日下午，我得空拜访梁叔，并走访茅洲河两岸三地：李松蓢、下村和上村。

位于茅洲河北岸的李松蓢，是一个典型的城中村。

在挖掘机的隆隆声中，我们穿行在握手楼之间，途经实施雨污分流工程而被"开肠破肚"、泥泞不堪的村内道路。最终驻足一排岭南风格的老宅前——李松蓢社区老年活动中心。

梁叔说，茅洲河是现在的官方称呼，在原公明镇一带历来都叫大陂河，"以前大陂河水量很大，脾气很坏的，经常泛滥害人"。

我问：为何后来水流变小了呢？

他答：自上游建设了石岩水库开始，下游水量大减。加上后来工业厂房大量兴建，农田一天天减少，直到一块都不剩；外来人口又大量增加，大陂河就慢慢成了"小河、脏河"。

梁叔已经提前打了招呼。今天，他自己当配角，另请村里的长者"讲古"。

◎ 本书作者赴李松蓢社区（村）作田野调查，左一为梁叔——梁锡佳，中为该社区最年长者——97岁的梁培发老人。（月影摄）

97岁的梁培发老人，是李松蓢村的寿星公。

老人不会说普通话，地方白话也难以听懂，采访得益于梁叔的"翻译"，以及另几位村民帮衬。

李松蓢村紧紧倚靠大陂河北岸，同隔河相望的水贝村（中华人民共和国成立后水贝村分为上村和下村）鸡犬之声相闻，却老死不相往来。两村不通婚、不交友、不走动，世仇不共戴天。

仇从何来？根起横亘两村之间的大陂河。

中华人民共和国成立前，大陂河时常泛滥。一旦洪水来袭，南北两岸男女老少齐上阵，都拼命抢夺抗洪物资加高、筑牢防洪堤。只有挡住了洪水，才能保住堤内的家园及农田。换句话说，一旦对方坝溃堤垮，成为泄洪区，己方也就安全了。

在这种"人不为己，天诛地灭"的畸形心态下，隔河相望的两座村庄结下梁子。年年岁岁，双方械斗不止，形成拉锯战。

此外，因隔河相望，宗族间耕牛走失，鸡鸣狗盗等是非颇多，日积月累埋下怨恨。

梁老伯的讲述从他父亲16岁开始——这里颇有一番"讲究"。

虽械斗无情，但留有君子风度。双方有个不成文的规矩：无论两村之间的打斗如何激烈，妇女和儿童必须走开。男丁只有等到16岁才具备参战资格。

16岁，是判断李松蓢村及水贝村男丁是否"成年"的一道分水岭。参与械斗则是他们的"成人礼"。

"李松蓢紧邻大陂河，三天不下雨没水喝，但连下三天大雨又会泛滥成灾。"梁伯解释说，原因是大陂河及支流普遍河道短促，蓄洪能力很差。还有个天然不足，大陂河从上游到李松蓢一段，河道忽然收窄。加上两岸泥沙不断沉积，导致河床不断抬升。上游洪水汹涌而下，南北两岸村庄只得拼命加高水坝……

李松蓢村位于大陂河北侧，河堤长度较短。对面南岸的水贝村，人口比李松蓢村多出近一倍，所占岸线也长很多。从人丁数量、地盘体量

◎ 硕果仅存的几栋百年老宅，见证李松蓢村的沧桑历史。（本书作者摄）

◎ 这口老井曾经为李松蓢村数百口人提供饮用水。（本书作者摄）

看，南岸明显胜北岸一筹。械斗中，李松蓢村长期处于劣势。

李松蓢村人不姓李，姓梁。据族谱记载，祖上由明朝中叶先祖梁元琼从东莞板石村来到茅洲河边开村立业，迄今已有500多年历史。经过繁衍生息，现今依然是大陂河片区主要姓氏之一。

水贝村人也不姓水，姓陈。按族谱记载，始祖名叫陈轸，传至107世孙陈徽，由金陵（南京）迁至江西柳溪，至115世孙陈时，再从江西迁转至广东南雄。其中，分出一支经由东莞至此定居。陈姓人丁兴旺，是整个大陂河片区的第二大姓。

梁、陈两大望族，针尖对麦芒，谁也不服谁。

在华南地区，尤其是珠三角一带，每年端午前后有天降龙舟水之说。龙舟水来袭，水位暴涨，此时，也是两岸村民最易引发矛盾冲突的时刻。

矛盾尖锐到何等程度？

梁培发老伯记忆深处保留了两个惊心动魄的"故事"——

第一个故事：炮打陈家祠。

为对付人多势众的水贝村陈姓族人，欲将对方打服，李松蓢村决定引进"杀手锏"。

在梁培发父亲16岁那年，有村里的"能耐人"专门从外地请来高人，绕村一番考察后，施出一计：依仗北高南低的有利地形，在李松蓢村一处山坡上修筑一座炮台。危急时刻，可炮轰水贝村，以弱胜强，扭转局势。日常则可形成威慑，赢得气势。

说干就干！不久，炮台落成，又悄然从外地运来一门大口径铸铁"威风大将军"。

炮口居高临下，对准大陂河南岸的水贝村（现下村社区）。

梁老伯说，父亲16岁至18岁时这段年龄，正是两座村庄矛盾最尖锐的三年。也正是那个阶段村头架起了巨炮。

巨炮威风凛凛，可真的开炮会出人命的，要考虑后果。

架炮又怎样？水贝村人不是吓唬大的，料定那只是个摆设。

"绝对不是！真干。"

那一年，龙舟水如期杀到，又是一番龙虎斗开场。李松蓢村决定"立威"。

几位后生热血冲头，装填好火药，置入炮弹。只听一声令下，引信"嗤嗤"燃起。

"轰隆"一声巨响，一发炮弹呼啸着脱堂而出，竟越过大陂河射出千米开外。

"威力如何？"

"打中喽！"在座的几位老人几乎是异口同声。

"一发炮弹正好落在水贝村的祠堂屋顶！"梁老伯比划出一个手势，绘声绘色，让人如同身临其境："哐当一声，屋顶被砸出个大窟窿，祠堂房梁被拦腰砸断！"

"那时的大炮，真有这么准确？"我表示质疑。

"那座建筑还在呢，就在下村小学内。"梁叔补充说。

梁老伯说，他出生时，父亲已42岁。如今他已97岁高龄，这样推算，应是120年前的事了。显然，他们都没有亲见，由村里上辈人口传而来。细节无法证实，但确有其事。

后续如何，在座的几位老人都没说。

说起炮台，他们都有印象。"炮台原先被四方土墙合围，大炮早已不见了，但炮台的基座和围墙一直都在。村里的小孩捉迷藏还经常出入其间。"

梁叔说，直到上世纪90年代中期，为发展经济，李松蓢村全面工业化，炮台连同那片山丘被推平，建成了一个工业区。

这应该是一处文物遗址，加以保护才对。为了证实这一点，我曾询问文管部门。一位熟悉茅洲河历史变迁的老同志证实，当时曾有不同意见，有人建议将炮台由政府部门出面保护下来。"当年，基层文物保护意识很差，最终还是让位给了经济发展。"这位老同志不无遗憾地说，"可惜了！"

茅洲河系统整治后，深圳市希望建立一座反映茅洲河两岸历史变迁的博物馆，这时，人们开始寻找能够呈现历史人文风貌的历史遗存和旧时生活状貌，位于李松蓢社区的这座炮台再次进入史料收集者的视野，可是，"拆除时，三下五除二就搞定的东西，要恢复它，就有登天之难了……"

茅洲河沿岸的文物史迹勘察和保护，早就应该纳入政府部门的视野了。遗憾的是，在过去的几十年里，人们只注重经济发展，这样"三下五除二"的事情，并非孤例。

第二个故事：石狗公奇闻。

石狗公不是一个人，而是一块石头。准确说，是一个迄今无法考证其历史年代的犬形石雕。如果说，"炮打陈家祠"有很大的"演绎"成分，那么，石狗公引起的"公案裁决"，则让人直呼神奇了。

在传统农耕时代，狗，是忠诚、友善、灵性的象征。在梁老伯的记忆中，从小时开始，石狗公就一直屹立在大陂河边、李松蓢村口。

据说，村里人祈求风调雨顺、阖家康泰，是百求百应。每逢重大祭祀活动，村民都要到这里烧香膜拜，向石狗公祈祷、许愿、还愿。村人谁家添丁增口了，都会向石狗公祈求保佑。

"妇女用红布在石狗公身上包裹一下，回家再给小孩擦身，可确保孩子不得天花、麻疹……"曾行医多年的梁叔告诉我村里曾有这样的习俗。

石狗公给李松蓢村的梁姓子孙带来了平安吉祥。随着香火鼎盛、神迹远播，其自身归属问题竟成了一桩"公案"。

李松蓢村跟水贝村原本视如仇敌，双方围绕石狗公的权属问题展开一场激烈争夺。

梁老伯说，听老辈讲，由于双方都拿不出证据，连官府衙门都无法调停。

最终对方依仗人多势众，开出一个近似荒唐的"由大陂河说了算"的赌局：将石狗公当众扔到大陂河里，若它还能浮出水面，说明它心向着梁姓，自然归李松蓢村所有；相反，如一声不响沉入水底，说明它心向陈姓，那就归下村所有。

如此赌局，如同说"你说这东西属于你的？那好，把它喊应了就归你"。就这逻辑。

任何一块石头都不可能浮在水面，这是常识。

虽然不公，可谁叫你人少势弱呢。

在一个白浪滔天的日子，百多斤重的石狗公竟被人搬下，扔进大陂河。

结局，谁都没能想到。

赭红色的石狗公先是沉入大陂河底，就在人们觉得一切都已结束时。

众目睽睽之下，奇迹发生。

随着一阵浪花飞溅，石狗公竟被浪涛卷了起来，在水面翻了几个跟斗。

直看得大家目瞪口呆！未等所有人回过神来，李松蓢这边身手活跃的人一声呐喊，齐齐跃入河中，将石狗公抱上了岸边。

失而复得。从此，一桩"公案"落幕。

这个故事，梁老伯和几位老村民讲得言之凿凿，但我觉得不太可信。转而一想，似乎也并非不可能：石狗公由珠三角地区常见的红石雕凿而成。这种石质原本密度不高，较易切割，如内部恰好有空腔存在，则具有一定的浮力。此外，在特定的水文条件下，河底物什被翻卷至水面，也并非不可能。

当然，这些都是合理猜测。

炮击祠堂及争夺石狗公，均为李松蓢人的单方讲述。想必，水贝村人也会讲出自己的故事。只是这些掌故都早已归为历史烟尘，考证其真伪已无现实意义。我在茅洲河沿岸走访，发现这类隔河冤家间的"故事"不止一地独有。

中华人民共和国成立后，水贝村先是被一分为二：上村和下村。随后，邻近的西田、下村、李松蓢三村被合并成一个大队。大家同处于社会主义大集体，劳动竞赛、干部开会、群众交流学习等，让老死不相往来的村民们自然而然地走到了一起，不同姓氏、不同村落之间的矛盾和痼疾开始冰消雪融。

历朝历代都解不开的死结，"社会主义大熔炉"里简直小菜一碟。

到了今天，所谓的"村民对立"更是不复存在。首先，"村"这个概念在整个深圳早已消失。其次，农村城市化后，"村民"这个群体也已成为历史。只有社区、市民这两个说法。同时，随着深圳特区的扩容，土地全部归为国有；加上流动人口充入，传统村域的地理边界、心理边界已经完全模糊。

梁叔告诉我，中华人民共和国成立前李松蓢村就有600多人。目前，能享受股份制分红的股民（原村民）还是600多人。为何人口数基本没变呢？计划生育控制人口是一方面，李松蓢村经历了当年的"大逃港"风潮也是一方面。

现今，同深圳众多城中村一样，李松蓢村人口"倒挂"严重，现居住的外来人员有7万多人，在内地俨然是一个集镇规模。

出自梁老伯、梁叔等人之口的这两个"大陂河故事"，只当是我沿茅洲河田野调查中，偶然撷得的"两朵浪花"，敬献给广大读者，请君品鉴。

"河边故事"有些缥缈，但石狗公却是"眼见为实"。

现存能证实李松蓢村深厚历史蕴藏的有几样东西：祠堂、一片古民居、一口老井、石狗公。前三样，都集中在社区老年活动中心周边。对外人来说，它们象征了一座古村落曾经的生存及样式。对生于斯长于斯的李松蓢人来说，无论他们走到哪里，也无论世界如何变化，这几样

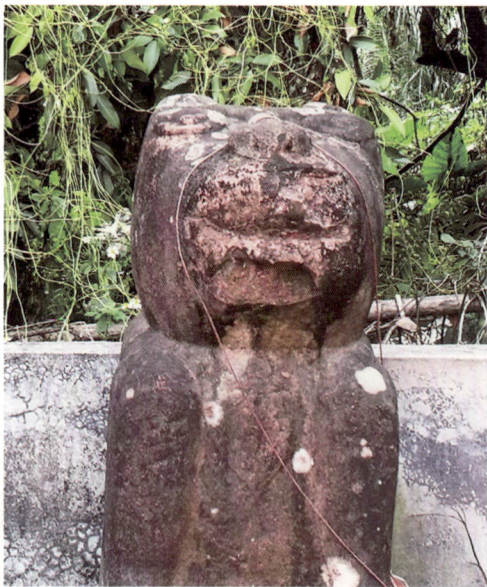

◎ 图为李松蓢村饱经沧桑，富有传奇色彩的"石狗公"。
（本书作者摄）

"不动产"就是他们的魂牵梦绕的根脉所在，同时，也寄托着对先人的恭敬和追怀。

唯独最后一样石狗公，是个可移动文物，能够留存至今，也属非常不易。

"现在带你看看石狗公，有点路，但不算远。"梁叔带领我们开车绕到村后，这里"幸存"着一大片荔枝林，这是梁叔家的自留山。他说，这片林子，包括这面山坡，都已被政府征用了，未来将建一个国际化的深圳市青少年足球训练基地。

同荔枝林一路之隔是李松蓢中学。我们来到这里时，恰遇放学时间，身着统一校服的学生娃，在欢声笑语中，你追我打地从身边泥鳅般溜过。看来，青少年足球训练基地选址正确。

山脚下、荔枝林边一开敞处，设有一水泥平台，饱经风霜的石狗公即被供奉其上。

从残留的香烛等祭品旧迹来看，露天摆放的石狗公虽未被村民忘记，却也没被特别关照。

凑近一看，呈坐姿的石狗公，暗红色的外体已被侵蚀风化，只留下一个"类犬"的轮廓。若不是有人特别介绍它的"显赫"经历，这只是一个留有雕痕的顽石而已。

曾庇护全村老幼、被顶礼膜拜，并被大陂河两岸宗族间争抢得头破血流的石狗公，在风风雨雨中，默然安坐。

石狗公见证了大陂河的沧桑，成为其跌宕历史中难得的一件遗存。倘若兴建一座茅洲河博物馆，我强烈建议有关部门将其奉入其中。至少，它曾经"风光"无限，有着不同凡响的遭际；如今，顶礼膜拜者早已曲终人散，独它留存……

第七章

村前有道美丽的"U"形湾

河流是有灵性的，是生动而丰富的存在。

临河而居体现了人对生命之源的依傍，也显示出挑战自然的勇气。对应于山居的僻远和静淡，河居又该是一种什么样的体验呢？

我在茅洲河边漫步、沉思，寻觅河边生活的痕迹，想亲眼看看这条河流如何同某座村落之间的命运关联；还想接近河居的人们，走入他们的生活；更想端详茅洲河在他们心灵上烙下的印记。

告别大陂河，顺着茅洲河往下游行走，就到了洋涌河段。这一河段应是茅洲河中下游的过渡带，我选择走进又一个有故事的百年古村落——洪桥头村。

2019年上半年，一个周末的早晨。

天空灰蒙蒙的，时而飘下小雨。

此前一天，一次偶然的机会认识了一位本地居民，他是洪桥头村人。于是，便有了今天的约访。

从深圳福田中心区莲花山出发，驱车经北环大道一路向西，再转107国道。导航显示全程约48公里，行车时间约1小时10分。

50公里空间距离、1个小时左右车程，可视为深圳市区同茅洲河之间的平均距离。

深圳市区居民同这条河之间的心理距离可要遥远得多。遥远到不知在哪个方位，不知在心里的哪个角落。由于污染严重，几乎没有人理会它的存在与否。

实际上，洪桥头村，是我惦记了九年的一个地名。

十年前的2010年，我曾被单位派驻宝岛台湾驻点一段时间。期间曾在高雄市采访过一位奇人，他就是时年103岁的"老军统"洪淦堂。早年戎马倥偬，晚年致力于反独促统的洪老先生，就是原宝安县洪桥头村人。老人向我讲述了大半个世纪前记忆中洪桥头村的点点滴滴，并请有机会代为问候尚在"村里"的晚辈亲属……返回深圳后，因忙碌竟延宕至今。

全面实现城市化以后，深圳行政区下面只有街道和社区两个层级，没有乡镇和村组之说。如今的洪桥头社区就是原先的洪桥头村。

当天，洪桥头社区书记洪伟江约请来了两位"有故事"的人。一位是原洪桥头村的老支书洪惠全，另一位是年龄更长的老村长洪润怀。

在社区居委会办公桌上，洪伟江摊开了一张洪桥头村地图。

照着地图，现年69岁的洪惠全说，原先邻近洪桥头村的茅洲河不是现在这样的一条直线，而是在村前拐了一个"U"字形的大弯；以前茅洲

◎ 洪桥头村村口。（本书作者摄）

河在洪桥头一带也不叫茅洲河，而叫洋涌河。

在老辈村民的记忆中，从前村头有一个渡口，后来在村口位置又架起一座大木桥，这座木桥曾是深圳西北部从广州经东莞到宝安县的必经之路。洪桥头村位于洋涌河南侧，扼守着整个宝安县的西大门。十里八乡的人都要绕行至洪桥头村，经过这座木桥方能走到对岸。因村庄在桥头边，村人大多姓洪，洪桥头村由此得名。

出生于1950年的洪惠全，曾在首都北京当兵6年，1994年起担任原宝安县松岗镇洪桥头村支书，直到2005年5月离开岗位，是一位资深的基层干部。

老支书洪惠全身体健朗，对洋涌河的变迁如数家珍。老村长洪润怀年事已高，在旁边不时做一些补充，仿佛在佐证讲述的真实性——

1968年至1975年间，全国"农业学大寨"高潮迭起，天然形成的洋涌河，在村前慢悠悠地拐了一个"U"型弯。河道水流缓慢，当然利于

◎ 老支书洪惠全（中）就着一张老地图，讲述洋涌河今昔。（赵阳摄）

饮用和捕捞。不利的是遇到上游洪涝下泄，两岸的农田和农舍很容易被淹。

为了结束洪水泛滥的历史，位于洋涌河南北两岸的松岗公社和公明公社，发挥大集体人多力量大的优势，决定联合起来，"敢教日月换新天"，动员老百姓依靠铁锹和土筐，前后花了两年时间，终将洋涌河河道人工"拉直"。相当于将"U"字上面封了口——原本绕村而走的洋涌河，现在从洪桥头村北面擦身而过，洋涌河也成了洪桥头与邻村的界河。

在大兴水利的年代，洋涌河上还修建了一座水闸。现旧闸已被拆除，又在老水闸的上游不远处建了一座"洋涌河水闸"。

1958年"大跃进"时，政府还修建了一条横跨洋涌河的灌溉渠，将北面罗田水库的水输送到南岸的洪桥头村一带，方便饮用和农业灌溉。

洪惠全的童年记忆里，满是在洋涌河边抓鱼摸虾的记忆，村里人也常到河里游泳及在岸边纳凉……

回过头再来说说洪桥头村。

洪桥头老村依山面河而建。前面是绕村而走的洋涌河，背靠一座小山，名叫飞鹅山。

我查阅相关志书，明朝天顺年的《东莞旧志》（当时深圳地区属东莞县管辖），有载："飞鹅山，在靖康，下有流水环绕，状如飞鹅。"可见此村此地颇有历史渊源。

从山体形态上看，飞鹅山如一只远飞而至、落脚洋涌河边的天鹅：鹅头向前，仿佛正插在茅洲河里饮水。数百年前，洪氏先辈在此落地生根、开枝散叶，显然经过了精心勘察调研。这种前有缓水、后有靠山的风水宝地，自然是开村立基的上上之选。

数百年人丁兴旺也证明了洪氏先祖的远见卓识。

洋涌河河道截弯改直后，"飞鹅"断了水源，村里人颇有微词，但一举解决了水患，还是得大于失。更何况洋涌河截弯后，洪桥头村意外获得一片潜力无限的沙滩地。这为改革开放后吸引外资、发展工业提供了宝贵的土地资源。

洋涌河，犹如一头老黄牛，吃的是草，挤的是奶，心甘情愿为她的子民付出所有。

改革开放后，洪桥头村区位优势依然显赫。这里是从广州、东莞进入深圳的西北大门，附近设置了检查站。更重要的是，纵贯珠江东岸，串起广州、东莞、深圳的107国道从洪桥头村前走过。

由于深圳经济特区及整个珠三角经济的飞速发展，107国道的宽度一扩再扩，洪桥头村的土地被一"切"再"切"，几十亩土地贡献给了国家。

如今的洪桥头村虽然村口处立有一块巨石，"洪桥头村"四个红色大字赫然在目，但早已不是旧模样。洪桥头村的领地在历史变迁中不断改变形态，唯一不变的是洪氏族人在这片土地上不屈不挠、坚韧生存。

现如今，飞鹅山脚下，洪桥头社区核心位置，一片百年历史的古榕树群，以根连根、手挽手、肩并肩的形态，仿佛在述说着这片土地上的沧桑往事。

放眼飞鹅山下，是一排排高层统建楼，洪桥头村的原住民早已全部住进了宽敞的现代化住宅。原先的老屋村，虽然低矮陈旧，但为外来务工者提供了遮风挡雨的住所。来自周边工厂成千上万的普通打工者，将这里当作第二故乡。

洪桥头社区难得地保存了部分村史资料。

溯源探寻，洋涌河洪氏来历可追溯至南宋末年。其时，洪氏一支自敦煌迁徙南下，历经千难万险，翻越岭南山脉，最终在今东莞水南村落址并繁衍生息。据《洪氏族谱》记载，400多年前，洪氏第五十二代澄源公自东莞外迁，其子亚佐"迁新安"，新安即如今的深圳宝安。亚佐在洪桥头村原址开基立村。据老辈口传，原先这块土地上的居民并非洪氏，经过了几番争夺，最终亚佐率族人挤走了异性，遂有了后来洪桥头村的地盘。

现如今，洪桥头社区居民家中还都供奉"敦煌堂"祖宗牌位。

这是一个因河而兴的自然村落。据老辈说，明清时期村前设有渡口，名为道头咀渡，属于横水渡。南北交通，须跨越洋涌河，摆渡是唯一途径。

洪桥头村因渡口而名播远近。

洋涌河河面宽约50米，旺水时宽至70米。渡口有两条木船，每船每次可载渡约30人。直至1938年，宝太路（宝安至东莞太平的公路，现为107国道一段）兴建，遂在洋涌河上架起一座坚固的木桥，车辆、行人均可行走，道头咀渡由此成为历史。

1949年前，洪桥头片区隶属宝安县黄松岗墟镇。新中国成立后，这里属于宝安县松岗联乡。2004年，更名宝安县松岗街道洪桥头行政村（社区）；2016年，洪桥头社区划归新成立的宝安区燕罗街道。

洪桥头村史档案里，存有一张珍贵的老照片。

这张照片还原了上世纪30年代洋涌河边的真实情形，将人们的思绪一下拉进那段烽火岁月。岁月失掉了色彩，照片依旧黑白分明：三位全副武装的日军士兵在站岗值守。画面可见一"丁"字形路牌：一根木柱的顶端横置一块两头削尖的指示牌，一端指向北，标有"东莞"二字，一端指向南，标有"宝安"二字，木柱上是竖写的"洋涌站"三字。

日军铁蹄由北及南踏入宝安县境内，遇到的第一个天然阻碍便是洋涌河。若能守住洋涌河大桥，可保通行无碍。由此进一步南下数十公里，便可饮马深圳河，港九隔河在望。

据史料记载，1939年8月，日军侵占宝安，下一步计划以此为跳板，剑指香港。

1940年的一天，一队日军凶神恶煞地闯入洋涌河桥畔的洪桥头村。在刺刀威逼下，拉来民夫开始在飞鹅山山顶构筑碉堡工事。村民家里的门板、桌椅等被抢去充当运送建材物料的载具。

飞鹅山海拔约200米，周边是河汊纵横的平坦田园，日军侵占前，早已观察了这里的地形地貌，显然这是一处攻防兼备的天然要塞。

日军在碉堡中设置火炮，炮口居高临下对准洋涌河大桥方向。一旦发现有国军及共产党游击队破坏大桥，即可实施炮轰。

1940年至1942年间，日军盘踞飞鹅山，并派兵把守洋涌河大桥。

铁蹄之下的这三年时间，洪桥头村人是如何度过的呢？

村人口耳相传的情况是，除了日军刚开始一段时间横行霸道外，后来的两三年里，日军与山脚下的村民井水不犯河水，彼此相安无事。影视作品里鬼子进村，动辄侵门踏户、欺男霸女的暴力事件倒是没有发生。

我问："为何这帮日军不敢下山作恶呢？"

两位老者觉得，"日军人数本来就不多，更重要原因恐怕还是忌惮于洪桥头村的全民习武风俗。"

即便是今天，当你走入洪桥头村时，村口一排墙壁上浮现的是一帧帧习武壁画，社区内还设有洪佛拳陈列馆等，常年习武者有200余人。初来乍到，还以为是走进了一座武术学校。

我在台湾驻点采访时，洪淦堂老先生就曾讲述洪氏拳术的渊源，以及族长洪连桂等人在香港开设武馆，传授搏击技艺的往事。据称，学员中有来自世界各地的爱国华侨等，洪氏拳术声名远播，现在台港澳地区及东南亚、北美等地均有习练者。

据称，日军驻守洪桥头村期间，族长洪连桂组织村里的青壮男丁强身习武，村里妇孺老幼都略通拳术。训练时族人手持各种器械对打演练，刀具碰撞铿锵有声。习练者往往多人一组，大家招式统一，呼喝震天……这让欺软怕硬的日军暗生惧怕。此外，日军兵源不足，驻守的仅十多人，加上邻近的抗日武装时有袭扰，致使龟缩山顶碉堡内的日军不敢轻举妄动。

1941年底，日军侵占香港。洋涌河大桥逐渐失去军事价值，日军便悄然撤除守军。洋涌河连同大桥重新回到洪桥头村人身边。

　　洪桥头村口的木桥早已荡然无存。改革开放后，107国道飞跨洋涌河，并数次拓宽。俯瞰洋涌河、洪桥头路段，满目滚滚车流，日夜不息。即便你驾车从国道疾驰而过，也根本无暇留意"洪桥头"三字。

　　为了寻找当年村口"洋涌站"的影子，采访那天，洪伟江驾车带我从洪桥头村出发，经107国道下绕行一圈，在另一侧的辅道上，果然看到立交桥下有块警示牌，上书"洋涌小桥"字样。这里就是当年洪桥头人记忆中的饱经沧桑的"桥头"位置。

　　这是交管部门树立的警示牌，标明这座小桥最大承载量，杜绝超重行驶。

　　几位本地村民说，该桥连接的是老107国道。后来政府新建横跨洋涌河的干道桥后，原先的老桥变成了107国道辅道上的一座"小桥"，迄今保持通行功能。

　　串起蛇口港区、深圳宝安、东莞长安一线，集装箱、货柜车穿梭不息的107国道，是亚洲乃至全世界闻名的经济走廊。这里有全球配套最为齐全的电子设备等产业体系，曾经有107国道若堵塞一天，全球电子配件将涨价一美元的说法。只是驾车飞驰而过的人们，谁也不会在意，这条

◎ 不起眼的洋涌小桥警示牌——承载着洪桥头村人对老渡口的唯一记忆。（本书作者摄）

快速路横跨的一条河流在艰难流淌。

这块不起眼的蓝底白字的铁皮警示牌，成了洪桥头村老辈的心理地标，而新生代们则完全无感。

饱经沧桑的洋涌河，见证了身旁这座村落的兴衰起伏，更见证了时代的潮涨潮落。

1973年，洪惠全退伍返乡。

当过兵、入了党、见过世面的他，在"社会主义新农村"是不可多得的人才。两年后的1975年，洪惠全成为驾驶手扶拖拉机能手。全村1080亩农田，被他全部耕了个遍。秋收20多万斤的稻谷，也都是他用手扶拖拉机一趟一趟拉回来。

1976年至1979年，洪惠全成为村委班子一员。

这期间，发生了震惊世界的边民"大逃港"事件。与香港一河之隔的宝安县居民，成为逃港的主力军。逃港高峰期就发生在洪惠全担任村

◎ 1973年，洪桥头村舞狮队荣获宝安县头名。（本书作者翻拍）

委干部的这一阶段。

作为历史的见证人，洪惠全对这段历史记忆犹新："1975年，洪桥头村实有人口735人，三年后的1979年，村里人口变成了不足400人，外逃香港的竟有300多人。也就是说，全村青壮年劳力基本逃光了。"

40年后的今天，籍贯为洪桥头村的"香港同胞"有700多人，而洪桥头社区现有原籍居民仅400多人。若有人问，洪桥头村有多少人口？他们会说，总共1100多人……在洪氏族人的心目中，只要是从洪桥头村走出去的人，无论身处天南海北，都是洪桥头村人。

千百年来，洋涌河还是那条河。所不同的是，时代风起云涌。

为何一座村庄会有这么多人逃港？

"经济落差当然是最重要原因。"洪惠全还道出了另一原因："洪桥头村人靠水吃水，从小到大，没有人不会游水，村民普遍水性很好。村里一般的青壮劳力，在水里连续游几个小时不在话下。"

哦，如此，我忽然明白了。

洋涌河，这条哺育了两岸黎民百姓的母亲河，为她的子民们还提供了另一种可以改变命运的生存技能——超远距离游泳。

据记载，"大逃港"时，除了少部分人从陆路进入香港，大部分逃港者都是靠游水抵达命运的彼岸。

茅洲河，给了沿岸的人们想象的翅膀。

我问："洋涌河边自然条件优越，经济环境尚可，为何村民要冒险逃港呢？"

洪惠全："环境逼的！当时的香港，一名普通劳工日薪35港币，而在洪桥头村，一个棒劳力日晒雨淋一天仅挣得10个工分，价值1块钱人民币。一个月辛苦劳作不抵香港一天，这样强烈的反差，相距又这么近，你说村民大量外逃奇怪吗？"

1977年，是洪桥头村的逃港高潮年。

"村里年轻人能跑的都逃得差不多了。眼看成熟的稻子没人收割，就要烂在田里，可急死人了！大队长只得带着村干部，分头骑上自行车，跨过洋涌河，到北边的东莞请人帮忙抢收水稻。"

大外逃时，被抓住要坐牢，若是村干部，更要加重处罚。

"上面要求，村干部要带头作表率。"洪惠全笑说，"当年如果不是当了村干部，现在估计也是港澳同胞了。"

大外逃持续到1981年时才慢慢消停。此时，深圳经济特区已于上一年宣告成立。

"一方面是深圳这边经济开始有了起色；最主要还是香港方面外劳需求已趋于饱和，不再给外来人口发放身份证了。"洪惠全笑说，"当年，香港方面其实是鼓励来港的，弄一张香港身份证不难。三十年河东，三十年河西，除了改革开放之初风光了一把，现在，早年外逃的不少人又回到了村里……"

时势造英雄。

随着1980年8月深圳经济特区正式成立，古老的中华大地主动开启了

◎ 1970年代初，松岗公社下属生产队田间夏收场景。（松岗街道供图）

拥抱世界之门。

无商不富。洋涌河边，产生了中国内地第一批弃农从商的赶海人。

1982年，在香港同胞的启发下，洪惠全开始学做生意。国门方启，外汇普遍紧缺，洪惠全赚的第一桶金便是"炒汇"所得。

"记得有一次随身两个提袋，里面鼓鼓囊囊塞满了300万港币现金，一个人从深圳背到珠海送到买家手里。"洪惠全介绍当年炒汇的背景：当时很多企业要进口设备扩大产能，国外厂家要求以港币结算。可国家实行外汇管制，一时间港币等外汇奇货可居。

瞅准商机后，洪惠全挨村挨户从老百姓手里以36元至38元人民币兑换100元港币，再集中倒卖给需要港币的企业，每100元港币可兑换40元人民币，每倒腾100元港币，可从中赚取2至4元人民币的价差。

"你可别小看这种倒买倒卖，生意高峰时，大家联手能做到几亿港币的交易额……"洪惠全对国家金融政策变化很是敏感，"炒汇生意，洪桥头村人一直做到1990年代中后期方告歇手。随着国家改革开放进程的推进，国库存储的外币日渐充裕，外汇不再稀罕，银行可方便兑换，民间黑市交易自然而然就没了市场。"

手里有了原始积累，紧随港商的脚步，洪惠全开起了工厂。时至今日，他开设的一家铁罐厂还在生产，因年事已高而"退居二线"，工厂交由下一代接棒打理。

改革开放40年，洪桥头村变身洪桥头社区，村民也早已华丽转身成城市居民。原村民都成为集体股份合作公司的股民，除自家收取房租外，还可享受股民分红……

经济环境大幅改善，自然环境日渐恶化。从稻谷飘香、鱼虾肥美演变成河污水臭、鱼虾灭绝。这种经济高速发展与环境急剧恶化的反差，被环境学家喻为"华丽转身"后，却发现锦袍上爬满了虱子。

社区居民虽然住进了几十层高的统建楼，可越是临近茅洲河的物业越租不出去。居民日常从河边路过都会掩鼻而走……洋涌河死了！临河的窗户不敢开，连附近的厂房也租不上好价钱，高端产业避而远之，土地资源也严重贬值。

洪惠全听老辈说，洋涌河流出洪桥头的下游不远，在清朝时期就是一片临海滩涂，直到民国时期才慢慢演变成农田——部分是咸淡水交替。中华人民共和国成立后，政府大力倡导发展农业生产，到人民公社时期，洪桥头村已经开垦农田1080亩（部分为咸淡水田）。

洪惠全记得，深圳设市是1979年3月5日，第一任市委书记张勋甫受命于省委书记习仲勋，前来宝安县这块海防前哨"开疆拓土"。

据公开资料，当时深圳市是在原宝安县建制上升格成立，按照常理应该叫宝安市才对。可是，在刚刚组建的深圳市委常委会上，就市名叫"宝安"还是"深圳"进行了民主讨论。主张以深圳为市名的，列出的理由除了深圳知名度较宝安高之外，另一个重要理由就是："深圳"二字有"深水"的意涵，在粤文化中象征着好彩头，寓意这里是一块旺丁聚财的风水宝地，易被广东人和香港同胞所接受。由此，首届市委常委一致决定，以"深圳市"行文，上报省及中央，后经国务院批准正式公布。

未曾想，这座"深水"之城不仅缺水，连境内最大的河流也成了城市发展的牺牲品，并最终拖累了城市继续前行的脚步。

第八章

目睹茅洲河由"变乖"到"变脏"

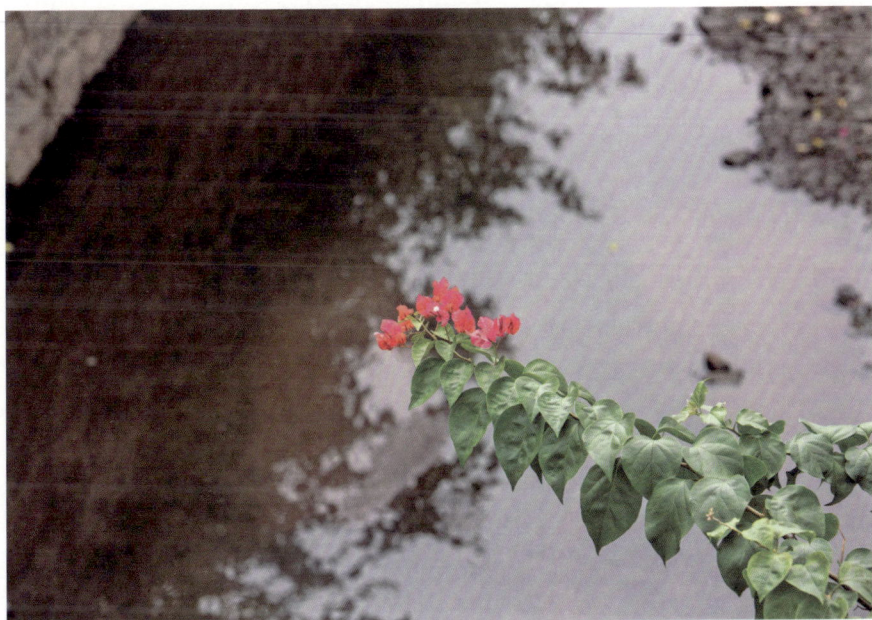

　　河流，无论从形态特征还是实际功用，它都像是一条纽带，倘若不加以善待，也会是一道天堑。

　　无数次从地图上端详这条姿态婆娑、水系缠绕的河流，总会涌起一种复杂的思绪：茅洲河，对深圳这座名满天下的时尚都市而言，不仅"土气"，而且"偏远"，尽管"特区内外一体化"已实施多年，但她在市民中的存在感实在太低。

　　我曾多次在不同场合询问在深圳生活了一二十年的人，他们多半对这条河流知之甚少，或语焉不详。

　　有朋友曾问，你为何要写这条河流呢？

　　言下之意，她太籍籍无名了，或者说她有什么值得写的呢？

　　我反问：从河流长度、流域面积及覆盖市域完整性、人居历史及人文底蕴的丰富性等维度考量，深圳有哪一条河流比茅洲河更值得关注与挖掘呢？

　　深圳所谓的五大河系中，除茅洲河外，有三条在市域内首尾不得相顾（仅局部在深圳境内），唯一可与茅洲河相较的是深圳河。

　　因有罗湖桥、港九直通车、跨境口岸等集于其身，所以，她天然就是条"明星"河流。

　　1898年，清政府与大英帝国签署《展拓香港界址专条》，深圳河由此成为一条真正意义上的"跨境界河"。虽然记录了民族屈辱一页，但不妨碍该河"名扬四海"。而茅洲河充其量就是"大宝安"境内默默流淌的一条"野河"。虽然它曾澎湃千万年，迄今黯然横亘在深莞两座城市之间。

　　我想，如果今天评选"深圳母亲河"，或"深圳市河"之类，那条夹杂在两道高耸的铁丝网之内，既不可亲、更不可近的河流被看好的几率更高。而浑身"土气"的茅洲河，多半会被冷落。

虽然与生俱来没沾上"洋气"，茅洲河更像是一位宽厚慈祥的母亲，她以博大的胸怀默默注视着自己的孩子在身边活泼成长，直到被吸干最后一滴乳汁也在所不惜。

河流，更是灵性的存在。

在她漫长的流淌史上，总会留下或浪漫或悲怆的故事，传之久远，就成了民间传说。

我的设想是，以茅洲河干流为轴，借力沿河各街道、社区体系完整的"治河"网络，发掘与这条河有关的人文历史遗存，打捞遗落民间的文化碎片……

那天，我在茅洲上游大陂河一带做田野调查，在城中村穿行、听老村民讲"故事"。在他们讲述完一段大陂河的恩怨情仇之后，原先规划好的路径，忽然被一位仙姑"截拦"。

于是，顺着老村民们的指点，拐进狭窄、拥堵不堪的城中村。

许多民间传说，总是"据某朝某代记载……"之类，搞得云遮雾绕、神神叨叨，动辄上下几百年、纵横几千里。细究下去，可能是个莫须有。

茅洲河历史久远，但她很朴实、敦厚，连发生在她身边的民间传说，也都有名有姓、有根有据。这或许同岭南民风笃实有关，这里的人只就事论事，不喜欢掰扯那些虚无缥缈的东西。

今天，临时决定前往探访的，是陈仙姑的遗存。

所谓仙姑，顾名思义，即得道成仙的姑娘。

陈仙姑的名字叫陈端和，是茅洲河上游、现深圳市光明区公明街道水贝村（现为上村社区）人氏。

据记载，陈仙姑出生于清朝咸丰十年（1860年）正月初二。那是个中华民族多灾多难的历史时期。据说，她在母胎里待了三年零六个月——显然，故事的起点即被神话了。

在电动车穿梭往来，人、车混道中，我一路小心翼翼，在导航帮忙及探问之下，终于找到高楼合围中的陈仙姑庙。

不同于传统庙宇烟雾缭绕，这里闹中取静，四合院般的前庭开敞处，有好多小朋友在玩耍。我感觉，陈仙姑庙，同被供奉其中的人物原型一样，植根于底层百姓，心系黎民。因而，并不觉得居"庙堂之高"，远离人间烟火。

陈仙姑的"神迹"，除了瘟疫时支锅熬药，治病救人外，还有河水泛滥时，舍身救人、造福乡里的种种义举。

深圳本土作家郭建勋曾以陈仙姑为原型，写了一本颇富想象力的陈仙姑的故事。

"陈仙姑真有其人，她治病救人也有稽可考，但附加在她身上的超能异数，显然是被后人神话了。"郭建勋说，见过据说是陈仙姑留下的药方，"有好几十副，直到上世纪八九十年代，珠三角地区不少地方的群众还在使用。"

不过他也坦言："所谓的陈仙姑药方，其实是地方民间药方的集大成——托陈仙姑之名罢了。"

陈仙姑，究竟是不是真有其人？郭建勋认为，根据某个原型"加工塑造"可能性高，应属集体智慧的结晶。

一系列"神奇故事"的背后，折射的是活生生的现实。即，历史上茅洲河流域洪涝灾害频仍，沿河百姓深受其苦。千百年来，贫苦百姓热切呼唤有陈仙姑这样的超能勇者，洪水肆虐时，可降妖伏魔，保一方平安；瘟疫来临时，有灵丹妙药，能拯救黎民于水深火热……

陈仙姑的故事，曾被改编成粤剧，搬上了舞台。

据传，从晚清到民国时期，陈仙姑庙都是宝安地区香火最旺的庙宇之一，香客来自东莞、增城、惠州、香港等地。

陈仙姑被称为深圳地区的妈祖。可惜，1966年，陈仙姑庙被破"四旧"的红卫兵拆毁，供奉百年的陈仙姑金身也被砸烂。

直到2006年，占地2000多平方米的陈仙姑祠正式建成开放，祭拜仪式也按传统礼俗恢复。

陈仙姑的故事，已被列入深圳市首批非物质文化遗产。

2019年4月15日，巴黎圣母院火光冲天，震惊全球。

其时，我正在踏访茅洲河，寻访陈仙姑的"神迹"。因此，很容易将茅洲河与巴黎的那条著名河流联系起来。

几年前，我曾一睹巴黎圣母院雄姿。至今留下深刻印象的，包括那台闻名遐迩的管风琴、绚丽的玫瑰窗花，以及陈列在昏暗光线下的宗教神器及塑像等，庄严、肃穆的氛围与艺术气息混合，形成强大气场，令人心生敬畏。

今天，脑海里萦绕着这座著名建筑，更多是因为环绕在它身边的那条"彩带"——塞纳河，那条困扰巴黎数百年之久的"暴戾之河"——总觉得河流之间有某种共通之处。

正巧，手头有本《水下巴黎》①。该书描述的是1910年"水淹巴黎"的故事。书中追溯塞纳河泛滥是1206年。那场洪水导致城区一半被淹，无计可施的市民只能向上帝祷告。最终，在主教的主持下，人们虔诚地将圣女热纳维耶芙的骸骨迎请进巴黎圣母院，通过一场弥撒"镇住"暴怒的河神。不久，原本波涛汹涌的塞纳河水，竟奇迹般退去……

这一看似荒唐的"抗洪抢险"之举，在生产力极度落后的年代，并非匪夷所思，实属无奈之举。

这个发生在塞纳河边的"奇闻"，让我想起在茅洲河上游石岩河做田野调查时听到"乌石岩庙"的来由（沿岸村民将降服洪水泛滥，寄托于"神物"显灵，见本书相关章节）。可见，在生产力低下，自然灾害频仍的年代，人类对能镇水安澜的超能神灵的呼唤几乎是不约而同。宗教与神话的一个重要源头，是人类对大自然的未知和敬畏。

---

① 杰弗里·H.杰克逊著、姜智芹译：《水下巴黎》，江苏人民出版社2018年版。

诚然，今天的塞纳河已成为闻名全球的著名河流，这要归功于一系列水利工程的兴建。

巴黎的塞纳河如此，深圳的茅洲河也有相似之处。我们期待深圳这座城市的国际知名度能与巴黎比肩，那么，茅洲河的故事也更能广为人知。今天，我们漫步在茅洲河边，仿佛能听到历史的惊涛骇浪在耳边回荡……茅洲河兴风作浪的"河妖"，早已被牢牢按在河底，永世不得翻身。

在改革开放前的大集体时期，人们已开始对茅洲河不遗余力地"上下其手"。目的是扼住这条凶暴的河流，并让其服务于农业耕种，在改革开放大潮席卷的前夜，茅洲河的"野性"已被"集体之手"所束缚。

与目前的大规模治污完全不同，当年的治水目标是防洪排涝。让茅洲河"听话""变乖"的手段有三：

一是"堵"，如在上游干支流建设罗田水库、石岩水库等，并在中下游干支流修建一系列水闸；

二是"疏"，即疏浚河道，提高行洪标准，并对部分河道截弯取直；

三是"导"，修建一系列排洪渠，减少洪水泛滥成灾。

60多岁的梁伟明是深圳光明区李松蓢村（社区）人，他告诉我："直到1992年前，自己还时常到大陂河（茅洲河上游一带的称呼）里捞虾摸鱼。那时，水清草肥，大陂河是天然的鱼虾场，有捞不完的水中美味。"

他回忆说："大约从1993年开始，大陂河水质明显变差，随后一年不如一年，直到臭不可闻，人人避而远之。"

按照村民们的说法，茅洲河在未被污染的1978年前，经过差不多30年"大集体"时期，是"农业学大寨""战天斗地"的激情岁月。千百年恣意奔涌的茅洲河，第一次面对人类合力形成的大手，终于变得"乖顺"。

"公社年年都要组织社员集体冬修河坝。"梁伟明从记事开始，直到1978年，县里每年都会作动员，由社员出人出工，依靠肩挑背扛，在茅洲河两岸挖沙培土，垒高河堤。同时，人工清理河道，为"龙舟水"及夏汛的到来提前做好防备。

随着上游水土流失加剧，中下游河段泥沙淤积日益严重，公明公社开始组织大规模清理河道，从上游到中下游，一截一截地干，一直清理到下游的松岗公社为止。

梁伟明记忆中，1978年是茅洲河治理的转折点。发生在南海边陲的一条中等河流，从这一年起，开始告别"横行霸道"的历史。

这一年，对一个国家来说，更是一个重大的命运转折——1978年，被研究者称为中国改革开放元年。

1978年12月18日至22日，十一届三中全会在北京召开。改革开放大潮，随之席卷神州大地，这也标志着以邓小平为核心的领导集体开始带领全国人民走上开放搞活之路。

对深圳这个改革开放的"试验田"来说，有必要作一简要回顾：

◎1979年3月，宝安县"变身"深圳市。

◎1979年11月，升格为地级市。

◎1980年8月26日，深圳经济特区宣告成立。

◎1981年3月，再升格为副省级市。

◎1988年11月，国务院批准为计划单列市，并赋予其相当于省一级的经济管理权限。

◎1992年2月，全国人大常委会授予深圳市制定地方法律和法规的权力。

……

截至2020年，中国首个经济特区——深圳经济特区已走过辉煌40周年。

时代嬗变、国家航向的调整，在茅洲河边一位"生产队长"的视野里，从"公社引进一台机械化挖泥船"开始——标志集体经济背景下的大呼隆、人海战术那一套，正式退出历史舞台。

梁伟明记得，1979年年初的一天，作为二队（西田、下村、李松蓢合并为一个大队，下设五个生产小队）生产队长，他参加了全县干部大会，内容是传达学习十一届三中全会精神。

随后不久，县里为公明公社引进了一台挖泥船。

这是茅洲河上有史以来出现的第一台大型机械化设备。

"开工那天，大陂河两岸围观者里三层、外三层。"梁伟明对当年的盛况作如此描述：

"随着一阵马达轰鸣，河道内的泥沙被一根强力泵吸出来，再哗哗'吐'到岸边。河底淤泥、砂石沿途堆积如山，如此高效令人惊叹不已……"

大型机器将"以体力为前提、集体汗水为手段"的低端治水模式淘汰在大陂河边。

经过挖泥船数月忙碌，从次年开始，茅洲河河道行洪能力大幅提升。经过连续五六年的挖泥作业，大陂河公明段河道顺畅起来，困扰沿岸居民数百上千年的洪涝水患得以遏制。

"自己的个人命运，差点同这条挖泥船联系起来。"梁伟明说，1979年底，公明公社决定从社员中招工两名，专职从事挖泥船的操作。

这是摆脱面朝黄土背朝天的农耕生活，晋级工人阶层的好机会。村里推荐了身强体壮的梁伟明，可他考虑再三，最终放弃了……

随着改革开放的进程不断深入，茅洲河水患被彻底消除。两岸产业经济日益发展，土地开始升值，大量农田和旱地都被征用建成了厂房。

大片农田消失了，众多小山包被推平。工业厂房雨后春笋般在茅洲河两岸林立，随之而来的是，污染让茅洲河鱼虾绝迹，河水变黑、变臭……

现如今，随着水质变清，一度被隔挡、围住的河堤重新被打开，建成了亲水步道。每当清晨和黄昏，与河流远离很久的人们，又可以在河边散步，甚至还可以举杆垂钓，在忙碌都市，享受难得的滨河生活。

如果说，"生产队长"梁伟明见识了大集体年代，茅洲河由"凶"变"乖"的过程，那么，茅洲河洋涌河段洪桥头村的"老支书"洪惠全所见（第七章已做介绍），则是她由"乖"变"脏"的过程。

1979年年初，洪惠全作为村干部，被召集到宝安县委会堂开四级干部会议，会议传达贯彻党的十一届三中全会和省委会议的精神。归根结底就是一个意思：全力以赴发展经济。

梁伟明与洪惠全不约而同说了同一件事。

也就是说，40年前，两人坐在同一个会场。

在洪惠全看来，茅洲河水一天天"变脸"，由清变浊就像是拖在经济发展后面的一条影子——经济发展越快，污染也随之加深。

由一村看一河。

改革开放这40年，洪桥头村大约经过了三个发展阶段，茅洲河由清变脏也大致经历了同样的三个时期。

第一阶段：1979—1989年。1979年深圳建市，经济起步。得地利之便的深圳，迎来第一波投资客——港商。

港商来到洪桥头村，他们看中的是紧邻洋涌河的这块阡陌纵横之地：承租村里土地，开挖鱼塘，从事人工养殖。经营模式：港商出资，洪桥头村出地，二八分成——大头当然归港商。

这一阶段，洋涌河的水质变化不甚明显。

第二阶段，是整个1990年代。受经济效益驱使，村里开始填平鱼塘盖建工厂。前一阶段由港商独自兴建，到后来，部分村民参与集资，双方合建，利润分成；大约从1990年代初期开始，来自宝岛台湾的投资商也开始前来掘金，他们在洋涌河两岸掀起又一波投资设厂高潮。

随着厂房雨后春笋般冒出，农田和鱼塘让位给了工业厂房。农业经济也转换为工业经济。爆发式无序发展，导致洋涌河水质急剧变差。至1990年代末，茅洲河中下游鱼虾已罕见。

第三阶段，从2000年前后开始至2015年。港商、台商之后，大陆本土一批精明人，学会了他们的操作方法，开始自己开发或承租厂房开设各类工厂……

在洪桥头村居民的印象中，这15年间，洋涌河的水质恶化呈加速度发展，直至黑臭无比，浮游生物绝迹。

洪惠全说："政府部门其实一直在强调环保工作，也通过各种手段改善水质，无奈这些手段远远赶不上经济高速发展带来的污染物排放速度。"

为何让一条河流污染到"无可救药"时再来根治？

作为一名村干部，洪惠全觉得这个"弯子"绕得太大了："当年国家太穷，茅洲河两岸发展经济的愿望太迫切了……如果1990年代初政府部门果断将村里的土地集中管理起来，再根据市里的统一规划和产业布局来开发建设，确定先开发哪里，后开发哪里，确定什么样的产业才能落地，让高污染企业无处安身；同时，避免到处'种房子'的局面发生，减少人员的盲目流动，茅洲河的污染情况或许就会好很多。"

作为目睹茅洲河污染变化的亲历者、见证人，洪惠全从自己的角度，就这条母亲河的不幸遭遇作出了自己的理解和诠释。而在专家学者的视野里，内外因素似乎丰富、复杂得多——

现任深圳市水务规划设计院有限公司董事长、教授级高级工程师朱闻博先生告诉我："这同深圳发展的历史背景有很大关系——特区一体化之前，许多规划，包括深圳的水务规划仅仅覆盖了原特区的327.5平方公里国土面积，并不包括原关外地区。直到2010年，特区才延伸至全市范围——也就是说，深圳的水务规划近10年内才将原二线关之外的广大面积囊括进来，因而，留下了不少遗憾……"

我曾就为何茅洲河污染积重难返话题，向珠江水利科学研究院吴小明副总工程师请教。

说起茅洲河为代表的水体污染，吴小明先生毫不讳言地指出："珠三角地区虽然经济发达，但缺乏区域统筹，各城市间'小农意识'作祟，甚至以邻为壑……"

"珠三角地区河流被污染，除了经济因素之外，各家自扫门前雪情况也加剧了'界河的尴尬'——凡界河必然是最脏的河流。"从事珠三角水体研究数十年的吴小明副总工坦言。

"有别于长三角地区，因为上海一家独大，龙头地位显著，因而可以通盘谋划。当然，也非珠三角地区哪一座城市的责任，这里也有珠江东岸城市群发展的历史原因。"

永兴桥：望断古墟300年

近期害了一场茅洲河妄想症。

即便行走在大街上、就餐时、会议中、开车时，空气中飘过"茅洲河"三个字，双耳立马支棱起来，雷达般向声源方向"扫"去，仿佛是有人在故意说给我听似的。捧着手机刷屏，一旦眼前闪过"茅洲河"三个字，也会立马凝神屏息，点开这个词，刨根问底下去，一口气"挖"完方休。

人的心理就这么奇怪。

曾看过一本心理学著作。你若心里惦记着穿红色衣服的人，到大街上一看，满眼都是穿红衣服的人——人的思维借助视觉会定向筛选、甄别。

经过较长时间的田野调查和查阅资料，一张张受访者的面孔生动地滑向记忆深处，一个个与这条河有关的故事和传说慢慢聚拢过来。一次次探访，深深浅浅地触摸到这条河流的脉动，关于她的故事，终于搭积木般一点点"积攒"起来。关于这条河的浪漫而古老的各种桥段碎片，一块块连缀起来，渐渐变得生动而具象。

这一段时间，我已经走访到了茅洲河的下游一带。

永兴桥，好听的名字！此桥始建于1785年（清朝乾隆五十年）。大多数经济发达地区所谓的文物古迹，无非是在"遗址"或"史载"基础上通过"捕风捉影""无中生有""加工整形""修旧如旧"这几种模式而产生的杰作。

永兴桥是个反例。据清嘉庆《新安县志》记载："永兴桥在新桥村之西，锁前溪而跨两岸，当往来要冲，东接黄松岗、乌石岩诸路，西连云林、茅洲诸墟。康熙年间监生曾桥川建，日久倾颓。乾隆五十年，武生曾大雄、钦赐翰林曾联魁、贡生曾腾光、曾应中等倡捐重建……"①
因此，永兴桥是"真有""真迹"，是深圳硕果仅存的一座文物级历史
遗存。

有水才有河，有河方有桥。据记载，清嘉庆年间，当时的新安县有
桥梁50座。这从一个侧面至少证实一点，深圳这地方历来是一个河网密
布、水系发达的地界。

中国南方地区几乎所有的村庄布局，无非是"依山傍水"四个字。
因此，可以肯定，是先有了茅洲河，然后才有沿岸的村落。有了村落，
才有舟行河中、两岸稻花飘香的乡村景致，最终有了货物流通和集市贸
易的繁荣兴盛。

2019年4月的一天，得益于新桥街道朋友协助，我专程来到永兴桥
头，寻访与茅洲河相关联的逸闻传说。

眼前的永兴桥桥长50余米，桥宽3米多。有三眼桥洞，高5米有余。
桥有栏杆，浮雕龙凤图案和小狮子。全桥用花岗石砌筑而成，远观近
看，均堪称美学佳作。只不过，桥的通行功能尚在，其跨过的水流却非
流淌的河流。

现如今，前来永兴桥游玩的人们对这座造型工巧的石桥点赞有
加，但似乎忘了询问它与这桥下的水有何渊源。一批批俊男靓女兴冲
冲而来，施施然而去，临走时忽然想起：当年这桥下的流水该叫什么名
字呢？

"应该叫新桥河。"这是当地人的说法。

因城市化发展，这条河现已被截断，首尾不得相顾，更谈不上水
的自由流动了。永兴桥下，已经不是河的概念。准确的说法是一个人工
湖，如遇暴雨，得靠泵站排水。河没了，要桥何用？因此，永兴桥就是
个摆设。我曾经问过地方领导，回答是，恢复河流原貌没有可能了……

永兴桥实际上就是个屹立在一片水面上的"陈设艺术品"。虽然上

---

① 张一岳校点：《深圳旧志三种》，海天出版社2006年版，第796页。

下游都不联通，但原先确实是一条河流，就叫新桥河，顺流而下就汇入沙井河，沙井河是茅洲河下游的重要支流。在历史上，从新桥河码头出发，可经由茅洲河进入珠江口，然后可达广阔珠江口沿岸各码头。

茅洲河的由来也可在这附近找到出处。

据清康熙《新安县志·地理卷之三》记载："茅洲河，在县西四十里，发源大头冈、凤凰岩诸处，至新桥之北十里许合流，经茅洲墟入合澜海。"并指明在沙井镇茅洲村侧茅洲河边，有一明清时期的古渡口——茅洲渡，由此乘船可抵东莞及省城广州等地。[①]

从茅洲河、茅洲墟、茅洲渡这些字眼可以看出，在明清时期，这些都是显而易见的存在。岁月更替，我们已经很难一一对位寻找到这些历史的真迹了。走访调查，你可以问出无数种答案。

永兴桥头有一株显然有些年头的高大木棉树，为古桥增添了几分生机，也让访古探幽的人们有了摩挲逗留的理由。

今天到访永兴桥，社区干部找来一位"活历史"——陈应寿老人。他就在木棉树撑起的浓阴下，面对这座迄今230岁的石拱桥，回忆童年往事。

陈应寿出生于1928年，已年逾90的他，从轮椅上站起身，用不太清晰的口齿面对河水断续介绍自己的身世。

老人出生在位于茅洲河下游的沙井村，一生命运坎坷。三岁时，父亲过世；9岁时，日本人占据了家乡。母亲拖着年幼的他和更小的妹妹回到娘家——新桥村。看娘仨可怜，族人资助在新桥河边、永兴桥附近租了间草屋谋生。苦命的母亲女干男活，靠在码头搬运货物，勉强维持一家三口的生计。

---

① 刘红瑛主编：《沙井历史资料汇编》（创建"岭南名镇"系列丛书之一），2000年。

◎ 永兴桥头 "活历史" ——陈应寿老人（左一）向笔者讲述新桥河及清平古墟的前世今生。
（赵阳摄）

　　老人一口浓重的沙井白话，听起来较为费力。经一位社区干部的
"翻译"，我断断续续了解到关于这座桥及其本人的命运遭际。

　　跨过永兴桥，就来到了清平古墟。

　　桥头岸边一棵硕大的木棉树，生长得枝叶粗壮。老人说，这棵木棉
树是他9岁时种下的。这样算起来，至少有80余年的树龄。有乡土作家
就这棵树的来龙去脉作了传奇般的记述，说在一个雷雨交加之夜后的清
晨，儿时的陈应寿从门前捡起了一根雷劈下的树桠，随手插在地上，经
过一番浇水培土，最终成长出一颗苗壮的树苗……我以为，这多半是文
人的联想附会，其真实性存疑。

　　毕竟年逾90，老人的讲述是错乱的，记忆也难免差误。

　　说起这座桥，以及临河而兴起的清平墟镇，老人来了精神。他说，
当年墟镇上店铺如麻，人来人往十分热闹。桥头一带有当铺、米铺、香
厂，有打金铺、铁匠铺、篾匠铺、木匠铺，还有搬运站、布坊、染坊
等等。

史载，清平墟市为清代深圳地区的四大墟之一。该墟"萌于雍正，成于乾隆，旺于嘉庆"，"水陆阡陌，舟楫纵横，铺肆琳琅，物丰如海，一岁货声，不绝于耳，放眼海滨诸埠，一时无两。南有塔，曰文昌塔；北有桥，曰永兴桥。夕照虹桥，池映塔影，堪可入画。"①

墟，顾名思义，是基于乡土而兴的集市贸易场所。宋陆游《剑南诗稿·一溪行》有句："逢人问墟市，计日买薪蔬。"墟，是两广、两湖及福建等地对农贸集市的说法，北方则称"集"，川黔称"场"，基本都是一个意思。

陈应寿自幼随母亲在码头当咕叻佬（搬运工），说到这，他捋起上衣，指着弯曲如弓的后腰说："全靠弯腰背扛货物挣钱糊口，这样的营生从十一二岁一直做到17岁，才转行到一家米机厂（碾米厂）当炊事员。此后的命运就随同这家米机厂而浮沉起落。"

"日本人来了，许多店铺被打砸，货品被洗劫一空，稍有不从即被打翻在地……"他说，"河边墟市做的是太平买卖，遭逢乱世，谁不惜命？从此有街无市，百业萧条……"

小小墟镇，见证历史风云。

中华人民共和国成立后，墟市逐步恢复生机。而这"河边生机"因百姓赖以生存的粮食而催生。随着集体经济的兴起，米机厂的机器开始轰隆隆作响。刚开始时，这家作坊"转型"为公私合营企业，随后收归国有，成为新桥粮站下属单位。从此，陈应寿也转换身份，成了吃"公家饭"的陈师傅。日常工作是为大伙煮饭炒菜，除了挑水烧饭，其他事情也会去搭把手。

新桥河与下游的茅洲河相连接，每逢涨潮时，海水倒灌，新桥河便成了咸水河。此时，陈师傅只能到附近的大庙、长巷去挑水。遇到大旱之年，要到更远的上寮、墈岗等处挑水。靠水却不能吃水，是当年茅洲河中下游一带的普遍情况。

---

① 新桥街道办事处编印《清平墟古韵》

这样的日子虽辛苦却也稳定。然而，好景不长。

各种运动轮番造次，竟屡屡波及小小米机厂。

民以食为天，最接近粮食的地方，自然受到更多"关照"。各种工作队轮番进驻，挑动群众揭批厂长，教唆"觉醒的工人阶级"大胆揭发厂长如何如何私吞和偷运国家粮食……历经风风雨雨，陈应寿像一株生命力顽强的木棉树，落地生根，饱经风雨，伴随新桥河水，一路闯过人生的激流险滩，直至改革开放后，终于享受到丰衣足食的太平日子。

眼望着永兴桥下的那片水面，老人用双手作出前后摆动的姿势。小时候，夏天，常被闲来无事的大人拎起双手双脚，悬空荡来荡去，然后一松手扔向新桥河，"啪"的一声落到水面，伴随他手舞足蹈一阵扑腾，岸上发出一阵哄笑……

时至今日，年逾九旬的老人依然记得幼时这一幕，显然给他留下了难以磨灭的印记。

依河而立、因码头而兴的清平墟市，与河流相依为命的人们，在物质极度匮乏的时代，更能体会"河流是人类生存的脐带"这句话的真意。

亲历河边一座墟镇的兴衰，也见证了这条水体起死回生的历程，随同那棵饱经沧桑的木棉树，陈应寿老人俨然已成为一个独特的"文化符号"，安坐桥头的他更是永兴桥边一帧独特的"风景"。

陈应寿老人讲述的"河边故事"，为另一位土生土长在永兴桥头的乡土文化研究者石泰康先生所证实。唯独那棵老木棉树的来由，石泰康亦称不敢苟同。

"陈叔在米机厂当炊事员时，我经常吃他烧的饭。"石泰康说。

时隔近一年，2020年3月10日，我随石泰康先生再次来到永兴桥头。正值木棉花开的季节，新冠肺炎疫情防控还没有完全放松，人际交往都隔了一层口罩，出入任何小区和楼宇需经测温、询问，甚至登记。此时，来到永兴桥头，也别有一番滋味。

　　永兴桥所在的广场区域属于开敞的公共空间，这里没有封闭限制人流。三三两两的游人，虽然都戴着口罩，但看得出心情都很放松。

　　信步永兴桥，只见矗立桥头的那棵粗壮的木棉树上挂满了红艳艳的大个花朵，偶见散落地面，成为写生者画框里的独特点缀。

　　桥下是一湖碧水，不远处的喷水设施正哗哗转动，一群黑鹅正昂首挺胸在水面优哉游哉。

　　石泰康的祖祖辈辈定居在清平古墟、永兴桥头。

　　步下永兴桥，他用手一指街口露出一角翘檐的旧民居："就是那栋了！我小时就住在那屋。"

　　目测，距永兴桥仅百余米之距。

　　生于上世纪60年代初的石泰康对这里当年的真实样貌，自然是一清二楚。在他的记忆里，清平老街是原宝安县的一处重要粮食储存和加工基地。"听老辈说，从我太爷爷起就用石臼碾米，中华人民共和国成立后才改用机器脱谷。"

◎ 永兴桥是深圳现存最古老的石拱桥。（本书作者摄）

无论是陈应寿还是石泰康，他们口里都离不开一个"米"字。

事实上，紧靠清平老街是几幢上世纪六七十年代兴建的圆柱形粮仓，在一片古建筑衬托下，造型更显独特。

清平古墟与"米"结缘，其根本原因就是紧靠新桥河，以及经由茅洲河而联通的珠江水系。

站在街口那间岭南特色的两层砖木结构的旧屋前，石泰康先生说："现在看来并不高大，在当年，这可是十七行瓦屋哩，按岭南人家的说法，临街屋檐瓦块排列计有十七列，且楼上楼下两层，这在几十年前，已经是小康之家才有的宅第格局……"

现如今，清平古墟所在的这片古建筑已经被一家影视公司整体拿下，正包装打造成一个清平古墟影视小镇。石泰康的这间祖屋，也已出租给这家公司，由其修缮打理。

老街、古桥、当铺、粮仓、民居、码头……这些元素聚合在一起，将是一个不可复制的岭南水乡特色景区。

经过一年的活化、修造，眼下，古墟内的岭南古建筑修复工作还在进行，其明清古风已初具形态。顺着古色古香的石板街面，行走在直、横两条老街上，只觉微风拂面，颇为惬意。在不远的将来，这里将成为都市人远离尘嚣，领略历史风情的浪漫之境。

悠悠茅洲河，流淌千百年。

古老又现代的河与岸，留给世人的是何等赏心悦目的山水画卷。茅洲河流域，又有多少类似清平古墟这样的风水宝地，留待有识之士挥洒灵感，拂去岁月烟尘，为快速演进的现代都市留住珍贵的历史遗痕，让后人"触摸"旧时生活成为某种可能。

新桥街道位于茅洲河流域，境内有五条茅洲河的一级及二级支流。包括：沙井河、新桥河、上寮河、万丰河及石岩渠。截至2019年3月31日，这些河流的主河道治理工程已全部完成，正本清源及小微黑臭水体治理后续工作尚在收尾。

　　二级支流新桥河、上寮河、万丰河在岗头水闸处分别汇入茅洲河的一级支流沙井河（设有岗头水闸调蓄水）以及排涝河（属沙井街道）；石岩渠也是茅洲河的二级支流，直接汇入茅洲河的一级支流排涝河。

　　在2019年4月，我走访过一些典型地段，包括永兴桥、万丰水库、岗头水闸附近的益华电子城等地，这些地方的水体现已大幅改善。通过治理黑臭水体，还顺带修建了一些社区公园，让周边忍受了十多年黑臭的市民及商户终于享受到难得的清新空气和花草树木的装点。

　　按照治理目标，新桥街道境内的河流水质已在2019年底实现不黑不臭，达到地表Ⅴ类水的标准，这也是国检标准。随着这些河流两岸景观提升工程的落成，一个水清岸绿、生机勃勃的水岸新世界将一步步走入百姓视野。

第十章

库兹涅茨曲线与茅洲河宿命

围绕茅洲河的田野调查已历时一年有余。

自认为对这条河的脾气摸透了八九分。

一天闲聊时，有朋友问：茅洲河名称究竟由何而来？

嘿，卡壳了！转问许多人，竟无人能给予令人信服的答案。

如同有人向你打听个人，你随口作答：熟得很，老朋友了。人又问：他叫什么名字？结果你脑筋短路，怎么都答不上来。——这就尴尬了。

沿茅洲河上游到中下游来回走访，多方探问，大同小异的说法是，茅洲河原先不叫茅洲河，其干流就没有统一的名称。一位多年与茅洲河打交道的"老水务"告诉我，上世纪90年代初，面对水体污染日益严重，深圳的环保水务部门为工作方便，才将该河统一命名为茅洲河。

事实究竟如何？

查档案。

现今深圳市辖域即为原宝安县辖区范围。宝安县的历史档案，就是深圳市档案记录的"上源"。前文已介绍过，茅洲河流域在深圳境内全部位于"大宝安"（含现光明区、龙华区）辖区内，因而，关于茅洲河的早期记录，可到宝安区档案馆查找。

2019年年末的一天，我专门开了张介绍信，正经八百到深圳市宝安区档案馆查阅这方面史料。

从电脑系统搜寻，有"茅洲河"字样的第一份文件建档于1970年6月2日，档案编号为"102-A001-119-007"。内容是《东江引水工程茅洲河过水建筑物方案比较表》，此份文件列明"责任者"为"沙井公社"。沙井公社即如今的宝安区沙井街道和新桥街道所覆盖的地域。

此前曾赴新桥街道的清平古墟一带探访。在古老的永兴桥头，年逾

90的陈应寿老人证实，桥下的河流，当地人一直叫新桥河，河水流往下游就汇入了茅洲河。由此可见，茅洲河的名号早就存在了，可能特指下游一段，后来才放大到了整个干流。

《沙井历史资料汇编》引述清康熙《新安县志·地理卷之三》的一段记载："茅洲河，在县西四十里，发源大头冈、凤凰岩诸处，至新桥之北十里许合流，经茅洲墟入合澜海。"

史载，茅洲河边有古渡口——茅洲渡，由此乘船可抵东莞及省城广州等地。今天，这些历史遗迹只能在志书中寻找了。深圳经济特区设立40年来，各级行政区划不断调整、更替，在经济大潮的席卷之下，山河湖海、人文地理概念也在不断改变和刷新。

如上描述茅洲河的情况同现在略有出入，但可以证实，茅洲河古已有之，绝非今所命名。

在茅洲河入海口一带走访时，也有老辈村民表示，茅洲河指的就是下游及入海口这一段，如今叫"东宝河"。现在，茅洲河从共和村"国考"断面向下至民主社区这一段水陆交接处，依然可见成片的红树林和各种高杆水生植物，颇有几分野趣。可见，将这片河岸说成是"茅洲"应十分恰切。

经统计，目前宝安区档案馆已归档、带有"茅洲河"字样的文件材料共计5428份，时间起于1970年6月，止于2016年12月。

宝安区档案馆调出的第二份关于茅洲河的材料，编号"110-A101-007-014"，题为《关于请求减免茅洲河整治工程所占去的农田一九七六年及一九七六年度公余粮任务的报告》。档案创建时间是1976年1月8日，文件编号为"惠地复〔1976〕23号"，责任单位为"宝安县革命委员会"。

当时，宝安县隶属惠阳地区，这至少说明，茅洲河1976年初进行过整治。

我曾走访位于茅洲河中游（大陂河段）的光明区公明街道李松蓢社

区，本地原村民梁锡佳、梁伟明等人告诉我，上世纪70年代，即"大集体"时期，在"农业学大寨"的风潮中，为了保护集体农田，茅洲河中下游曾进行了大规模的疏浚、拓宽。大约1978年至1979年间，当时李松蓢村所在的公明公社曾引进一台挖泥船用于清理河道淤泥。这项工作一直持续多年才告一段落。河道大幅拓宽、挖深后，洪涝灾害受到抑制。

宝安区档案馆记录的这份文件，指的应是这一阶段治理情况。

《深圳市水利志》所记载的茅洲河整治时间要大幅提前：

◎ 1955年3月，筹建茅洲河防咸蓄淡水闸，开始收集水文资料，专门设立了茅洲河水文观测站，是宝安县第一个水文观测站。

◎ 1956年，广东省水利厅派出两位工程师协助茅洲河工程规划设计，最终以修建铁岗水库和罗田水库的方案取代茅洲河下游建设防咸蓄淡水闸工程方案。

◎ 1963年10月，茅洲河中游洋涌河水闸动工兴建，次年建成，功能为防咸蓄淡。①

◎ 1972年12月上旬，茅洲河整治动工。"由于河道淤积严重，行洪不畅，两岸常泛滥成灾。当地群众强烈要求整治，省水利部门批准了这项工程，设计施工由宝安县组织实施。"

在位于茅洲河中下游的宝安区燕罗街道洪桥头社区走访时，洪惠全、洪润怀等原村干部回忆茅洲河（洋涌河段）截弯取直及兴修水闸等，同该水利志中记录的情况基本吻合。

还有一本普及读物《神奇的宝安》也进一步佐证了上述记载及老村民们的回忆。书中写道："近20年来，茅洲河流域由于工业、生活污水过度排放，开山采石，毁林种果，水土流失严重，致使茅洲河污染触目惊心，水质恶化，河边草木难生，鱼虾绝迹，河床增高，河道日窄，中

---

① 此闸为洋涌河第一代水闸，后废弃重建。——作者注

游以上已断航，下游仅保留有限的通航能力。"

此段记载透露的信息表明，茅洲河早在2002年前后就已经"草木难生，鱼虾绝迹"；历史上该河上中下游都能通航。

书中记录："松岗（镇）已经开始对茅洲河进行综合治理，重点是茅洲河截污工程。该工程分三期进行，一期工程解决公明镇中心区污水截流，二期工程解决沿松白公路段玉律至中心区片污水截流，三期工程解决光明华侨畜牧场污染截流。"

可见，茅洲河综合治理提法由来已久，但治理重点是"截污"，直至前些年，在茅洲河上游依然是建立箱涵截排纳污，没有考虑系统补水及生态恢复问题，距离"全流域治理"更是相距甚远。

将茅洲河档案资料与《深圳市水利志》等接续起来分析，再将沿河老居民的讲述联系起来，这条河流的治理历程就比较完整、清晰了。

综上，二十世纪五六十年代，茅洲河整治即已启动，最初是"防咸蓄淡"；到七八十年代，茅洲河治理的主题是防洪排涝，内容包括兴建水利工程、解决泥沙淤积、截弯取直、拓宽河道等；从1990年代开始，茅洲河整治基本围绕"治污"进行。

宝安区档案馆的存档文件显示，记录茅洲河"治污"的首份文件，是建档于1990年12月31日的《茅洲河流域整治前期工作情况汇报》。

随后，关于茅洲河污染整治的各类立项报告、会议纪要、请示函、会议通知、情况汇报等开始加速递增；内容包括请求上级拨款、治理方案介绍、请求深莞市级协商治理、预算情况报告等等。

此种情况说明，沿河市镇对茅洲河水质变化的重视程度在不断提级；同时，也从另一个侧面说明，这条河流被污染的程度在日渐加重。

粗略统计，宝安区档案馆归档的1970年6月至2016年12月期间，总共5428份事关茅洲河的文件中，涉及各类"治理"的内容占了约九成。这还不包括自2016年启动全流域水环境综合整治之后的内容，此外，深圳市级层面的相关信息也未尽罗列。

浏览打印出来的这份长长的清单，可明显看出，从1990年代初开始，深圳对茅洲河的"治污行动"就一直未曾停歇。换句话说，这条可怜的河流经历了一个漫长的污染—治理、治理—污染恶性循环。头痛医头，局部缓解；脚痛医脚，暂时交差。茅洲河污染问题形同堰塞湖，水涨堤随，危如累卵。

梳理茅洲河治理历程，是为了"唤醒"这条"深圳母亲河"的原始记忆。

从文化视角审视一条河流，给她的年轮刻上履痕；也借此告诉后人，我们曾经如此陪伴她走过艰难、踏平坎坷。

英国生态学家卡洛琳·斯奈尔与加里·哈克合著的《环境政策概要》一书，希望"给自然定价"，他们试图通过"将生态系统的服务货币价值化"来反映环境对社会的价值。

20世纪70年代，麻省理工学院的报告《重要环境问题研究》，则用结构化方法解释环境的多元价值。

……

这表明，研究者总是试图将环境价值以某种形式进行量化与测算。

我觉得无论采用哪一套理论模型，环境价值都很难用一把尺子来丈量。

科学探索永无止境，人类认识大自然的内在规律，永远在路上。大到宇宙太空，小到某个新型病毒，人类认识之局限，类若抔土之于泰山。

既然没有现成的公式算出环境的价值，那么可否用人类修复生态所花费的成本，来为环境价值做一番估测？

换句话说，30年乃至40年来，为这条混沌死寂的茅洲河，深莞两市究竟砸进去了多少真金白银？

恐怕没有人乐意回答这个问题。这也确实是一道难以按时完成的加法题。

　　仅从2016年至2019年这4年间，因为茅洲河治理采取EPC总承包制，工程造价可以大致匡算，从公开的招标信息看，仅深圳市宝安及光明两个行政区投入的经费即有数百亿之巨。

　　倘若一笔一笔细加统计，40年来，深圳市、区、街道三级治理这条河流投入的人力、物力、财力，那只怕是一个惊人的数字。诚然，加入东莞方面的投入，基数还会进一步膨胀。

　　"绿水青山就是金山银山"——茅洲河流域水环境综合整治，从正、反两面为这一论断提供了一个典型而鲜活的例证。

　　现在，关于茅洲河，还剩一道问答题：

　　"假如时光可以倒回重来，茅洲河的不幸会避免吗？"

　　这一设问，我曾向多位被采访的官员、专家及普通市民提出。

　　回答出人意料地一致："料难避免。"

　　这，难道是河流的宿命？

　　千古流淌的茅洲河，静默无声。

　　2015年全国两会期间，时任国家环保部部长陈吉宁回答记者提问时，提到在环境科学领域的"库兹涅茨曲线"。

　　所谓库兹涅茨曲线（又称"倒U曲线"），是发展经济学的重要理论。它由美国著名经济学家、诺贝尔奖获得者库兹涅茨于1955年提出。该曲线显示收入分配状况随经济发展过程而变化。

　　当库兹涅兹曲线被用以衡量经济与环境之间的关系时，纵坐标将由收入差距改为环境污染指标。曲线显示，随着经济发展，环境的演变呈渐进性恶化，突破"拐点"后再逐步改善。

　　"环境库兹涅茨曲线"如此揭示经济发展与环境变化的内在逻辑：随着经济规模不断扩大，人均收入也逐步增长，产业结构实现第一次升级，经济形态由农耕过渡为工业。在此阶段，资源消耗增长，废弃物排放也随之增多。当资源消耗量与废弃物排放量超过环境承载能力时，环境质量下降，曲线上扬。

此后，经济发展带来产业结构二次升级，技术密集型产业、服务业地位上升，资源消耗与污染物排放呈减少趋势，环境污染减轻，曲线下降。

这一理论看起来并不高深。从实践层面探究，经济发展之初，发展是主旋律，环境污染尚可接受，民众对于环境服务的需求也较低，"先污染，后治理"在所难免，并最终导致环境恶化；当人均收入提高后，环境支出可以承受，公众环保意识也日益增强，最终促使环境污染减轻乃至消弭。

按照"环境库兹涅茨曲线"理论，茅洲河"先污后治"很好解释。由此推论，这条河的命运果真"料难避免"。

在库兹涅茨曲线理论中，人均收入达到6000～8000美元被视为环境质量变好的临界点。

权威资料显示，2016年深圳居民人均可支配收入为48695元人民币，按当年汇率折算成美元，正好位于这一区间。这样看来，深圳2016年启动大规模水环境整治及生态修复，完全印证了"环境库兹涅茨曲线"的猜想。

几十年前的理论，印证了今天的现实。这仅仅是个巧合？

环境库兹涅茨曲线理论，以发展初期对环境损害的"不可避免"性论断，宽恕了经济初始期的"野蛮成长"，也给环境的再逆转提供了肯定的结论。

总而言之，环境库兹涅茨曲线理论，给了我们一丝安慰。

在新技术、新材料、新能源、新工艺日新月异的今天，人类对生态平衡规律的认识进一步深化，我们有理由相信，"绿水青山"与经济发展之间可以取得最佳平衡点。

我深信，经过人类的实践探索，一定会诞生新的环境理论，为取得这种平衡提供"截弯取直"的工具。

深圳市水务规划设计院有限公司董事长、教授级高级工程师朱闻博先生多年研究深圳水环境。他率领的团队曾主导深圳多条河流及公共空间的水环境规划设计，并曾参与茅洲河中上游整治规划设计。

朱闻博携王健、薛菲、陈珊三位水环境领域的本土专家，结合多年来在国内从事水环境规划设计实践，梳理了包括深圳在内的国内外城市水环境设计案例，在国内首次提出"多维海绵""系统解决水问题"等概念，其成果刊载于2018年8月出版《系统解决城市水问题》[1]一书。

该书以开阔的视野，审视世界范围内城市"水问题"，为王浩、杨志峰、郭仁忠、孟建明四位中国工程院院士所力荐。

这本书以翔实的数据，提供给读者一个审视深圳水环境的全新维度。

◎1970年至2017年间，深圳市GDP由1.13亿元增加到22438.39亿元，翻了近2万倍；

◎1970年至2017年间，深圳河道数量减少了500条，河道总长度减少了近800千米；

◎1991年，深圳市综合污染指数1.62；到2008年，达到了5.06，显示城市水系遭到严重污染；

◎深圳市适宜的水面积为8%至12%，深圳城市现状水面率仅4.61%。

在水环境专家的视野里，深圳现状河流亟需"松绑"——

◎河流蜿蜒型的基本形态形成的激流、缓流、弯道等天然格局消失；

◎河道渠化严重，改变了水系生态系统结构，降低了生物群落多样性。据统计，深圳市河道渠化治理约占河道总长的25.9%，河道采用浆砌石块或混凝土材料，导致水陆之间无法完成物资、能量交换。

---

[1]朱闻博等主编：《系统解决城市水问题》，江苏凤凰科学技术出版社2018年版。

◎上游拦截兴建水库，蓄水后洪水消除或洪泛次数减少，削弱了河流与湿地之间的联系，湿地逐渐减少，生物食物链中断，导致生物多样性和代谢补偿能力下降。因此建议，茅洲河流域等深圳5个流域的平均水面率提升到8%，约需要增加水面面积43平方千米。

以上三点弊端，在茅洲河流域均不同程度存在。

茅洲河水环境综合整治，正是以"水清岸绿、鱼翔浅底、鸥鹭齐飞"为标志，以宜居为核心，以生产、生活、生态"三生"融合为目标，结合两岸碧道建设，打造一条全新的河网生态体系。

茅洲河，这条苦难的深圳母亲河，带着人们的无限遐想和满心期待，即将迎来她的凤凰涅槃。

排涝河边"大红囍字楼"拆了

"轰隆隆、轰隆隆……"

几台大功率挖掘机咆哮着高高举起齿状铲斗，像雄壮的武士挥起铁臂，又像一头倔强的怪兽，正准备左冲右突，扫开前面的一切障碍。

挖掘机的前方是几栋清空的住宅，外墙可见红漆刷写的斗大"拆"字，外围还画了一个圈，以示态度坚定、不可动摇。

这是城市常见的房屋拆迁现场。

"快停下！快停下！"有人连打手势，高声叫停。

见是挂了胸牌的街道工作人员喝止，操作员不知发生了什么，赶紧关了马达。

这时，一对父子从警戒线外被引到建筑物前。他们以这几栋待拆的房屋为背景进行拍照留影。注目房屋良久后，父子俩背过身抹了几把眼泪，在一步三回首中，依依不舍地离开了现场……

这是2017年6月初的一天，发生在茅洲河下游支流排涝河整治时的一幕。

河水变脏变臭，看似问题出在河里，其实根子是在岸上。治理黑臭水体，需要从岸上挖掉河流的各种"病灶"。本次综合治理茅洲河，决策者下定决心，统筹兼顾防洪排涝及河堤生态恢复，因此，占据河道及堤岸的各类历史遗留建筑，必须全部拆除干净。

为了治理水体污染，茅洲河从上游到中下游，包括深圳市下属光明区与宝安区沿河所在的各级政府部门"扫荡"了难以准确统计的各类碍河、污河、占河"历史遗留建筑"；在中上游两岸荔枝林里清理了多如牛毛的各类养猪场、养鸡场、养鸽场等等，赶走数万、数十万计的各类"飞禽走兽"。这些"硬"措施，一方面可直接减少面源污染源，同时，又为敷设各类管网、修建巡河步道、打通断头路、连接各类管线等，腾出宝贵的物理空间。

沿茅洲河两岸长达近40年的野蛮发展，沉淀的各类问题可谓堆积如山。同样，拔除数百平方公里内茅洲河两岸历史遗留问题，也是一个难以精确的"大数据"。

那天，宝安区水务局一名工作人员手机里保存的一张照片吸引了我的目光。

这张照片显示的，是宝安区区委书记姚任（时任宝安区委副书记、区人民政府区长）登门一家拆迁户，同业主进行"谈判"的场景。画面中央上方的墙上，露出大半个红艳艳的"囍"字。看得出，拍照者并非刻意为之，大红"囍"字被"截"掉了上面部分，仅留下四个"口"这部分。仿佛有所隐喻似的，成了照片的点睛之笔。"大红囍字楼"显示

◎ 时任宝安区区长姚任（中）同"大红囍字楼"业主沟通协调征拆事宜。正是这张照片吸引笔者进行追访。（图片由宝安区水务局工作人员提供）

这间房屋的特殊性，也暗示了谈判的艰巨性和复杂性。

据这位同志介绍，此屋新近装修不久，是屋主儿子小两口入住仅三个月的婚房。

商谈时间是2017年5月25日；

地点是茅洲河下游支流排涝河边一户居民家；

内容是同拆迁户父子商谈"还地于河"事宜。

前文描述的拆除现场，正是这家父子。父亲叫陈光，儿子叫陈斌。

"拆迁"这块难啃的硬骨头，按属地原则推进，考验街道层面的执行力。顺利推进，为治水工程赢得先机，则立下汗马功劳；"卡"住了，后续施工将无从谈起。

这是三年前的事了，我决定寻访这户人家。

深圳市宝安区沙井街道土地整备中心副主任曾柏润是沙井本地人，也是参与这次拆迁行动的亲历者。

当得知要回访这户人家时，有些出乎意料，曾柏润接连表示很为难。他明确告知，"可能你得不到需要的东西，最好别去碰这件已经过去的事。"

我问：为什么呢？

他答：人家并不乐意接受采访。

我问：不是正式采访，只是了解一点情况。

他答：拆迁问题复杂，弄不好又要挑起矛盾。

我问：不是区领导上门做工作，圆满解决了吗？

他答：没错，可拆迁户心里并不舒坦，弄不好还会"炝火"。

……

这反倒激起我的好奇心，依然紧追不舍。

既是"吃官饭"的街道干部，又是"讲土话"的本地人，要"两头做人"，曾柏润自有苦衷："被拆了房子的居民并不都是自愿，结果也不可能皆大欢喜；拆迁的事千万别当成战果来宣扬，弄不好会适得其反。"

我似乎听明白了基层"拆迁办"的难处，又似乎不明白为何要这般讳莫如深。

在中国，拆房征地这项工作，本质上就是一场以利益为筹码的博弈，在基层是继当年"计划生育"之后的又一项"天下第一难"。因此，查拆违法建筑、实施土地整备是"考验干部，检验战斗力"的"试金石"。而且，在中国基层许多事"能做不能说"。

曾柏润副主任挺实在，尽管不建议同当事人面聊，但他将事情的前前后后做了仔细介绍。

他首先纠正了一个误传："这不是户主儿子结婚才三个月的婚房，结婚是两年前的事了，商谈拆迁时前一个月，他家刚添丁增口是真。按广东人习俗，婚房囍字要保留很久，所以看起来像是新婚房。"

业主陈光一家是地道的沙井本地人。但深圳"本地人"也分两种，一种是自给自足的农业人口；另一种是吃商品粮的城镇居民。若时光倒退30年，谁不羡慕吃商品粮的城里人呢？可深圳城市化以后，恰好倒过来了。最大的受益者是"农村户口"，他们可合法拥有和继承宅基地，合法建设独栋的农民房，合法入住由集体兴建的高档"统建楼"；村民摇身一变，成为股份公司的股民，享受年终分红等等。真是应了"三十年河东，三十年河西"这句老话。

陈光家正是沙井街道屈指可数的"居民"之一，恰恰因是吃商品粮的城镇户口，他一家人都没有股份，无法享受分红。

好在上世纪八九十年代，他们家在排涝河边的插花地先后兴建了两栋住宅，并按照政府规定取得了房屋所有权证。随后，又搭建了一间两层楼的偏房。三房一院落，还有临街的铺面出租，这在寸土寸金的深圳，也算是"土豪"级了，可同许多有房有地，还能享受各类福利的原"村民"相比，还是小巫见大巫。

听说要为河道治理腾出场地，这几间房子要同时拆除，这等于是拿掉了全家仰仗的"命根子",业主陈光一家表示,即便赔偿几个亿,也不可能答应。

"我们是土生土长的本地人,房屋建成几十年了,几代人都住在这里,拆迁的事免谈。"业主陈光80多岁的老母亲更是言辞决绝:"这是我家的祖业,让我们搬走,除非施工队从我身上踩过去。"

街道土地整备中心的工作人员三番五次登门协商,均无功而返。工作一时陷于僵局。

按照工作计划,2017年6月初必须完成河岸历史建筑的拆除工作,为接下来的河道整治、雨污分流管道敷设、巡河步道建设等腾出足够空间。否则,治水的一切设想都成空谈。

时间紧迫。只要有一户拆迁未完成,整个工程将无限期推迟。

此番排涝河整治,沙井街道共需拆除碍河建筑14栋。其中,私人住宅12栋,集体产权建筑两栋。集体性质的建筑最容易谈成,属于原村民的私宅也被逐一"拿下",仅剩下陈光这一户"卡"在那。

为何工作难做,就是因为这一户情况特殊。因是"居民"而非"股民",业主原本心理就不平衡,一旦房屋拆除,"祖业"丧失,家庭主要经济来源受损,因而抵触情绪很大。

一边是排涝河设计图早已绘就,挖掘机已等候在侧,工期一刻也不敢耽搁;

一边是业主仅考虑"以地易地",始终不愿松口"货币补偿",谈判无法突破。

双方僵持不下,怎么办?

排涝河是茅洲河下游的重要支流,由于污染严重,极大拖累茅洲河干流水质。时任宝安区委副书记、区长姚任挂点沙井街道,为了做通陈光一家的思想工作,他决定亲自登门拜访。前文提及的那张照片,就是当时所摄。

区长出马,究竟说了些什么呢?

"已记不清当时的具体情形了。区长出马，印象中当时就是考虑到他的房产证载面积跟实测面积有出入，但又确实属于早期建房，区长现场拍板按政策就高不就低进行酌情处理。"曾柏润说："到了这一步，拆迁户会感觉到，政府方面是站在老百姓的角度考虑问题，确实在尽最大的努力……"

陈光一家人有所触动，此后口气慢慢有所松动。再经过进一步的商谈、妥协，落实细节，最终达成了签约意向。

5月底签订协议，6月初开始拆除。签约当天，陈光父子提出一个条件，拆除房屋当天要通知他们到现场，希望拍张照片，留个念想。

拆除当日，街道方面兑现承诺，请来父子俩来到施工现场，于是出现了本章开始的那一幕。眼见生于斯长于斯，见证几代人成长的旧居即将彻底消失，陈光父子流下了热泪。毕竟，人是有感情的，"故居难离"也是人之常情。

随着挖掘机一阵轰鸣，排涝河岸边最后一排历史遗留建筑消失在视野里，综合整治工作进入了新的阶段。

2020年3月下旬的一天，距那张照片拍摄三年后，我同陈光的儿子陈斌有了一次"不见面"的交流。我很想了解这一家目前的居住情况、心态变化等，还想问问当时区长登门究竟做了哪些工作，如今，内心是否已经释然？

这位本科毕业的80后，一开始并不乐意回顾拆迁的事。感觉得出，尽管三年过去了，居住环境的巨大改变，在这位年轻人心里留下的"创伤"并未平复。

目前，陈斌在一家物业管理公司工作，拿一份较稳定的工资。

"区长到家里谈判的情形，当然记得。"短暂犹豫后，他还是诚实回答了我的问题。

"那次区长到家里来，主要是现场了解情况。他先是听了父亲的诉求，然后解释说政府部门不是为难群众，而是为了更好地改善水环境，让群众生活得更舒心。"陈斌说,"姚任语气随和,一条条列出拆迁政策,话语中没有丝毫强硬和强制。对解除我们的各种顾虑,确实起到了关键作用。"

拆除老宅那年,陈斌的儿子刚出生不久,现在已三岁了。目前,陈斌一家三口,同父母及奶奶一共六口人居住在一处180平方米的"统建楼"内。此外,还以每平方米近5万元的单价供了一套商品房。

同占地600平方米、单家独院的居住环境相比,当然不可同日而语。陈斌内心的失落还是能明显感觉得到。

三年后的今天,经过系统整治,排涝河沿岸居民已经告别"与黑臭水体为邻,行人掩鼻而走"的"苦逼日子",迎来"水清岸绿、鱼翔浅底"的"河居生活"。享受茅洲河整治成果的人们,应对那些普通人、普通家庭的付出和贡献心存感激。

关于茅洲河征地拆迁,不久前我拿到了一份当年专呈市领导的专报材料。

在这份成文于2016年4月8日的材料上,时任深圳市委书记马兴瑞、市长许勤、常务副市长张虎分别作了批示。

报告题为《茅洲河综合治理工作受多因素制约2017年底前完成预期目标不容乐观》,开宗明义指出:"深莞两市打响全面整治茅洲河攻坚战,这既是贯彻落实中央绿色发展、协调发展理念的重要举措,也是向省委省政府和两市人民立下的军令状。"

这份由深圳市委办公厅现场调研后形成的报告认为,征地拆迁是影响工程进度的主要障碍之一。

指明问题在于:"现行赔偿标准与群众期望值不符;该项目属于政府公共工程,没有房地产等商业项目的其他补偿手段,致使沟通协调难度大……"

虽时过境迁,我们依然可以感受到,在"时间紧、任务重、商洽难"的情况下,全流域综合治理第一个"吃螃蟹",手里"无牌"可打的宝安区，各级各部门面临的压力与焦灼感。

"自2017年5月17日起，排涝河综合整治共实施征拆行动2次，第一次出动人员150人次，第二次出动人员200人次，设备10台次。短时间内拆除红线内建筑面积共17246余平方米……"那一阶段，深圳地方媒体《宝安日报》做了这样的跟踪报道。

征地拆迁，仅是茅洲河流域综合治理中必经的一场前哨战。一个流域的水环境综合治理，牵涉到各种利益纠葛。排涝河边"大红囍字楼"的拆除，仅是茅洲河上中下游难以计数的施工点位中的一个"点"而已。

2018年11月4日上午，随着一声令下，位于茅洲河上游石岩街道一级饮用水源保护区内共177栋历史遗留建筑被集中爆破，这是深圳市宝安区有史以来规模最大的一次集中拆除行动。为了这一天的到来，全区范围抽调的299名干部，分成21个工作组，夜以继日苦干了8个月。

此番，宝安区艰难啃下"硬骨头"，铸就了深圳水污染治理工作的"一水精神"。这是深圳媒体公开报道的一个典型案例，从中不难看出，为"水"而战，深圳各级真的是"拼"了。

2019年5月30日，洋涌河燕罗人工湿地公园。

宝安区委书记姚任在接受新华社记者采访时透露："近三年内，围绕茅洲河黑臭水体治理，宝安先后拆除了35万余平方米的历史建筑。在茅洲河综合整治过程中，尤其是最为关键的前一两年，每年宝安分管区长80%时间花在治水上，自己每年近三成的时间也花在治水上。"

放大到深圳全市，包括市主要领导在内，四年来，"治水"均是头等大事之一。截至2018年底，在处置占全省近半数量一级水源保护区历史遗留建筑方面，在短短两年时间内，深圳共成功拆除了1069栋历史遗留建筑，出色完成2017年中央环保督察对深圳的目标要求。此外，深圳自加压力，一并拆除处置了452栋一级水源保护区新排查历史遗留建筑。被媒体誉为"体现出科学决策的能力及雷霆出击的执行效率"。

第十二章

螺蛳壳里做道场

　　汉语博雅精妙，蕴藉隽永，达意传神。一句"螺蛳壳里做道场"，将逼仄空间里办成复杂大活的超常规运作描绘得活灵活现。

　　究其出处，可追溯至南宋年间。

　　公元1142年，奸臣秦桧以"莫须有"罪名构陷抗金名将岳飞，将其父子及女婿张宪杀害于风波亭。一位名叫隗顺的当差狱卒，因景仰忠臣，便冒险将岳飞等人的遗体埋藏在钱塘门外的螺蛳壳堆里，得以躲过奸党搜寻。

　　宋孝宗即位后，为聚拢天下人心，顺应民意，遂以重金寻访岳飞等人的遗骨。此时，隗顺已离开人世，其子悄悄在告示旁贴一字条，上书："欲觅忠臣骨，螺蛳壳里寻。"差役依此寻找，果然发掘出岳飞等人的遗骸。

　　后来，朝廷选择黄道吉日，将忠臣骸骨迁葬栖霞岭。并请来大批和尚到原葬地做全堂水陆道场，以超度亡灵。

　　临安城里的黎民百姓听说朝廷为岳飞等人做道场，便成群结队赶赴城外原葬地祭拜。途中，市民群众相互打听："今天的道场究竟在哪呢？"知者答："螺蛳壳里做道场。"

　　因年代久远，现如今这句俗语只保留了字面意义。

　　这是发生在南宋初年的事。

　　与"螺蛳壳里做道场"同一朝代，位于茅洲河下游的宝安区沙井街道龙津河边，也发生了一件载入地方史志的事件："宝塔镇河妖"。

　　塔，是落成于公元1220年的龙津石塔；

　　河，是流淌至今的龙津河（涌）。

　　时间到了21世纪的今天，深圳治理黑臭水体，被誉为"螺蛳壳里做道场"。在车水马龙、建筑如麻的城市缝隙里,成千上万的"水工",撕开道路和人行道,钻入地下,以"绣花功夫",在做一件前无古人的"织网"工程——织就密如蛛网的地下雨污分流管网。

现时的龙津涌,是一条流淌在茅洲河下游沙井古墟深处的沟渠,被称之为深圳"龙须沟"。大名刊于政府文件,见于各媒体。

2019年3月至2020年3月,我曾三顾"龙须沟"。第一次是由沙四社区工作人员引领参观龙津古塔,意外"审丑";第二次是一位副省长调研茅洲河、为其"会诊"时随访;最近一次是新冠疫情期间,随一位本土作家前来"审美"。

第一次前来是2019年3月29日。其时,我正做茅洲河田野调查。

当日下午,在沙井街道沙四社区完成采访任务后,我想探访当地史迹。热情的社区干部说:"走,带你看看龙津石塔。"

◎ 龙津涌边古色古香的宅院。（赵阳摄）

◎ "观音里"内、盐署遗址尚存
一口古井。（赵阳摄）

向导在前。七拐八拐后，到了沙井老街；再一拐弯，就钻进了一片低矮的老屋村。

场景突变，犹如深一脚浅一脚地踩在一条时光隧道里。满眼是低矮的老屋、破败的门脸，以及狭窄的巷道口……仿佛走进了老电影里的场景。偶尔有电动车从身后鸣的一声贴身窜过去，这才把你拉回现实中。

在巷道深处，"观音里"门楼后的一处墙角边，有一口古井，旁边一块石碑上书"归德场盐课司衙署遗址"。据社区工作人员介绍，原来这里有居民约300多人，直到上世纪七八十年代，这里都是人声鼎沸的热闹地界。

沿小巷继续行走约百余米，终于见到这里最具文物价值的古迹——龙津石塔。

眼前的这尊石塔，正面刻有浮雕半身佛像，两侧镌刻有双手合十、仗剑除妖的形象。外观风化较重的塔身并不高，被安置在一个半高台上，看起来古朴而肃然。塔身由粗砂岩雕刻而成，单层方形，下方是方形竹节角柱须弥座，背面刻有嘉定庚辰立石字样……

龙津石塔在明崇祯《东莞县志》、清康熙《新安县志》、清嘉庆

《新安县志》均有明确记载。该塔建于南宋嘉定十三年（1220年），其时，盐官周穆动员乡绅捐建一座横跨龙津河石拱桥。未料落成之日，龙津河汹涌彭拜，石桥危在旦夕，为了镇住"河妖"，而立石塔于桥侧。这便是龙津石塔的来历。

龙津石塔被公认为"深圳市现存最早的地面建筑，具有相当高的历史和艺术价值"。

初见龙津塔，为古墟深处尚存800年文物而惊讶。

石塔依然，龙津安在？

循着一股刺鼻的臭味，视线"绕过"一块公益宣传喷绘，赫然发现在石塔的前方不起眼处，竟"隐藏"着一条河沟。宣传喷绘还不止一块，显然是故意"遮羞"之用。

看起来，这就是一条穿行于旧民居墙角、窗下的排污沟。不知是

◎ 拥有800年历史的龙津石塔被公认为"深圳市现存最早的地面建筑遗存"。（赵阳摄）

何种成分在起作用，水体呈现墨绿色，在阳光的照射下，可见沟底沉淀了一层反常的白色粉状物。继续近前，临近岸边，可见水体缓慢移动，刺鼻的臭味也愈发强烈，直冲脑门，让人胃液翻腾……多一秒钟也不想再待。

再看这里的住户，家家门窗紧闭。从胡乱晾晒的衣物、用纸糊住的窗玻璃可以判断，这里居住的多是外来打工人群。偶尔可见骑电动车的中老年人出入，从神态看，对眼前的臭水沟持"敬而远之"心态，又露出事不关己的漠然神情。

初访"龙须沟"，给我感官与心灵造成了双重冲击，"审美"与"审丑"交织，可谓五味杂陈。

龙津古塔见证茅洲河800年风起云涌，只是龙津桥早已不见踪影，就连龙津河也演化成茅洲河庞大河网脉络里一根细小的神经末梢。

但是，关键部位，牵一发而动全身。末梢之痛，可殃及整体。

再访龙津涌，是2019年7月29日。

此时的龙津涌美名已经被"龙须沟"取代。

那次，时任广东省副省长张光军、省生态环境厅厅长鲁修禄一行前来深圳参加"茅洲河2019年上半年污染整治工作总结及研判分析协调会"，会前，在时任深圳市副市长黄敏等陪同下前往各施工段调研，其中有一站就是"龙须沟"。

无论在展板前介绍污染情况、治理难度、规划设计时，还是在现场察看，宝安区水务局局长李育基等就以"龙须沟"指称。

显然，"龙须沟"之名被深圳市、区领导说顺了口。

病入膏肓的龙津涌，正处于"黎明前的黑暗"，脱胎换骨就在眼前。

其实，就在20多天前，深圳"龙须沟"曾被深圳市委书记暗访。

2019年7月7日，官方平台《深圳发布》十分罕见地推出一篇《"自

◎ 宝安区委书记姚任（中）为龙津涌整治"把脉问诊"。（赵阳摄）

揭家丑"！市委书记的一次暗访式调研》千余字稿件。内容写的是3天前的7月4日，广东省委副书记、深圳市委书记王伟中赴宝安等地暗访调研的事。

这篇被人民网等媒体广泛刊用的通讯稿，这样描述当天的情形：行前，王伟中明确提出"要看最脏、最差、最乱、最臭、最黑的地方"，要"检视问题"。本次调研不发通知、不打招呼、不提前透露行程。

当天，王伟中的第一站就来到宝安区，随后是龙华和龙岗，共三个区，这三个区都位于原关外地区。暗访的主题都与污水治理有关。

水体污染是深圳光鲜亮丽的外貌下最为不堪的"污点"和"痛点"，也是"市民百姓投诉最多、反映最强烈的操心事、烦心事、揪心事"。

为此，深圳市委市政府2018年提出，到2019年底，深圳要全面消除全市范围内的黑体水体，让流淌在深圳2000平方公里土地上的大小河流"去黑去臭"。按王伟中的要求，深圳辖域内"巴掌大的黑臭水体都要

◎ 时任宝安区区长郭子平（前中）赴龙津涌了解并推进治污工作。（赵阳摄）

消除"。

实际上，自2017年4月主政深圳以来，王伟中调研去得最多的地方之一，就是河流治污现场。王伟中为治理水污染投入了大量精力，全面推行河长制后，他还担任深圳市总河长、茅洲河市级河长，领衔茅洲河深圳辖区的治理工作。

王伟中曾强调，"一切工程为治水让路"，把污染防治的"战场"作为检验干部的"考场"。

当天上午，市委书记暗访的第一站是茅洲河下游的沙井河大兴一路河段。由于近期降雨较多、污水倒灌，导致河水水质出现了一定程度的返黑返臭，蚊虫孳生，严重扰民。

王伟中驻足河边，与赶到现场的宝安区相关负责人现场商量对策。交谈中，当得知沙井街道辖区内另一条名叫龙津涌的河流污染更为严重时，他几乎不假思索："现在就去看看。"

于是，王伟中一行走进了那片狭窄的巷道。查看了古榕树、龙津石塔等。当然，那条"龙须沟"同样毫不客气地将市委书记"熏得呼吸急促"。

为何遗留下这么个"老大难"呢？王伟中了解的情况是，由于巷道狭窄，没有建设雨污分流两套管网的空间，所以施工难度大。他当即要求相关部门学习洛杉矶、旧金山等国外先进排水系统建设经验，统筹解决问题。

这番暗访，王伟中感触很深。他对随行的同事说："深圳40多年的发展，成就举世瞩目，特别是近几年，深圳的科技创新、高质量发展等多方面工作受到各方赞誉，越是面对美言，越要保持清醒头脑，不为盛名所累、不为赞歌所惑，要自觉看到成绩背后的差距和光鲜下的不足。我们要对照人民群众新期待，对照国内外一流城市的先进做法，扑下身子找差距，聚焦痛点抓落实……"

低调暗访，高调"披露"，题中之意，不言而喻。

果然，拯救"深圳龙须沟"从此按下了快进键。

◎ 图为时任宝安区委常委朱恩平（中）现场协调、改进施工方案。（赵阳摄）

◎7月8日，宝安区委书记姚任率队对龙津涌、沙井河进行调研，进一步落实市级领导要求，细化工作任务；

◎7月26日，为了解现场施工进展，时任宝安区长郭子平率队再一次调研龙津涌，了解工程实施动态，推动加速整治；

◎7月29，时任广东省副省长张光军、广东省生态环境厅厅长鲁修禄一行为了解茅洲河治理重点、难点，率队调研龙须沟现场。召开现场协调会，听取现阶段茅洲河治理进展，提出意见和建议。

这也是我第二次前来龙津涌，此时施工已拉开帷幕。

短短一条750米的细小河涌，牵涉到省、市、区、街道、社区各层面，其治理难度之大可见一斑。

"深圳龙须沟"流经文物、古建筑密集区，是深圳"四大古墟"之一的沙井古墟所在地。片区内被确定为广东省保护文物就有13处。加上不同时期的老旧建筑密不透风，让治水专家围着转了一圈又一圈，不知如何下手。那些低矮的建筑、狭窄的巷道，表面安详，可随便一锹下去，可能就碰倒了一只多米诺骨牌，引发灾难性后果。

这里的原居民早已搬走，留下不可移动的物业。因交通便捷，周边企业众多，这里被外来租客塞得满满当当。

一方面，整治工作战鼓频催；另一方面，"螺蛳壳里"如何办成大事，愁煞设计、施工、监理、给排水等方方面面。

龙须沟整治难点摆在那：河道两侧老旧建筑巷道狭窄，老旧房屋基础浅，不具备新建雨污分流管网条件，两侧污水直排入渠；渠道年久失修，岸墙部分损毁，存在安全隐患；位于城中村，周边违建众多，紧邻渠道，导致岸墙修复、排放口整治施工等空间不足，无法展开施工面。

……

转眼间就到了2019年年末。深圳媒体刊发了一条消息：经过近4个月的综合整治，昔日又脏又臭的深圳"龙须沟"脱胎换骨，现已正式恢复其历史称呼"龙津涌"。沙井古墟一带的居民茶余饭后多了一个休闲纳凉、遛娃散步的好去处。

我很想再访龙津涌，看看螺蛳壳里的"道场"究竟是何等局面。

光阴如梭。2020年3月10日，距第一次踏访正好相距一年。此时，尚在全民抗击新冠疫情而集体"闭关"之际，我得隙三访龙津涌。

这次，我约请"沙井本地人"石泰康先生现场"讲古"。石先生曾经在邻近龙津涌的沙井老街一家单位工作多年，对这里的历史遗存可谓烂熟于心。作为本土文化的发掘者和研究者，石泰康曾著有《宝安往事——追溯宝安历史文化遗存》一书，龙津石塔占据其中一章。

得益于泰康兄一口地道的沙井白话，经过两道卡口，红外测温、核验身份之后，顺利进得龙津涌所在的那片古墟旧巷内。

几个月过去，这条著名的"龙须沟"已今非昔比。

走进旧屋村巷道，入口处设有龙津石塔简介和导览图。在一面墙壁上，"时光漂流·沙井古墟新生·城市现场展"的大型海报显示，这里已经成为一个展示"旧时光阴"的博物馆。

此时，整个巷道就我们两人。地上是新近铺就的平坦柏油路，贴墙壁两侧，打了两条黄色警示线。临街的旧屋门脸及立面收拾得十分整洁，一切都显得井井有条。

龙津石塔依然挺立，其前面的"龙须沟"则消失了踪影：一条清秀的小河，在古色古香的村落里蜿蜒流淌，鹅卵石铺就的河床，托起清澈见底的流水。微风起处，水面泛起粼粼波纹。

驻足栏杆前，可见岸边古建筑的墙头立面，被艺术家别出心裁地绘出一组卡通摩托及骑者形象。既时尚前卫又具有很强的文化识别度，让这片沉寂已久的古墟散发出浓浓的历史和艺术气息。

河道显然经过了精心设计，除了悠悠流水，沿岸还辟出一道植物长廊，富有野趣的亲水苇草生长得十分茂盛，长长的穗芯随风摇摆……河道里还别出心裁地摆放了几个五颜六色的圆柱状"浮木"，为清流缓行的水道增添了几许生趣和亮色。

河岸整洁，小桥流水，空气清新，这才是一座文化古墟所应有的形态和气质哩！

龙津石塔前，立有一面布满铁锈的"打卡墙"，镂空铁板而成的字句颇具诗意："我扶起自己的影子立在墙上合了个影。"

此情此景，令关注乡土文物保护的石泰康先生也止不住东瞧瞧西看看，好奇得像初到一个陌生的景点。

短短几个月，从人人避之犹恐不及，到水清岸绿，波光粼粼，在没有拆除一砖一瓦的前提下，龙津涌的魔幻蝶变是怎么做到的？其中隐藏了什么样的秘密呢？

就此，我请教宝安区水务局分管茅洲河治理事务的副局长李军。他介绍说，龙津涌全长750米，河道最宽处只有4米，最窄处仅2米，深度为1.5米至3米，全河段为明渠。龙津涌流经辛养旧村、沙三旧村和蚝四旧村，整治前这里水质等级为重度黑臭。河渠年久失修，整条龙津涌已经完全失去排洪功能，而沿线巷道狭窄，老旧建筑密布，历史文物众多，导致岸墙修复及排放口整治空间不足，稍有不慎立即会对周边房屋、文物造成破坏。

改造后的龙津河河道虽未作任何拓宽，但原先的污水排到哪去了呢？

仔细观察可见，沿河有不少白色的PVC管道顺墙壁与河床垂直而立。秘密，就藏在这里面了。

原来，设计师在龙津涌内设置了一座双层"立交"——上层可视的部分供引自污水处理厂的净化水和雨水行走；下层还有一道看不见的暗渠，供污水行走。同时，辅以全河道清淤、新建截污系统、新建补水系统，实施生态及景观修复工程等。

"龙须沟"的设计布局，曾有过一番争议。

关于补水，原本考虑到施工难度、引水和工程造价等因素，有人建议解决污水排放问题就可以了，还可释放出一定空间。这一方案被分管此项工作，时任宝安区副区长的朱恩平坚决否定。

◎ 龙津涌今昔对比。（宝安区水务局供图）

朱恩平这样对我说："治污不是短期效应，搞面子工程，仅仅将污水'藏'起来了事，而是要彻底扭转水环境，为社区居民营造流水潺潺、绿意满眼的生态空间。"

朱恩平在研究治理方案的相关会议上明确表态："再困难、再冒风险也要实施补水，最终就是要让旧墟镇'活'起来。"

李军介绍说："工程挑战在下面走污水的那一层，整个污水系统不能有一滴泄漏，确保全部流入污水管网里去。而上面一层补水，是让整条河涌灵动起来的关键。"

可以想象，在老旧建筑比肩而立的狭窄河道内，让两类不同性质的水流，服从"交通管制"，实现立体分层流动，这不仅要充分发挥想象力，更要在实践中解决大量排污管道穿插至夹心层时，确保不漏出一滴污水。还要解决天长日久，每家每户顺畅排污，以及暴雨天气纳水行洪的需要。狭窄龙津涌，考验的不仅是智慧，还有协调各方的能力。

"这才叫螺蛳壳里做道场呢！"李军说。

护佑龙津河800年的龙津塔，它若有知，也会惊讶于现代人的精巧构思，以及"城市缝隙巧绣花"的功力。

"深圳龙须沟"脱胎换骨之变，赢得赞声一片，前来取经者络绎不绝。

"龙津涌的治理还嫌美中不足。"中国电建茅洲河指挥部办公室主任龙章鸿说，"按照原先的设计，河岸要外拓3米，目前裸露在外的PVC排污管可全部隐藏到岸上，外观看不到人工痕迹，整个河道会更舒畅——最后是折中处理，留有遗憾。"

我向龙主任抛出两个问题：

一旦暴雨降临，是否导致水漫河道？

隐身河床下层的污水行道，久之是否会形成沼气聚集隐患？

龙主任说，这在设计时都考虑到了。遭遇暴雨天气，洪水会从外围疏导，进不了古墟；隐形排污渠也不会形成沼气聚集，污水是流动的，穿过古墟仅约半小时，且一旦流出这一段就是露天明渠，随后才进入主污水管道。

"我们不是简单当成一单商业项目来做，而是作为一个文化景观来打造。"龙主任说，"毕竟是央企，我们有自己的生态主张。"

"龙津涌蝶变"只是茅洲河流域水污染治理一河一策"大戏"里的一个小小"桥段"。

为何"放大"这一桥段？不仅因其具有文化遗存集聚的独特性，而是希望读者能从一个侧面看到深圳治水人的智慧和良苦用心。

微信扫码

加入【本书话题交流群】，
与书友交流读书心得。

第十三章

谜一般的"连心水"

初夏的深圳，紫薇花开，睡莲盛放。

2018年6月12日下午，中共中央政治局委员、广东省委书记李希来到燕罗湿地，调研茅洲河综合整治情况。

李希书记一行来到燕罗湿地观景平台，查看茅洲河水质情况，详细了解茅洲河治理最新进展。

现场，工作人员从茅洲河取样，当场进行水质检测。检测数据显示，这里的水质达到Ⅴ类水标准，符合茅洲河治水提质的要求。

眼见为实。李希书记对深圳市宝安区以及中国电建集团利用先进的治河理念，切实改善茅洲河水质给予高度评价。

李希书记表示："凡大事要事，必作于细，必成于实。要深刻认识到，改善生态环境既是群众关切的大事，也是关系高质量发展的大事，容不得半点忽视和懈怠；要牢记职责使命，对老百姓承诺的，一定要做到说一不二。"

随后，李希一行沿着燕罗湿地公园内的步道漫行。工作人员介绍人工湿地的由来：植物经过精心挑选、培育，来自污水处理厂的中水，不仅为各类水生植物提供了水源，还通过植物根系的过滤，在排入茅洲河前实现二次净化。

清澈的水流、盛开的荷花……各式各样葱葱郁郁的水生植物，在碧波中荡漾。面对此情此景，李希书记深有感触："经过整治，燕罗湿地现在已经成为一道亮丽的风景线，水清了，岸绿了，空气也清新了，给周边的老百姓提供了这么好的一个休闲场地，真的是造福于民。"

在听取情况介绍时，中国电建的一位同志提到，前一阵，就在附近的工段上，发生的一件事儿，让工友们十分感动。

"那几天，天气格外炎热，因为工期很紧，工人们只得在太阳直射下忙碌，汗水浸透了衣衫……"

"户外干活很辛苦，同志们要注意劳动保护。"李希书记听到这时，向在座的人士提醒。

这位同志继续讲了下去："附近社区的一位女士，路过工地时看到这番情形，立即让人送来了几箱瓶装矿泉水。"

"第一次她亲自到了现场，安排好后，随后的一周内，她就不再露面，而是委托商家直接将瓶装水送到工地上。连续送了一个星期，总共有三四十箱。"

当李希书记听完这个"插曲"时，他表示："这说明我们的工作，老百姓是拥护的。"

随后，他提醒在座的人士："这可不是一般意义上的水哩，这可是老百姓送来的'连心水'啊！"他当场向这位送来"连心水"的市民表示敬意和谢意，"市民群众是最可爱的人，也只有群众参与进来了，治水成效才会有持久的保障……"

送走省委书记一行，敏感的当地媒体立即行动起来，希望找到这位送来"连心水"的女士，详细了解事情的原委，并听听这位好心市民的心声。

一番打听之后，媒体发现这位好心市民没有留下任何有用信息或线索，寻找无果。

现场工人们肯定地说，这位女士家就住在紧邻施工现场的洪桥头社区这一片。但姓甚名谁、家住哪儿，谁也说不出个所以然。

听闻此事，也引发我的好奇心，便将这些信息转告洪桥头社区书记洪伟江，希望他发动社区群众，帮忙打听"连心水"的主人。

几天后，他回复："我已经发动了工作站、股份公司、妇联等四处寻找，到现在为止，还没有任何有价值的线索。"

这也难怪，早已城市化了的洪桥头社区，虽然洪姓原居民仅100来人，但这里居住了数以万计的外来人口。如果她不主动站出来，恐怕要找到这位爱心人士还真的是困难重重。

我转而向中国电建负责该工段项目的相关人士打听，请他们再回忆下当时情形。答复说，那位女士年约40来岁，可以肯定的是她就住在工地附近的居民区。"那天，道路被挖开，为不影响市民出行，工人们正抓紧埋设管道，彼此间没有时间交流。看到有人递来瓶装水，开始还下意识地以为是自己的单位给大家送来了福利……随后几天都有人按时送水，一问，这才知道原来是有好心市民提前买好了单，由商家负责送到工地。"

"事情过去了一段时间，施工也早已结束。"这位负责人颇遗憾地说，"当时的现场工人也转战别的工段了，还真是没人能记得清这位女士的模样。"

显然，这位奉献了一周"连心水"的普通市民原本就不想"高调"。不过，在我看来，这种只做不说、闷声干活、不喜抛头露面的风格，很符合广东人的性格特征。

她应该不是富婆那一类，极可能就是一位普通的居民，不希望被关注，也不需要被报道、表扬之类，只是以此表达一份出自内心的善意和感恩之情。

"连心水"的故事发生在燕罗街道，因当事人行事低调，留下了一个"谜团"，也给媒体留下了一个小遗憾。

而在茅洲河下游、临近出海口的沙井街道，群众自发送糖水和凉茶的故事，却是大大方方进行。

那天，我在沙井街道办向有关领导了解茅洲河治理情况，他告诉我这样一件事——在治水工程最吃劲的时候，曾柳英率领她的"爱心一族"为治水工地送去了大量糖水和凉茶，被传为美谈。

曾柳英在宝安区乃至深圳市是一个传奇人物。她是一位有着50年党龄的退休工人，是迄今深圳全市义工队伍中义务服务时间最长的"五星级义工"。自1995年以来，她组建的义工组织"爱心一族"壮大到数千人，是全市基层义工组织中发展速度最快、人数最多的一个。她领导的"爱心一族"，曾被深圳市及宝安区授予"义工标兵""文明使者"等荣誉称号。

大约16年前，我就曾采访过她。如今再访，她的声音爽朗依旧："……我是土生土长的本地人，出生在沙井街道上星村。"今年72岁的曾柳英说，村前曾经有条小河，水是纯天然、从山上流下来的，河水清澈，岸边河沙厚积。村里人建房子、砌围墙什么的，扛把铁锹到河边，随随便便就挖得一车河沙，拉回家和上水泥就能码砖砌墙。

"我们小时候经常在河边放牛，水清得一眼见底……夏天的傍晚，村里人都习惯跳到河里洗澡。平时渴了趴在河边连灌几口也是寻常事。"

因街道分设，原先的沙井街道一分为二。"爱心一族"便随地域被"划到"了新桥街道。

无论沙井街道还是新桥街道，都是茅洲河治理的主战场。

"茅洲河治理工程进入正本清源阶段，海拔较低、临近出海口的沙井、新桥街道，雨污分流管网历史欠账多，辖域内需兴建大型水质净化厂，还得布局污水入厂、净水回调中上游成为补给水源，这意味着很多路段需要开挖，对市民出行造成很大不便。"

在大马路上设围挡，长时间占道"开肠破肚"，老百姓对此颇多微词。当看到酷暑下挥汗如雨的工人时，曾柳英的心怦然一动："工人师傅千里迢迢而来，在举目无亲的深圳，每天在臭烘烘的下水道里掏挖。他们可是在为深圳治水而吃大苦流大汗哩……"

"为治水工人送去一份爱心，为他们鼓劲加油！"曾柳英同众人一合计，大家说干就干。

经费从哪出？

老办法，一方面发动民间募捐，不足部分由义工们自掏腰包凑齐。

好在"爱心一族"阵容庞大，义工们分头买来米、绿豆和砂糖，再用大锅熬制成绿豆汤，这便是广东人俗称的"糖水"了；此外，他们还采购中药材，按照广东人的习惯烧制成清火润肺的"凉茶"。

没有运输车辆咋办？

这好办！政府部门鼎力相助。

接到"爱心一族"的求助，沙井街道二话没说，每天动用几台日常巡防工作车，兵分多路，将糖水及凉茶等送到街头工地上，为工人们带来一丝清凉。

2017年及2018年连续两个夏天，茅洲河治理"大会战"一轮接一轮举行，曾柳英和她的"爱心一族"在炎热的夏季里，连续两年每天为从事水环境工程的工人们送去爱心糖水及凉茶。

"第一次送糖水到工地，像是久旱逢甘霖，工人们十分激动。不知是谁起了个头，工友们自发地一齐振臂高呼'感谢深圳市民！向特区人民致敬！'"曾柳英说，"我们也很感动，近些年，很少看到这样的场面了。看着这些衣着简朴、满脸汗水的工人，为了赶工期，他们没日没夜加班加点——作为生活在这里的普通市民，我们要感谢他们才是喔！"

曾柳英这一代人，年少时在茅洲河边放过牛，大集体时期在田地里挣过工分，在经济特区初创年代赶过"海"，品尝了由"村民"变身"市民"的特殊滋味。当然，作为本土居民，他们感受了"换了人间"般的环境变迁：耕种的田园地块在眼前消失殆尽，流淌的溪流干涸无踪，成片的山丘被一夜推平，单家独户变成集体统建楼，各种方言、不同习性的"内地人"纷至沓来，并"反客为主"……

作为深圳这片热土上的"原主人"，他们在很多方面作出了奉献，也咽下了委屈。正如宝安区一位主要领导所言，深圳原住民在计划生育、自主平坟、土地划转、历史建筑拆除等等方面，作出了无法公开述说的奉献和牺牲。

40年前，30余万居住在这片2000平方公里土地上的人们，为今天的现代化超级都市，"守"住了宝贵的地理空间，"留"住了可供规划、开发的山、河、湖、海资源……

诚然，他们也是改革开放的受益者，是中国当代最早富裕起来的一群人。

以曾柳英为代表的一批"老深圳"，他们"抱朴守拙"，对这个时代存有纯粹的感恩戴德之心。

他们，见证了深圳改革开放40年的辉煌历程，也看到经济高速发展留下的诸多后遗症。

"以前的河流发源于附近的山岭，河水一路哗哗地在村前流淌，汇入茅洲河，归于伶仃洋。在经济特区成立早期，眼见大小山丘被削平，绿油油的稻田消失，一口口河塘被填平……"河流被污染后，本地人对乡村的美好记忆只在老邻居们叹茶时才偶尔提及。曾柳英的感受是："每天走在房前屋后，空气里到处都是臭味……"

"政府花了好多钱，修建看不见的下水道，我们要好好珍惜噢。"这位72岁的深圳老义工，表达了一名"老深圳"的朴素情感："好的环境，归根结底需要靠老百姓自己爱护。只有人心变好了，环境才会好；将人心'治'好了，环境才会真正变好。"

这位模范义工用自己的理解，对"爱心一族"的举动作出诠释："爱，要用行动来实现，需要从小事做起。我们都是改革开放的受益者，要心存善念感恩时代……"曾柳英的话语，代表了深圳原住民的一种情怀。他们把这种朴素的情怀，化作对马路上、小区门口因围栏开挖而严重影响出行的宽容和理解，化作对施工现场挥汗如雨者的悉心体贴和善待。

虽然深圳治水完全由政府主导进行，但未来真正受益的还是普通老百姓。不要让群众成为"看客"，而要成为参与者；不要让市民成为局外人，而要让他们变成"当事人"。这正是省委书记李希所倡导和希望的，即让群众理解并支持政府决策作为，激发广大市民自觉参与其中。

实际上，深圳市民素质及文明程度早已蜚声全国，无论是义工组织发展，还是公益行动开展，深圳均走在全国的前列，并创下诸多响当当的品牌。治水提质、恢复生态，原本就是造福于民，让群众增加"获得感"的利国利民之举，深圳市民决不会袖手旁观、无动于衷。

"爱心一族"的举动，便是诸多公益行动中的一朵美丽浪花。

社会生态丰富而多样。

民间爱心涌动，同时，也有抱怨声声。

这也难怪。成千上万的治水工作面，持续4年的治水提质工程，尤其是近两年，为补齐历史欠账，深圳更是大规模实施拦路开挖建设——在建成区的地下，织就总长可绕赤道数圈的雨污分流管网。

经济高度发达，车水马龙，高楼林立，人口密度位列全球前茅的深圳，从来没有哪一项单一工程，如此这般地影响了差不多每一个深圳人的出行。走到小区门前，回家的道路被拦腰切断；上班路上，昨日还好端端的水泥路，眼见被划开个长长的口子；甚至上个月才铺好地砖、种了花草植被的隔离带，转眼又被围挡起来施工……

"怎么搞的？成天挖挖挖！"一通喇叭乱响，被别在进退两难的缝隙里，坐在驾驶室里的你，忍不住会骂娘。

"这两年，整个深圳就是个大工地，是钱多了吗……"副驾驶座上的朋友，这样来一句。

有矛盾，但从未酿成激烈冲突；有怨气，却未出现任何乱局。

不能不说，这是一个难以调和的矛盾。且看官方如何作为。

2020年1月8日，深圳市六届人大八次会议开幕。市长陈如桂在作政府工作报告时，罕见地就道路反复开挖问题向市民公开致歉。他解释了原因，检讨了过失。他言辞诚恳，态度谦卑。从实际效果看，主动致歉，比被动解释，更容易赢得市民的宽容和谅解。

陈市长的原话是："（上年）全市在建工地有1万多个，特别是为了提前完成治水目标任务，沿部分道路建设了6200多公里的污水管网，对1.4万个小区和城中村实施雨污分流管网建设和改造，小区、道路开挖量大面广，给市民带来了许多不便。由于开挖施工项目统筹不足，工程安排的科学性、合理性做得不够，加上文明施工管理不到位，施工扰民问题多发。我代表市政府，向生活、工作受到影响和干扰的市民表示歉意……"

这段话被写进了政府工作报告里。

长期参加"两会"报道的老记们已成思维定势，各级政府工作报告大同小异——讲成绩长篇累牍，谈问题和不足一笔带过，形式大于内容。

这次可是破了先例。

各路媒体记者都敏感抓住了这则新闻。

深圳市长就道路反复开挖向市民道歉的新闻，一时传遍国内媒体。打开百度搜索引擎，有百万余条搜索结果。

民有所呼，官有所应。

这同深圳全市一盘棋，科学、高效指挥应对分不开。这其中，有老百姓的体谅、善念与政府的担当、作为，面对重大热点难题与公众关切，如何平衡社会心理，使官民形成良性互动，应该是一个值得关注和探究的公共话题。

事例不止于此。

在上一年，2019年年初，同样在市、区两会期间，道路施工扰民问题也成为代表、委员们热议的话题。为了回应市民关切，根据市里要求，位于原关外地区、治水消黑重点片区的宝安、龙岗等区区长，以接受媒体专访的形式，回应热点问题，表达歉意，作出解释，请求谅解，并承诺如何优化施工计划，将对市民出行影响降低到最小。

没有推诿，直面问题，承认不足，放低了官方姿态，纾解了市民情绪，获得了老百姓的体谅，此举为黑臭水体决战决胜奠下了基础。

官方的主动作为，不仅停留在市、区级层面。在更基层的街道层面，也有动作。

又是一个周末，我到茅洲河下游宝安片区又一重点街道——新桥街道采访。同其他街道略有不同，新桥街道将治水提质工作（河长办）放在了城管办。

负责"治水"这块业务的是李明副主任。他介绍新桥的基本情况："新桥共有6条河流需要治理，分别是：新桥河、上寮河、万丰河、石岩渠、沙井河、沙福河。这其中，除了沙福河，5条与茅洲河有直接关联，它们属于茅洲河的一级支流和二级支流。"

目前，河道治理工程全部完工，水质巩固和生态修复工程等正在开展。

街道境内6条河水质经检测，现已实现不黑不臭，达到地表Ⅴ类水的"国检"标准。经过一番整治，新桥"五清"目标基本实现。即：清理非法排污口、清理水面漂浮物、清理底泥污染物、清理河湖障碍物、清理涉河湖违法违建。

新桥街道共设有6位河长，26位段长。河长为街道班子成员，段长由各社区书记、社区委员等相关人员担任。"2019年3月，街道开始激活河长制工作机制，仅一季度即在巡河过程中发现了206宗大小问题。其中主要问题为河流两岸的违建、河道垃圾和漏排污水。问题汇总提交街道指挥部门制定整治方案，随后执行并督办整改。"

据李明介绍："2018年是治水提质开挖道路最多、施工最忙碌的年份，因为占道施工，加上个别施工队伍存在态度强硬、野蛮施工的情况，群众意见较大。"

"不能让民生工程、民心项目，变成扰民工程、投诉热点。"

新桥街道几位"当家人"围在一起开动脑筋。

办法总是人想出来的。"既要让居民了解政府治理黑臭水体的决心，也要让群众明了这样做将会带来的长久好处。街道决定将社区居民代表请进'规划室'，由街道干部'挂图讲解'，将治水工程的规划设计、施工难度、任务目标、时间节点等信息，一一给市民交底。随后，让这些市民代表乘坐观光大巴，分批次去治水现场察看——既看施工现场，也领略下初见成效的治水成果。"

尽管深圳人工作忙碌，对涉及切身利益的环境问题可是十分上心。街道一发出召集令，呼啦一下，1400多人报名参加。活动持续了三周，得以圆满结束。

新桥街道党工委书记卫树强事后总结："老百姓是纯朴善良的。治水提质，消除黑臭水体，大力改善生态环境，群众可能一时不甚明白，一旦了解清楚后，就释然了。各种误解、抱怨，甚至非议慢慢都化成了对政府治水工作的理解和赞许。"

第十四章

深藏河底的秘密

流水无形，风动无踪。

被污染的河流看似无声无息，实则危机四伏，充满杀机。

除了污水有毒，更大的风险潜藏在河底深处。

位于中国经济最早起飞的珠三角核心区域，茅洲河伴随时代脚步，见证了这片土地近40年的神奇蝶变，也饱尝了无序发展带来的苦果——流域内数万家企业及数百万人口，排放的工业及生活污水，不仅将水体污染殆尽，还将各类有害物质积淀在茅洲河底，成为另类"隐形杀手"。

茅洲河底泥中有哪些毒性物质？其成分如何？

"底泥里隐藏着所有秘密。"水环境专家说。

排放到河中的有害物质，溶解于水则不见其形；不溶于水，便以物理形态存在，在重力作用下，会逐渐沉积下来。河床便是它们的温床，天长日久，形成厚厚的底泥。这其中，包含很多毒性十足的重金属物质。

即便有一天，劳费九牛二虎之力实现了水清岸绿，倘若被污染的底泥犹在，那么这一河清水也永远是一株外观美丽的"毒之花"。其中的鱼虾等浮游生物也会因体内积聚毒素，而留下隐患。不仅会毒害飞禽，影响动物的食物链，人食用了河中鱼类也会导致某些疾病发生。

1956年，日本熊本县水俣湾附近出现一种怪病。

首先是猫的"变异"：染病后，醉汉般步态不稳，随之抽搐、狂躁。病情恶化到最后，会跳海而死，醉猫成为自杀猫。

此后不久，该种疾病开始"传染"给人，成为人畜共患病。

病理解剖显示，患者脑中枢神经和末梢神经被侵害。症状包括：口齿不清、步履蹒跚、手足麻痹、面部痴呆、感觉障碍、视觉丧失等，危重时会导致神经失常，患者形体弯曲，凄惨嚎叫而亡。

这种来势凶猛的疾病，一时难以诊断病因。

水俣镇有4万居民，几年间竟有上万人染此病症，并呈扩大之势。一时引起社会恐慌。

经病理调查，最终谜底揭开：由于动物和人长期食用了水俣湾中含有汞的海产品所致。

各种奇怪的病象，实际是汞中毒症状。

罪魁祸首是附近一家氮肥厂。工厂将大量含有汞的工业废水直接排入水俣湾，污染了海湾水质，从而导致鱼类等海产品体内汞含量严重超标。这种"怪病"就是轰动一时的"水俣病"。

水俣病不仅致人死亡，还具有很强的遗传性。孕妇吃了汞污染海产品后，可能引起婴儿患先天性水俣病，就连一些无明显症状的轻微受害者，其后代也难逃厄运。

水俣病是人类历史上第一例因工业废水污染而导致的"公害病"，其影响十分深远。最大的正面意义是它引起人们对工业污染的高度警惕，直接推动了工业化国家重视污染物排放问题，并推动环保立法，惩戒、约束污染物排放。

水俣病，实质是汞中毒。而汞成分，在茅洲河底泥中普遍存在。

在珠三角地区，尤其是茅洲河两岸，电子业十分发达。在这一行业，有句行话：有电子行业，必有集成电路板，有集成电路板必有电镀，有电镀必有污水排放。此外，还有各种工业废水，这些废水若不经过处理而直接排放入河，就必然导致重金属大量沉积河底，包括：汞、铜、镍、铬、镉、锌等等。

经权威检测，茅洲河水体中，氨氮、总磷严重超标，河流底泥中镉、铜、锌、镍均超过国家规定的二级标准限值，其中，镉、铜、镍已超过《土壤环境质量标准》中三级标准限值。

环境专家表示，如非人工清除，依靠岌岌可危的生态系统和微弱不堪的水动力，茅洲河底泥实现自净，恐怕一万年也难以实现。

茅洲河底泥处理，成为一道挑战极大的难题。

中国电建生态环境集团有限公司副总经理陶明告诉我，茅洲河被污染的秘密，包括污染的大致年代、沿岸企业排放了哪类污染物等信息，全部可以从底泥中找到答案。

我问：有何依据？

他答：河水是流动的，被污染的河水早就流到大海里去了，但沉积物留在了河底。我们通过分析不同河段，不同深度底泥的截面性状，检测其成分含量，可以倒推出当时水污染的情形，进而分析出什么年份、什么河段污染最为严重，还能分析是哪类企业在排污。

形同地质考古分析，可根据地层结构及物质成分逆向推测当年情形。

"茅洲河的底泥到底隐藏着哪些秘密呢？"我问。

"我不告诉你。"陶明笑着故意卖了个关子。

看来，得找行家请教。

2019年7月12日，经事先联系，我驱车找到位于宝安西乡的一处底泥实验室。

在一座工业园区的E栋7楼，中国电建水环境治理研究实验中心就落址这里。

据了解，该中心最早于2017年3月在茅洲河1号底泥处理厂利用简易工棚建立。实验室成立时，作为央企第一家生态环境类专业实验室，国资委网站曾专文报道。2019年6月刚刚搬迁到这处工业园内。

治理茅洲河，中国电建积累了较丰富的经验，公司决定成立独立的检测公司，一方面满足集团内部治水项目的需要，同时，还可面向市场提供专业服务。这也是中国电建开辟深圳水环境治理市场后，派生出的第一支新军。

新成立的公司由副总工程师翟德勤牵头组建队伍。

当天，原本约定到茅洲河1号底泥厂面访，不巧有北京总部的领导来访，便临时改到了实验室这边。

"茅洲河底泥中有何秘密？"我开门见山。

"秘密都藏在那些有害物质里，我们的工作就是让其露出真面目。"翟德勤有些答非所问。

他让技术员谭烁先给我"补补脑"。

暨南大学硕士毕业的谭烁，年龄不大，但参与水环境检测工作时间不短。

小谭说，围绕茅洲河深圳宝安段治理，公司以就近处理为原则，先后建立了4座底泥处理厂。其中，1号底泥厂位于宝安区松岗街道碧头社区，这里紧邻茅洲河岸边，从2016年7月开始运行。

因处理工作量大增，随后又紧挨着1号底泥处理厂兴建了3号底泥处理厂。

这期间，随着中国电建陆续中标茅洲河深圳光明片区，以及下游东莞片区的水污染治理工程，该企业又建设了两座底泥处理厂：光明片区为4号底泥厂，东莞是2号底泥处理厂。

整个茅洲河流域，沿中下游干道布局的这四座底泥处理厂基本能满足处理需要。

以岸边底泥处理厂为中心，在河面通过泵站接力的办法，可将清淤范围延伸到数千米之外。

"得益于茅洲河底泥处理，中国电建深圳水环境治理技术公司取得大量技术参数，通过技术攻关实践，企业由此申请了一批技术专利，部分成果已成为行业标准。"谭烁介绍说，"环保清淤，是茅洲河全流域系统治理中技术含量最高的部分之一。"

茅洲河流域需清理的底泥有多少？

真是一个恐怖的数字。

仅宝安片区需清理的底泥就有400余万立方米。

中国电建底泥治理，采取机械环保清淤，并兼顾经济效益和生态修复。

2017年，我曾到1号底泥厂现场采访，随后又多次随行来访。

当时，这里是一片由活动板房搭建的临时办公区，紧邻茅洲河深圳一侧。

治理的程序并不太复杂，但如何作无害化处理，并进行废物利用，体现了中国式治污的大智慧和高技术含量。

伴随马达轰鸣，绞吸式挖泥船通过一封闭式"喇叭口"直接"扣入"河床，底泥先是被绞碎，然后在强大的负压作用下，底泥一个区域一个区域被"吸"出，通过长长的管道传输后，再"吐"到岸上的底泥处理厂内，开启无害化处理流程。

且看这些沉睡数十年的河底"废物"，如何变魔术般成有用之"材"——

◎先是通过一道格栅机滤水，并初选分类。

◎可回收垃圾会及时运走，不可回收固体垃圾如石块、砖头、蚝壳等也会清理出来。

◎剩下的砂砾、泥水等，通过一斜面传输带实施孔隙分离。

◎随后，粗沙、细沙分开，泥浆则被分离开来进入沉淀池。

◎余水和淤泥继续被分离。

◎最后环节，是剩下的泥浆进入调理池作无害化处理。

据谭烁介绍，最后这一环节，才是问题的关键所在。"需要综合运用物理及化学的办法进行处置。其中，核心技术是一种'重金属捕捉剂'的制作及投放。捕捉剂的制作原理是根据实验室检测数据，包括重金属成分、含量、化学属性等进行科学配伍。随后是精准投料。"

捕捉剂配方的形成，是以实验室数据为基础，经现场反复实践、观察、总结的结果。因而具有高效能、低成本等特征，是中国电建茅洲河治水实践中取得突破的重大技术成果之一。

各种试验参数如何取得？

谭烁向我做了一番介绍。

第一步，由技术人员从不同河段科学选择不同点位，通过人工办法，利用柱状采泥器采集代表性底泥；

第二步，这些高污染底泥被带到实验室进行详细分析，对不同截面的主要成分构成，包括来自工业企业排放的各种重金属种类、含量、属性等均作详细分析研究；

第三步，对由生活污水带来的各种有机质、氨氮等含量进行检测确定。

中国电建水环境公司底泥实验室根据事先检测的数据，早已针对不同河段底泥特征进行"调性调质"，通过改变泥浆物理化学性质，使水分更易分离出来，重金属则通过化学反应，使其化学属性发生改变，达到稳定、无害的状态。待余泥实现"易脱水、易固化"目标后，再实施"板框压滤"，即类似传统制作豆腐"挤水留渣"之法将底泥搞定。

具体操作是，采用帆布状包裹物将剩余底泥挤榨，让水分滤出。最终剩下余土和余水：余土可烧制成陶粒，经过重新烧制处理，成为透水性很好的地砖等建材。对余水进行磷、氮等分离处理后，清水可再次排入茅洲河。

目前，以茅洲河底泥为原料制成的新型环保地砖已经在茅洲河沿岸步行廊道，以及人工湿地公园等处广泛运用。同时，无害化处理后的底泥，通过临时码头经由水路运至邻近的专业填埋场进行科学填埋，让其重新回归自然。

中央电视台"走近科学"栏目曾以《黑臭泥变身记》为题，讲述茅洲河底泥处理的创新做法。河底高污染底泥实现资源化利用，一系列工艺技术，均属国内外首创。茅洲河1号底泥处理厂，可达月处理10万立方米、年处理100万立方米底泥的能力，是全球现代化程度最高、规模最大的底泥处理厂。

翟德勤，是中国电建派往深圳的"先遣队"成员之一。

初次见面，这位身材敦实、衣着简朴的中年汉子给我留下憨厚、豁达的印象。

多年来，随着中国电建的施工项目，翟德勤一直在全球各地奔忙。他曾经在巴基斯坦及非洲等地数次与恐怖袭击擦肩而过，所幸都安然无恙。

同首批抽派深圳的管理者及技术骨干一样，2016年初他被集团公司紧急派往深圳特区，启动茅洲河的水环境整治。几年过去了，一些人又被抽调到国内其他项目，而他，被留在了深圳，继续做大底泥处理检测工作。

翟德勤告诉我，中国电建经由茅洲河治理一役，不仅取得经济效益、社会效益、环境生态效益，还取得了一批实践成果，仅国家专利就获得100余项，其中发明专利20余项。技术人员发表了60余篇学术论文，并结集出版了中国生态环境产业绿皮书《中国水环境治理产业发展研究报告（2019）》《水环境治理——深圳茅洲河流域水环境治理实践》等专著。

"中国电建独家提供的底泥重金属捕捉剂，通过实验室检测，以合理配方构成，现已获得国家发明专利。经由实战取得的成果，以其成本低、高效能，成为中国电建的一项核心技术，并将大大增强企业市场竞争力。"翟德勤的言语中透着一份豪迈。

茅洲河宝安境内的综合治理工作主要包括三个阶段（标段）实施：2016年初至2017年11月30日，主要任务是茅洲河干流截污及管网建设，经过一番苦战，共完成800公里干支管网建设，初步实现茅洲河干线污水不入河；2018年则是从事正本清源项目，将各小区、各单位的雨污水通过分离的办法，分别接入雨污管网；2019年，是深圳市治理黑臭水体的决战之年，至当年12月前，深圳境内黑臭水体全面消除。

中国电建全面参与了茅洲河流域，包括中游光明段、下游宝安段，以及下游界河段东莞片区的综合治理。

正是茅洲河治理实践，让中国电建抓住了机遇，并顺势扩张地盘。2019年6月，中国电建生态环境集团公司在深圳注资2000万元成立了一家独立法人全资子公司：深圳国况检测技术有限公司，购买了大量先进实验检测分析仪器和设备，以中国电建水环境治理实验中心为依托，面向市场独立运作。2019年12月30日，新公司顺利拿下CMA资质后，获得检验检测机构法定计量许可证书，已具备面向全国开展地表水、地下水、污废水、饮用水等各种水体，以及土壤、垃圾、底泥、污泥等各种固体废物，包括大气、尾气、噪声等各种常见环境质量和污染指标的检测、分析、咨询和技术服务的能力。

如今，翟德勤率领的这支新军拥有3位博士、16位硕士，他们都是从中国电建系统内或相关高校招揽来的专业人才。

眼下，这批掌握了核心技术的中国河流底泥处理新生力量，正摩拳擦掌，将要大施一番拳脚。

第十五章

国考断面：此地一杯水堪值四百亿

茅洲河下游距入海口10多公里这一段，为深圳市和东莞市的界河。

茅洲河干流入海口深圳这一侧，是宝安区沙井街道的共和、沙四、民主三个社区。茅洲河自民主社区汇入伶仃洋。由于地处入海口的平缓地带，且企业众多，人口聚集，沙井街道这三个社区成为治理黑臭水体的重点片区。

衡量茅洲河流域水环境治理是否成功，关键就看下游入海口的水质能否达标。

这有严格、规范的一套考核标准。结果如何，具体要看"国考断面"的水质检测数据。

何为国考断面呢？这是一个全国通用语，即国家地表水考核断面，是国家生态环境部对地表水环境监测的一种形式。同样，还有省考断面、市考断面等。

茅洲河在入海口附近设置了一个国考断面——共和村国考断面。此外，在该河中上游重要节点上，还设有多个省考断面。

共和村断面是茅洲河监测水质的重要取水点。

茅洲河全流域的治理成果都要经过这最后一道关卡的验证。形同高考，日常一切摸底考、模拟考、排名考等等都是浮云，只有这一考可"定终身"。

茅洲河国考断面地位如此显赫，那里究竟是个什么情形呢？

百闻不如一见，我决心亲手揭开这个"断面"的神秘面纱。

一个周末的上午，经过事先联系，我随同沙井街道沙四社区党委书记陈勇刚去巡河，并让他带我去参观一下"国考断面"。

茅洲河距离社区工作站驻地有一千多米距离，需要乘坐电瓶工作车穿过几条马路才抵达河堤。

沿途道路车辆混杂、拥挤不堪——这里是建设中的深圳外环线以及穗莞深城际线的一个交接处。只见多根水泥墩柱高高耸立，施工正在紧张进行中。

工作车停在一处堤坝下。我们步行巡河，先行查看的是一处闸口——正是衙边涌与茅洲河交接处。随后向下游行走，距离水闸不远处，一间样式独特的白色建筑呈现在眼前。

"那就是共和村断面监测站。"几位随行的社工说。

标志牌显示，此处是由国家生态环境部设立的"国家地表水水质自动监测网珠江流域茅洲河深圳共和村站"。

监测站封闭运行。无人值守。

我好奇地绕行一周，发现门窗紧闭，里面的情形无从察看。侧耳细听，可隐约听到有嗡嗡嗡的仪器运转声从中传出……

该监测站主体占地约40平方米，所谓的监测站，是一处带百叶气窗的预制建筑。这种类似集装箱的房子，从用材到外观显然有别于民用建筑样式。

建筑物左侧，以四方铁链围住了一方大理石立柱。正面刻有"共和村"三个红色字样，另有铭牌固定石柱上端，其上印有二维码及文字说

◎ 茅洲河下游"国考"共和村断面标识立柱。（本书作者摄）

明。并刻有"国家财产不得损坏"字样，表达警示与庄重。

忽然，我心里冒出一个疑问："这明明写的是共和村（断面），应是共和社区的地界，为何属于沙四村的巡查范围呢？"

陈勇刚笑道："共和村断面，其实是张冠李戴了——该监测点所在的位置并不在共和村（社区）境内，而在沙四村（社区）的地盘上。"

"哦，竟是这样？"我有些好奇。

"不知是命名者未实地踏访导致的误差，还是另有其他原因。"陈勇刚也说不出个所以然，"也许是共和两个字名气大吧。"

沙四社区与共和社区相邻，但更接近茅洲河下游出海口。

关于国考断面的运作方式，我曾向宝安区水务局分管茅洲河治理事务的李军副局长请教。

李军说，茅洲河水质"国考"其实包括两块：其一，就是通过设立的监测站自动提取水样进行分析。设在机房内的自动监测系统，每小时采样一次。分别对水温、PH值、溶解氧、电导率、浊度、高锰酸盐指数、氨氮、总磷、总氮和重金属等成分进行自动检测。

其二，由专人"每月一考"。具体是，由专业人士乘坐快艇下到河

◎ 在共和村断面掬一捧水，感受"堪值数百亿"的治水成效。（赵阳摄）

中，分别在左、右岸各选择一个点位采集水样，随后送到深圳之外的地方进行"盲样测试"——不贴标签，同其他水样"混"在一起，检测其中的各项化学指标。因此，茅洲河国考断面水质检测，具有高度严肃性和权威性。

"目前，自动采样监测系统调整为每4小时采样分析一次，每天每个监测项目可以得到6个监测结果，实时自动上传国家水质监测网。"李军显然对国考断面运作了如指掌。

这间无人值守的监测站，被深圳水务工作者称为共和村水站。据称，该水站主体采用新型复合材料一体成型，整体具有重量轻、强度高的特性，同时兼具耐腐蚀、隔热、保温的优点，适合深圳高温多湿的自然环境。

倘若这里随机取出一杯水检测，所有理化指标持续、稳定达到地表水V类水平，即可宣告深圳、东莞两市这些年的治水动作大功告成；反之，就是不达标。因此，当人们介绍共和村国考断面时，深圳的"治水人"常常会开玩笑说："这里的水贵啊，一杯价值四百亿！"这里所指的四百亿，是指深莞两市近期投入到茅洲河流域治理的匡算费用。

据了解，2018年深圳遭遇数十年不遇的强台风山竹，城区内的树木大量倒伏，城市户外交通标识等基础设施大面积受损，可地处茅洲河河坝顶端，周围无遮无挡的共和村监测站，站体和内部设施均安然无恙。

可见，这个水站够结实，它将陪伴茅洲河很久很久。这也显示，对茅洲河实施"国考"，将是一项持续而长期性的任务。

整洁、时尚、先进的茅洲河共和村水站，不仅展示了自身形象，还以此为载体开展科普宣传。该站选用LED灯带对站房区域进行环绕安装，成为河岸带一大特色夜景；附设的文化宣传栏选用LCD高清屏与LED数显系统结合，"有声有色"地滚动显示水站监测数据，并播出环保宣传及环保科普教育影片、图片等。

据陈勇刚说，茅洲河2016年前黑臭污染十分严重，临近河岸的社区居民都不敢打开窗户。经过这三年多的治理，河道内黑臭底泥被清理，河岸旁的绿道也已初步形成，水体不黑不臭。如今，河里已经有了鱼儿在活动，节假日，常有市民在河边挥竿垂钓……

在茅洲河入海口一带巡河其实是很惬意的事。

这一带沿河绿道打造得颇有文化气息，一组高低错落的特色蚝乡文化墙，为环境营造加分不少。

行走在沿岸绿道上，一阵阵清风掠水而来，夹带着植物和泥土的气息，让人有一种返璞归真的感受。途中，还间隔修设了鹅卵石铺成的亲水步道，方便游人直接走到河边，近距离接触和观测水面。

我顺着一条亲水小径穿过一片红树林，走近河边。眼前的这片河面虽然没有天然河流那般明澈透亮，但水的透明度不错。蹲下身，用手捧起河水，凑近鼻尖闻一闻，没有明显异味。

站立河边，抬眼四望，只见河面开阔，河中偶尔有满载砂石建材的机动船向上游行驶——这里是茅洲河下游有限通航河段。

再看那些栽种的滨水植物，虽然没有完全形成枝繁叶茂的态势，但已是绿意葱茏，生机勃勃。

由于临近出海口，属于咸淡水交汇处，自然植被由红树林取代了上中游常见的水草和芦苇。

红树，这种在咸淡水交汇处旺盛生长的独特树种，被茅洲河景观设计者最大限度保留和栽植，并在其间巧妙穿插了亲水步道。同时，在水、岸交接处，还有不少高杆芦苇类植物。随着植物的不断生长，生态系统也会日益丰富。再假以时日，这里将会呈现别具一格的水乡风貌。

"这才是'河口风景'应有的样子——天蓝蓝、风习习、水清清、草绿绿……"我在亲水步道漫行，仿佛触摸到了这条河流的心跳。这条饱经沧桑的界河所遭受的种种磨难，此刻，全都化成安静的流淌，以及那份跨越时空的超然和淡定……

未被污染前，原汁原味的茅洲河究竟是什么情形呢？本书部分章节中已蜻蜓点水般记录有部分老村民的回忆，在此，再选取两位老居民的回忆，作一补充——

出生于1934年的洪润怀老人，曾任茅洲河洋涌河边洪桥头村生产队长多年。

他的记忆中，茅洲河下游一带常见一种乳白色的河虫，附近村民叫"窝虫"。这种河虫对水质要求高，一旦水质变差就会死掉。一般在秋天和春天才会出现，村里人喜欢用油炸的方法食用，是茅洲河下游两岸村民餐桌上的一道传统美味。

"自洋涌河水被污染后，这种水虫已经绝迹。如果有一天窝虫能在茅洲河出现，那说明水质真的够好。"洪润怀老人记忆中，还有一个证明水质"还原"的"土办法"："茅洲河岸边的芦苇里，生长着很多小螃蟹，人一旦走近，会听到一片沙沙声，那是成群结队的小螃蟹遁入水里的声音……"

宝安区水务局副局长文国祥的老家就在茅洲河边的原松岗墟镇上。出生在上世纪七十年代初的他告诉我："当年茅洲河下游两岸有大片滩涂，这里生长着一种咸水草，被当地人采集来编织成草帽、草席等特色土产品，除了农家遮阳、纳凉自用外，还成为出口创汇产品。"

不仅是咸水草，在文国祥的记忆中，茅洲河沿岸曾经有大片沙滩，因此，该河也被当地人称为大沙河，村民建房采沙均从河边挖取，直至改革开放后建筑业发展，沿河居民还曾以采沙为业……

在我看来，在茅洲河的生态"再造"过程中，倘若能充分调研、吸收历史上这条河流的原始植被、河岸特色、水情风物等，这不仅是对这条古老河流的尊重，有利于整个生态系统的修复，也有利于构建人与自然的和谐统一关系。真正实现"让城市留住记忆，让人们记住乡愁"。

当天，陈勇刚和几位社工的重要任务是巡河。

我们沿着铺设了深红色渗水地砖的人工步道前行了约七八百米，再往前走，就是更接近茅洲河出海口的民主社区河段了。

据观察，这段近千米长的巡河步道，设计风格大致统一，但并不呆板：有的路段地面敷设的是渗水砖，有的则设计成条形大理石间隔沙石的样式。两侧是成排的碗口粗树木，每根均被铁杆撑持着，显示出养护者的用心，也表明这里的一切都在向恢复、定型方向成长。

陈勇刚指着绿道两旁移植的树木说："已经有几米高了，再过两年来看，效果会更好——等这些树木长高、开花了，这里就是一座大花园。"

折返途中，我们迎面遇到负责衙边涌河道的巡河人士，想必是共和社区的巡河队。只见两边人远远招手致意，看来，他们时常碰面，彼此相熟。

行走途中，我留意到陈勇刚穿的是背后有"沙井街道河长办"字样的"社区级段长"蓝色背心，擦身而过的有一位着黑色制服，佩戴红色袖标的巡河人士。

看来，有不同的巡河队伍在交叉进行。截住一问，果然是。

这位龚姓巡河员说，他们不属于任何社区，是独立的专业巡河队伍，"按要求，公司员工分三个班组，每组巡河8小时，三班倒，24小时不间断。根据合同，专业巡河队必须每天紧盯水面，风雨无阻、雷打不动……"

为了维护这条河流的洁净，深圳人真可谓用心良苦……封闭、冷落多年的茅洲河沿岸，现在完全敞开胸怀。路面平直、绿树成荫、花草满眼的沿河绿道上，人来人往，笑语欢声，好不热闹！

从这边向河对岸的东莞方向望去，北岸的东莞沿线"画风"有别。与深圳侧相比，东莞那边动静小很多。远远望去，沿岸一堵水泥墙单调地直立在河边，河岸绿化及亲水景观等尚未可见。

茅洲河治理，深圳已经跑到了前面，东莞兄弟要加油了。

的确，东莞那边正在努力。

另一侧的情况如何呢？我曾走访位于茅洲河边的东莞长安镇锦厦社区。

社区副书记李沛洪负责治水工作。不同于深圳，东莞治水的事权更多下沉至社区。因而有小马拉大车——力不从心的缺憾。

"每天，我们都会派人巡河，观察水质变化；另外，我们雇请了10名清洁工，每天清洁河面上的漂浮物，每天捞起的垃圾都有一吨多重……"李沛洪说，为配合治水，锦厦社区开展了"河畅"行动，拆除了距河道6米的所有建筑，总共有8000多平方米，包括47处违法建筑及围墙等。这项任务在2018年8月底就已全部完成。

"从2017年年底开始至2019年10月底，我们共敷设了23公里地下管网。目前，锦厦社区共设有220个排污口，到2019年11月20日止，还剩37个排污口尚未处理完毕。管网改造及截污管铺设将在2019年11月30日前全部完成。"从李沛洪的介绍中，我们得知，"锦厦社区共有7900多个排水口，其中有500个属企业所有，7400个为居民小区使用。按照工作要求，所有这些排污口均需实施截污和雨污分流，因此，任务十分艰巨……"

锦厦社区并非沙四社区正对面，而是位于更上游与宝安区松岗街道碧头社区相对的位置。

在李沛洪的办公室，只见墙上一块写字板上，标注有治理黑臭水体的工程进度，一项项用记号笔勾勾画画，仔细列明工程进展情况。办公桌上，一张摊开的工程项目图，用不同颜色标明了具体项目及任务。

"压力好大！"李沛洪说，"茅洲河东莞一侧将打造一条滨海生态长廊，锦厦社区这一河段规划设计了一座带状公园。将来，沿河一带将成为一个景观亮点。社区也很给力，腾出了8.8万平方米的土地供建设使用。"

显而易见，东莞方面确实在紧锣密鼓地推进治水工作。市、镇及社区都高度重视，层层传导责任，作出了巨大努力，这才有了茅洲河国考断面的水质达标。

但实事求是地说，同深圳方面的持续高强度、大投入、大兵团作战相比，东莞方面就显得有所滞后了。

"经过近年的截污及雨污分流，茅洲河水逐渐恢复了清澈，河边前来散步休闲的群众越来越多。"不过，李沛洪也道出了自己的心声，"就东莞方面来说，最大的制约瓶颈，还是资金问题。此外，工作协调难度也很大，几个因素叠加，导致工期延误，东莞这边的治河进度不甚理想，很是头疼……"

从李沛洪的话语中，分明透出追赶中的焦虑："眼看着茅洲河深圳这一侧一天天在变化，沿河保留的都是居民小区，低端生产性厂房都消失了——我们分明看到深圳人已经在享受治水成果了，而东莞侧茅洲河沿岸依旧是一片工地，且临河建筑多半还是工业厂房。"李沛洪感叹，"这就是差距啊！同深圳比，治水进度我们确实慢了半拍；原本起步就迟，财力投入方面同深圳相比很不相称。"

2019年临近年底，在宝安区沙井街道举行的茅洲河整治工作协调会上。时任广东省副省长张光军也对茅洲河治理"两岸不同步"的问题深表忧虑。

眼下，茅洲河深圳这一侧已经在思考并开始碧道建设，将治水成果从河里向岸上延伸，从单一"治水"向"治城"拓展。

据介绍，茅洲河与伶仃洋交接处，深圳将规划建设一座大型公园，此外，还将兴建一座茅洲河博物馆……

多年来，沉疴缠身的茅洲河成为沿岸社区发展的"负资产"。几年过去，如今情况彻底反转。

"虽然茅洲河治理、外环高速及穗莞深城际线建设，三大工程占用了沙四社区大块土地，但社区搭茅洲河治理便车，在毗邻河岸地带建成了一座社区公园，加上一系列环境整治，社区面貌得以大幅升级改善。"社区党委书记陈勇刚说，"等茅洲河根治好了，两条快速通道建成通车后，因环境而拖累发展脚步的沙四社区将会迎来新一轮发展机遇期。"

　　陈勇刚的期待一定会成为现实。我想，家住核心城区的深圳市民，周末驾车经外环线，到茅洲河河口感受自然风光，欣赏绿色风景的日子已经触手可及。

追寻深圳"一滴水"

泉水叮咚泉水叮咚

泉水叮咚响

跳下了山岗

走过了草地

来到我身旁

泉水呀泉水

你到哪里你到哪里去

唱着歌儿弹着琴弦流向远方

请你带上我的一颗心

绕过高山一起到海洋

……

这是流行于上世纪80年代的一首浪漫情歌《泉水叮咚响》的歌词。在爱情十分奢侈的纯真年代，给人留下无限美好的憧憬和向往。

其实，任何大江大河，都滥觞于"泉水叮咚"。今天，当我们面对"百分百人工化"了的茅洲河时，依然会怀念它的"纯真岁月"。它的上源也定然是一片纯美的"泉水叮咚"。

只是茅洲河的上源于上世纪50年代末、60年代初，即被半道"截走"，流入石岩湖，成为"深圳水缸"中永不干涸的"一滴水"，或许由深圳某个水龙头与你相见。

那天，随水利部专家沿东深供水沿线调研。

在洗手间，有人将一个水龙头拧开，"哗哗哗"礼让给一位专家。未料这位专家紧步上前拧小水流，面露愠色："深圳的每一滴水都来之不易哩！翻山越岭，跑了几百公里路，再人工一级级提升、倒流百公里,才进入深圳地界。"

这位专家语带歉意:"我对水流的声音特别敏感,对它知根知底——也可能是一辈子同水打交道的缘故吧⋯⋯"

写此章时,是2020年3月中旬,街头行色匆匆的人们依然口罩掩面。我在深圳的一间写字楼里,翻看前些时的采访记录,耳机里跳动着那首《泉水叮咚响》的旋律。

拧开一个水龙头,遐思如同一股清泉随之流淌——

假若化身深圳一滴水,从这里开始回溯来路,直至源头,想必这一路应是多么的惊心动魄!鳞次栉比的摩天大厦里,尽是充满智慧的脑袋,可谁有兴趣去为这个"遥远"的假设而"脑洞大开"呢?

几个月前,我与时任广东粤海水务集团董事长的徐叶琴先生做了一次深度交流。

这位守护"深港第一水缸"——深圳水库30余年的"老东深",饱含深情地说:"深港之水并非从天而降,两三千万人、数以万亿元计的GDP,基本都靠外源性引水解决,全国独一无二⋯⋯深港两地用水,倾注了上自党和国家领导人,中至省市领导,下自普通职工的心血;经过两三代人的接力奋战,才有了今天稳定而清洁的'政治之水'、'生命之水'和'经济之水'。"

"深圳境内基本没有可直接饮用的河水,但深圳的原水清澈甘甜、指标优秀。它路途遥远,并非自然流淌而来。"徐叶琴说,"可以毫不夸张地讲,深圳之水是无数人心血换来的,真可谓滴滴难舍!"

今天,我将自己幻化成"深圳一滴水",追寻"泉水叮咚"的那片桃花源。

2019年6月,中华人民共和国成立70周年及东江之水供港55周年之际,来自江西、深圳和香港三地的媒体,开展了一次"探寻东江源"的新闻联动。随后,三地媒体以"雪中送炭,东江之水千里来"为主旨做了同题报道。

随之一个叫桠髻钵的陌生地名进入深港读者视野。

饮水思源。多年来，类似的"东江探源"活动曾多次举办，基本止于粤北河源万绿湖。河源有一座华南地区最大的人工水体——新丰江水库，除发电外，还兼顾了东江水资源的重要调蓄功能。雅号：万绿湖。

江西媒体参与东江溯源，比较罕见，感觉有点"正名"的意味。的确，这种联动在一定意义上修正了许多深圳人印象中东江供水上源止于万绿湖的固有记忆——东江之源，江西赣州寻乌县桠髻钵山方为正宗。

你若是"深圳一滴水"，赣南这片高山峡谷才是你的摇篮，是开启"跳下山岗、走过草地、奔向海洋"千里跋涉的原点。

清泉碧水进入粤北河源山区后，汇河成湖，为由北而南的东江提供了源源不断的后援贮备。

东江之水以浩荡之势至惠州境内，眼见与深圳近在咫尺，却掉头折向西南而去，终在东莞境内汇入珠江干流。仿佛同深圳开了个玩笑。

上游至终点，东江之水流出河源，沿途滋润了广州、惠州、东莞的部分城区，却与深圳、香港两大饥渴都市擦肩而过，可谓天意弄人。

当然，这是东深供水工程修建之前的态势。

乖张的东江之水终究来到了深圳，纯属"叛逆倒行"之果。

"倒行逆施"，成就了举世闻名、功德无量的东深引水工程。

回顾一下"让高山低头，让河水倒流"的人间奇迹如何发生——

时间：1963年

背景：深港水荒

三面临海的香港，遭遇百年不遇旱情。350万香港同胞陷入空前困境，20多万口渴难耐的居民选择逃离家园。

香港水荒严重，一河之隔的宝安县也好不到哪去。

《深圳市水利志》忠实记录了1963年深港发生的"三件大事"——

第一件：5月30日，港英当局新闻处发表特别公告，自6月1日起，规定每4天供水一次，一次供应4小时。"各街巷公共水喉隔日供应一次"；"港英当局向广东省政府请求支持，经同意后，每天派巨轮赴珠江口装运淡水供市民饮用"。

历史照片记录了当时情形：香港街头，男女老少肩挑背扛各种器具，为一口饮用水而大排长龙。原本气候炎热，耗水量就大，再加上城市人群密集，长时间无水可用，这种恐慌和绝望，非亲历者难以想象。

第二件："6月8日，中雨。宝安居民喜出望外。这是自1962年9月起，历经9个月无雨期后才出现的第一次降雨。雨量不大，干旱仍未解除……广大干群日夜坚持在抗旱第一线。"

第三件：10月，位于茅洲河中游的洋涌河水闸动工兴建，于次年（1964年）建成。功能是防咸蓄淡。

由上可知，当年深圳的重要水利工程，都与"水喉"里的那口淡水有关。

1963年的那场大旱，为深港两市"同饮一江水"提供了机缘。

当年12月8日，为了解决港九350万同胞的用水问题，周恩来总理亲自批示，通过中央财政拨款3800万元，由广东省设计、实施东江深圳引水工程，以此解决香港缺水之困。

《深圳市水利志》记载："1964年1月21日中国外交部向英国驻华代办处通报，中国政府认为广东省研究的东江—深圳供水工程方案是可行的，能够解决对港供水问题。对于这项浩大供水工程，中国政府将承担全部工程的设计和施工费用。2月20日，东江—深圳供水灌溉工程（即东深供水工程——作者注）动工兴建"。

打开深圳地图，可见深圳中部有一条源于深圳，流经东莞、汇入东江的河流——石马河。

石马河犹如一根脐带，将深圳同东江之间紧密维系在一起。

深圳人饮水东江，可否向石马河借个道呢？设计师灵光一闪：石马河天然河道本已沟通深莞两地，只不过，它的水"流反了"而已。

设计师的天才想象就是让流淌千百年的石马河"逆向倒流"：利用由东南往西北流入东江的石马河，通过逐级人工"提水"，令东江水翻山越岭，进入雁田水库，再经人工渠道引至深圳水库，最终成为香港及深圳的稳定水源。

《深圳市水利志》记述了当时的情形：

"1964年2月20日，东深供水工程动工兴建。工程线路全长88公里，由6座拦河坝、8级抽水泵站、两座调节水库和16公里人工河道组成。1965年2月27日，广东省在东莞塘头厦隆重进行落成典礼，3月1日，东深供水正式开闸供水香港。"

数万人耗时11个月，其间经历了5次台风、暴雨、洪水的袭击。东江水经石马河逐级提高至46米，翻越分水岭进入深圳水库，再通过3.5公里的输水涵管进入香港。

香港缺水问题破解，深圳水荒也迎刃而解。

东江水进入深圳之前，可谓一路坎坷、艰难跋涉。每一滴水变身"深圳之水"，都曾在高速运转的大功率水泵下"粉身碎骨"了千回万回。

我曾多次向时任粤海水务集团党委书记、董事长徐叶琴先生请教有关"水"的问题。

"你应该先去现场走走看看，然后才能聊出东西。"徐董说。

开初，我不太明白他的意思。后来，终于顿悟。

2019年7月的一天，终于等来了机会——

水利部水利水电规划设计总院副院长刘志明和该院副总工邵剑南一行考察东深供水工程。

那天，天气燥热，动辄汗流浃背。专家们一早来到深圳水库，从这里开始对东深引水工程的考察。终点是东江引水口。

经过数十年的维护和升级，如今的深圳水库，犹如一块温婉的碧玉，躺在一片苍翠的群山之中。专家们兴致勃勃地乘坐快艇，绕深圳水库一周，领略"深港第一水缸"的烟波浩渺。

登岸后，专家们来到水库一角。这里是东江之水出库前的最后一道工序——原水生物硝化处理。该工程1998年12月建成投用，设计日处理水量400万立方米，规模为目前世界上同类工程之最。

只见长方形的水池里，伫立着成行成列的圆柱形毛刷似的东西——所谓生物硝化技术，即通过生物接触氧化工艺，使水中有机物、氨氮等在微生物作用下得以降解。经此处理，东深供水工程方告完毕。诚然，东江水在进入千家万户前，还得经过地方自来水厂再处理。

接下来的行程，是乘车分别走访东深供水的几个重要泵站。

需要说明的是，如今的东深供水工程，已不是上世纪六十年代经石马河的那条水道了。

从1965年3月至2003年6月，东深供水工程稳定运行38年。为香港，以及后来居上的深圳经济特区提供了"政治之水"、"生命之水"和"经济之水"。

东深供水工程沿线途经东莞8个乡镇，随着地方经济的迅猛发展，人口剧增，露天的石马河污染有增无减，引发各方高度关注。东江引水工程，时常被香港"狗仔队"暗访曝光，每次均引发一阵喧哗。

这项引水工程，虽数次扩容、升级，水质下降已不可逆。另辟他途，势在必行。

现今的东深供水工程，是指投资49亿元实施改道工程后，于2003年6月正式通水的68公里独立、全闭合式水道。

新的东深供水工程，全程实现清、污分流。引水口远离遭受污染的石马河口，选址更上游位置，即现今东莞桥头太园泵站处。沿途经四级提水，实现引水深圳水库。

新的引水渠道投用，标志着原先的引水通道完成历史使命，倒流了近40年的石马河，再次"掉头转向"，恢复了当年的自然流淌。

在当日走访中，在东莞桥头镇，我们看到这样一个奇观：一侧是匆匆"南下"的现东深供水河渠，另一侧则是悠然"北上"的石马河。两路水军"南征北战"，行进中擦身而过，各奔目标而去，彼此似心有灵犀。

目前，东江供水工程，由太园泵站开始引水提级，随后依次经过莲湖、旗岭、金湖共四级泵站连续提水送至深圳水库。

我们的行程从深圳水库开始，由末端向取水口方向考察。即从深圳水库开始，途中尤以金湖泵站及终点太园泵站为主要考察点。

东深供水沿途所有泵站日常均不对外开放，没有悬挂任何标识，一尊厚重的深灰色大门将泵站与外界严密隔离，未经批准不得入内，因而有些神秘色彩。

进入金湖泵站控制室，几台电脑屏幕上跳动的曲线和数据，显示着各机组正安全运行。

进得泵机房，闪烁的提示灯，告知哪台机组正在运行。虽看不见搅动水流的情形，但强有力的"抬水"功能，可从机器低沉的轰鸣声中隐约感受得到。经由前三次提升后，东江水在此由设计水位21米提高到46米高程。东江水在此完成最后一棒接力，将来水抬升约25米。此后，东江水翻过分水岭，流入深圳境内，终点是深圳水库。

金湖泵站旁一个东深供水纪念园值得一看。

纪念园建在一处小山顶上。露天实物展示东深供水工程材料、技术参数、设计原理等。最宏伟的一处设施是一座高22.8米的《生命之源》大理石雕塑——

一位充满青春活力的母亲，正面朝深圳、香港所在的方向，怀抱中的婴儿正在吮吸母亲的乳汁。而年轻母亲正以慈祥的目光注视着怀里的婴儿，又似在凝视远方，若有所思。

纪念园内设有一纪念馆。进门正中便是一尊周恩来总理的半身铜像，提示了东深供水工程与这位共和国总理之间的历史渊源。

讲解员向来访的专家们介绍东深供水的来历及变迁。

原来，自1965年3月1日正式开启供水模式之后，随后又经过了4次扩建改造，年供水能力已由初期的年供水0.68亿立方米，提升为24.23亿立方米。

据讲解，现如今深圳用水需求量已超过香港。目前，东深供水工程每年供应深圳原水10亿立方米以上，香港退居次席，为8.2立方米。

当天走访的最后一站是太园泵站。这里，正是引水东江的入水口。

站在泵站内一处高坡上，只见宽阔、浩荡的东江正缓缓移行。正值夏汛时节，水流充沛，经过长途跋涉的东江水分出一支，毫不吝啬地向深港方向奔涌而去，开启最后一段翻山越岭旅程……

得知我的写作计划后，来自国家水利部的刘志明、邵剑南两位专家以充满感慨的口吻说，真应好好写一写深圳之水，提醒广大市民千万珍惜、善待水龙头里的每一滴水。

随行一天，我终于对生活了20年的这座城市的生命之水，有了直观的认识和体悟。也对本章开头那位水利专家的"惜水""爱水"之心更为理解。

虽然东江慷慨大度，可经济、人口迅速膨胀的深圳依旧"喊渴"。

一项统计显示，若将深圳境内大小水库全部蓄满，在没有外源引水的情况下，两个月内深圳境内的大小水库将被喝成底朝天。预计2020年，深圳年缺水量将高达7.2亿立方米，缺水总量将达到需水总量的30%。

据了解，目前东江水资源开发已达到约38.3%，逼近国际公认的40%红线。

未雨绸缪。近年来深圳加快了战略储水设施建设，如在东西两翼分别兴建了两个超大型水库。与此同时，开辟新的水源已刻不容缓。

随同"深圳一滴水"走完了全程。现在，要听听"水专家"怎么说。

2019年7月17日一大早，按照预先约定，我来到位于深圳罗湖区沿河北路2022号的广东粤港供水有限公司。

今天，将同百忙中的徐叶琴先生面对面交流一番。

时任广东粤港供水有限公司董事长的徐叶琴，作为肩负两三千万人饮用水安全的责任人，其承受的责任和压力非同小可。自从1988年硕士毕业后，他工作的第一站就是东深供水公司，30多年就干一件事："供水"。

徐董事长是个直性子，这在整个粤海集团闻名。他说话从不拐弯抹角，批评人也是兜头就来。这位身材高大，目光犀利，工科出身的东深供水掌门人，其严谨、低调、务实的个人作风影响着整个团队。

徐董事长的办公室在行政楼三楼。

办公室整体环境十分简朴，与深圳无数奢华的董办相比，简直有天地之别，同年产值数十亿元的大型省属重点企业身份也很不"匹配"。

甫一落座，徐董就开门见山："我20年没接受过任何采访，被你的诚意感动，今天专门抽空同你聊一聊。"

"为何先让你去走一趟？弄清了东深供水工程的来龙去脉，对深圳之水的来由也就明白了八九分；现场感受一下，也有利于增强理解。"

说起深圳城市用水的由来，徐董事长笑答："了解深圳的水源问题，找我算是找对人了。"

我问：请介绍下深圳之水构成情况。

他答：一句话可以讲完。逾50%由我们东深供水提供；约35%由深圳东部供水供应；剩下约15%靠水库集雨。

东部供水水源工程始于1996年。由深圳市独立建设。引水口在惠州境内。100多公里人工水道，由一系列桥隧、管渠构成。引东江水入松子坑水库。

徐董事长介绍说，东部供水也是全封闭输水。2010年11月二期建成后，年供水可达7.2亿立方米。

这就是目前深圳"双水源"布局：东深、东部"二龙吸水"济深。来源都是东江。

"深圳各大水库功劳巨大，但光有'水缸'不成，水从哪来呢？"徐董事长说，"东江上游有多个拦河大坝和水库，上、中、下游多地轮番接力，才确保了包括深圳在内的多个城市用水。"

眼下，在人流密集、道路密如蛛网的珠三角，地下五六十米深处，又一条直通深圳的地下水道正悄然掘进。这就是建设中的"珠江三角洲水资源配置工程"。

新华社2019年5月6日发布一条电稿：全长113公里、总投资超过350亿元的珠江三角洲水资源配置工程正式开工。

这则从国家水利部获悉的电稿显示，珠江三角洲水资源配置工程西起西江干流的佛山顺德江段鲤鱼洲，经广州南沙区新建的高新沙水库，向东至东莞市松木山水库和深圳市罗田水库、公明水库。该项输水工程，设计多年平均供水量为17.08亿立方米。工程总工期约60个月，估算总投资354亿元。

这是继"东深供水工程""东部水源工程"之后，经国家批准，在广东省协调部署下，由佛山、广州、东莞、深圳等共同参与，由广东粤港供水有限公司"操盘"的又一重大供水项目。

这标志着，深圳从此"东西通吃"——西江水将进入深圳千家万户。

对这条深圳人知之甚少、却与这座城市密切相关的超级引水工程，徐叶琴透露了不少"内幕"——

其一，如此浩大的工程，为何选择从地下敷设管道？

把方便留给他人，把资源留给后代，把困难留给自己。以深层管道输水方式穿越珠江三角洲核心城市群，管道在平均50米（一般地铁深度仅20米）地下，可最大限度节约土地资源，对地面设施的影响可降至最低。"这一设计理念，得到国家水利部、广东省及深圳市的高度认可。"

其二，穿越珠江出海口狮子洋的跨海盾构施工，是整个项目的咽喉工程。需要连续穿越2.4公里的狮子洋和1.5公里的沙湾水道，施工难度极大，风险极高。

其三，总长113公里，多点位、多达30台盾构机地下同时施工，规模之大，在我国水利建设史上居首。"施工难度同南水北调下穿黄河5公里工程有一比，国际上也属罕见。"

2019年7月行走东深供水沿线的前一日，我曾随国家水利部专家组来到位于深圳市西北部的公明水库的施工现场，亲见盾构掘进是何种情形。

在一组巨型龙门架前，戴好安全帽，垂直电梯直抵地下60米处。随后，沿敷设了轨道的盾构巷道一侧徒步向前。虽有排风管一刻不停鼓风，但依然憋闷，且越深入越明显。步行千余米，在隆隆机器声中抵达终点。在灯光照射下，一台大型盾构机利刃切膏般一点点推进。巨型高强度弧状预制件，随之一块块固定到位，精准"拼贴"成严丝合缝的360度圆桶形，推进巷道不断向前延伸。

绞吸形成的泥浆，被导入一节节金属槽车，再经轨道运出至露天垂直井口，经由龙门吊提上地面处置。

据现场技术专家介绍，长距离输水管道施工，虽类似地铁，但对管壁的要求更高：通水后，管道内、外均要承压，输水时内压可能比外压更大。这对设计、施工及管道材料强度等均提出高难挑战……

5年后，一条横跨珠江的地下水龙将为深圳带来源源不断的西江原水。

专家告诉我，根据测算，一旦西江水大规模引入深圳，深圳原水将会有所结余，水价也有望下调。在充分保障城市供水之余，包括茅洲河在内的景观河道将可能获得来自西江的原水补充。这对缺乏天然水源的茅洲河来说，无疑是一个福音。

这些年，广东粤港供水有限公司取得了辉煌成绩。徐叶琴董事长自豪地说，东深供水工程的综合绩效在国内仅次于三峡水利工程。沿途养活两三千万人口，为深圳提供逾50%的生活饮用水水源，同时为香港供给近75%的外来水源。

深圳缺水。在徐叶琴的记忆里，上世纪80年代中期，随着特区开放强度增加、经济快步发展，用水量也猛然增大。尤其是夏天，一到晚上到了下班用水高峰期，水龙头就流不出水。"这时，老百姓就会骂街。"

"为了满足深圳的供水需求，东深供水工程只得一扩再扩，分别在上世纪70年代、80年代和90年代经过改造提升工程；而作为蓄水工程的深圳水库，也在不断的挖深拓宽。"

徐叶琴说："为了守护深圳水库这个'大水缸'，我得罪的人可是太多了，随便可举出几例。"

◎库区附近有一家早年建成、知名度颇高的国有宾馆，因设施老化准备改造升级。物业方恭恭敬敬地恳请徐董事长出具同意函。结果他出具了一份不同意函。

◎有条重要的高压输电线，计划从库区内一侧山间穿过。徐叶琴找到设计方据理力争，认为有隐患，且破坏了景区天际线，建议更改线路。施工被紧急叫停。后经过罗湖区协调，最终更改了线路。

◎规划中的一条东部快速干道，有座高架桥将从水库大坝前飞架。徐叶琴认为，这不仅威胁坝体安全，也破坏了和谐的自然景观。他坚决投下反对票。经过反复磋商，最终采纳了他的建议——改建隧道过境。

就在我们交谈之际，地下忽然传来一声闷响，整个楼体有轻微震动感。徐叶琴微微一笑："这条改道的隧道正在施工爆破……"

这些年来，与深圳水库密切相关的"非必须"项目，仅有一件，他不仅答应了，还热心推动。

几年前有人提议沿库区兴建一条健身绿道。这回，他同意了。仅提出一个要求：沿库加建一道防护网。他认为"风景如画的美景应该开放给老百姓欣赏"；同时，环库绿道建成后，可方便工作人员日常巡查。

徐叶琴坦言，曾就东江水源保护而"因言获罚"。但是，近几年，特别是十八大之后，国家将生态文明建设提升到前所未有的高度，"明显感到外来的压力小了。为维护库区环境请命的'机会'越来越少，这说明人们的生态意识在普遍增强。各级领导都在转变思维——生态因素被置于决策考量的首位，这是可喜而巨大的进步"。

第十七章

一位"治水人"的难言家事

每一个重要的历史事件，都由无数个不起眼的"小人物""小事件"构成。

茅洲河全流域治理，发生在21世纪前20年的最后5年间。

数万能工巧匠日夜奋战，上万台各类机器在日夜轰鸣……为了消除黑臭水体，深圳的每一个角落几乎都被"翻寻"了一遍。经过几年努力，深圳全域范围内，以"绣花功夫"织就地下雨、污水管网……这样大规模"治水消黑"行动，在深圳当然是史无前例，放大到全省、全国，也应"没有前例"。这是笔者采访中国电建高层及多位治水专家时，他们的一致说法。

4年"砸下"1200亿元，这样的大手笔治理城市水环境，既没有留下"英雄故事"，也无"典型事迹"，甚至连"好人好事"也罕见于媒体。

有人说，深圳城市性格就是低调、实干。这里发生的很多"大事件""大新闻"，其实，都是被域外媒体意外"发掘"出来。"新闻富矿"是传媒界对深圳的优评——这话本身颇值得玩味。

茅洲河全流域治理创下的诸多"全国第一"，也未被刻意"放大"。在偌大的深圳，这几年专攻"地下"，踏踏实实"只做不说"。

没有哪一座城市希望天天出新闻——没有"消息"，便是好消息。

然而，深圳治水工作还是出了"新闻"。

2019年4月11日，周四。

伴随本年度第一声春雷在大空轰鸣而过，一场比瓢泼还要夸张的豪雨将深圳主城区浇了个通透。时间其实很短，集中爆发也就数十分钟。

当晚，朋友开车送我回家。从下车步行至楼道大门短短20来米距离，手里还撑了把大伞，竟然半身湿透。

回到家里，看着窗玻璃上滚动的雨线，总觉得这场豪雨太短促集中了，有些让人猝不及防，预感这座城市也许今晚会发生什么。

次日一早，雨过风息。

点开手机，各类新媒体客户端，正在滚动刷屏消防人员沿河搜救落水者的图文消息及视频。

死亡人数最终定格在11人。

这就是一场大雨给深圳酿成的惨剧。

人们心中困惑：深圳这么个高度现代化的超级都市，怎么就扛不住一场暴雨呢？

根据新华社的报道：这11名被暴雨冲走的人，都是正忙于疏浚、修建"治水提质"工程的一线工人。他们的工作，是实施雨污分流工程。

意外，发生在罗湖区和福田区三个不同的工作面。

时间在当晚9点前后，约2小时内。

要知道，罗湖和福田是深圳特区最早建成的两个行政区，是公认的城市基础设施最完善、软硬件条件最好的城区。

追问这场暴雨为何"成灾"，自有权威调查得出结论。无庸讳言，这是深圳因"治水"而付出的沉重代价之一。

登临位于福田中心区的莲花山顶，可将由高楼大厦组团而成的城市CBD尽揽眼底。夜幕降临，以数十栋摩天大楼为背景、以LED冷光源勾勒出的动感影像，将南中国的这片城市夜空点缀得如梦似幻……

这一年的"五一"小长假，深圳的地标性建筑，打出了"向劳动者致敬"的巨幅电子标语。这座城市，以自己的独特方式，向劳动者表达感恩之情……

我的脑海里浮现起不久前的一幕。

那是同宝安区水务系统几位领导"巡河"的场景。

在一处河道，他们手持照明电源四处寻找——挑出工程中的"毛病"。果然，他们发现了多处问题。如将3米乘3米的雨水箱涵接入到800毫米直径的圆管上。水务部门领导将施工方项目负责人"拉"到现场，对这种错接排污管做法提出强烈批评。

在深圳媒体工作20年，我很少看到深圳的官员会这样不留情面，甚至有些失态的批评方式。

现在看来，这一切完全可以理解。

多年奋战一线的"老水务"对深圳的"水情"十分清楚，一场暴雨来袭，雨水排泄不畅，很快倒灌路面，对门店、地下车库、仓储等均会造成致命威胁。

"街头看海""街巷划船""马路游泳"这类的事情已在多座城市发生。深圳这座以"快"字著称的年轻城市，是时候重整地下管网，还老百姓以水清、岸绿、景美的良好环境。

2019年的"4·11"，是一场因"治水"而被"水害"的悲剧，希望这是最后一次。

但愿这11位普通劳动者的生命能够唤起更多人关注深圳的地下管网建设。

"来了就是深圳人"，深圳的治水丰碑上，应留下他们的名字……

围绕茅洲河的田野调查已逾一年。回过头来，我想走近茅洲河的"治水人"，了解他们的生活细节，包括他们的家庭、子女等等。

在和平时期，没有炮火硝烟，但依然需要人们像战场上那样作出牺牲。为了彻底根治黑臭水体，无数普通平凡的治水人在默默工作，在媒体形态多样、信息碎片化、大众传播内涵轻浅及娱乐化的当下，他们的"严肃故事"已很难找到合适的传播载体。作为时代的记录者，我们应有"寻找"的自觉。

一个周日的下午，深圳某间办公室内，我在等候一个人。

待所有人都离开后，我同这位茅洲河"治水人"进行了一对一深谈。

他的家事，原本不想写入本书，思考良久，觉得还是有必要整理出来。为的是提醒人们：不要忘记平凡人为经济特区所做出的巨大付出和贡献。

在此声明，本书所有人士及其言谈，均真有其人、真有其事，决不会杜撰、虚拟。写作此书，原本就是呈现茅洲河流域治理的"个体文化记忆"。既不为达官显贵树碑立传，也不为特定人士、特定部门量身定制——我更愿意以"平视"的角度，发现并叙说那些普通人的故事；以匠人的耐心，捡拾那些很快将被时代浪潮吞噬的人文碎片……

为尊重、顾及本章主人公隐私，权且称其为郝君吧。

那天，我们从办公室一直聊到饭桌上。

这里原本是一片工业区，没有什么高端餐饮业。

找了一处较偏僻的座位坐下，随便点了几个家常菜。

"喝点酒不？"

"可以的，我们边吃边聊。"

酒精是最好的催"话"剂，三杯酒下肚，郝君的话开始多起来。

手机铃响。

"是孩子打来的！"他轻轻摇了摇头，"我这个女儿是我的一块心病……"

我们的话题正是家庭、孩子。

通完电话，他轻叹一口气。

沉默了一下，再度摇了摇头，许久没有说话，眼睛却分明红了。

郝君是一位北方汉子，因单位承揽了茅洲河的某个治水项目，他拖家带口从北方城市来到深圳。

夫妻俩原本都是同一家单位的职工，1990年代大学毕业后，他就来到这家企业工作，从此没有离开过这个大家庭。

成家立业，并有了女儿后，一家三口随公司业务拓展而搬到西部某市。在那里，完成了购房、安家、落户这几件人生大事。

又几年过去，公司一声令下，他被派往国外，负责施工现场。

自从结婚生女，一家人总是聚少离多。作为一家之长，随着女儿的长大，郝君同这个家庭成员之间成了"熟悉的陌生人"。

"很无奈，也很无助——个人命运有时微不足道。"郝君说，"因为长期身在国外，偶尔回国休假探亲，出了小区的大门，返回时，竟不知归路。甚至连自家的门牌号也想不起来……见此情形，小区保安直怀疑他的身份，被盘问良久才允许进去。"

孩子到了上学的年龄，因家里无人照料，老婆只得辞去工作。

"女儿从小学到初中一年级，都是就近上学。虽有磕绊，一家人的生活还算平稳。"而郝君自己随着公司海外业务的拓展，先后被外派到中东、南亚、东南亚等地的多个国家。同很多技术骨干一样，郝君成了一群在地球各处迁转的当代中国"吉卜赛人"……

三口之家，外加父母，郝君在外打拼，家里只能由妻子一人撑持。

女儿初中一年级时，正值深圳治水项目大规模开展，因工作需要，郝君奉调回国，旋即被派往茅洲河治污现场。

一年后，由于工作出色，公司决定委派郝君扎根深圳，承诺解决户口、家属子女随迁问题。"好不容易熬到妻女团聚，人也到了中年，本想从此过上几年安稳的生活。"郝君端起酒杯，眼眶湿润，"唉，事情总是不遂人愿……"

孩子上学是第一个大问题。

众所周知，深圳是个典型的移民城市，常住人口每年数十万人递增，净流入量已多年位居全国之首。加上较为宽松的就学政策，导致深圳的中小学学位增扩速度远赶不上实际需求。初来乍到，人生地不熟，郝君经过多方奔走，女儿好不容易就近上了一所民办学校。

"刚来深圳，连续两年的大年三十，女儿都是随我在茅洲河边的简易活动板房里度过。"说到这里，郝君的眼里已满含泪花，"那会儿，茅洲河项目工期逼得很紧，公司要求大家全力以赴，以'白＋黑''五＋二'作风，风雨兼程，迅速踏上深圳节奏。各种誓师、会战、竞赛、考核，一个接一个，一轮接一轮，让人根本没有时间顾及家庭……"

深圳的地理环境和社会环境均十分优越，是无数科技英才及能工巧匠们安居乐业的理想城市。可对郝君来说，虽然一家三口从形式上是在深圳团聚了，可工作压力之大、要求之高，让他无暇旁顾，只能一心扑在工作上。

偏偏这个时候又一个大问题冒了出来。

问题还在女儿身上。

"从熟悉的环境，来到一个完全陌生的城市，应该让女儿有一个适应期。"刚开始时郝君就同妻子商量，干脆让女儿从初一重新上起。"来到新环境，女儿还挺高兴：觉得深圳这边的课外作业比原先的城市要少，学校老师也很关心自己，班上的同学都很友善。"

看到女儿同几位小伙伴在一起说说笑笑，背着书包蹦蹦跳跳的背影，郝君夫妇悬着的一颗心终于放了下来……

然而好景不长，问题便接踵而至。

有一天，女儿忽然回家说："我讨厌上学，不想到学校去了！"

"在学校被人欺负了吗？"郝君夫妇十分焦急，赶紧到学校去了解情况，老师和同学都很惊讶："没有呀，大家对她都很好啊……"

"可能还是适应不了新环境，精神压力较大。"郝君夫妇接受学校老师的建议，带女儿找心理咨询师进行辅导。

为了让宝贝女儿开心，很少参加休闲活动的他，听从心理专家的建议："要多陪伴孩子，尽量顺其自然，让孩子释放天性。"

"进入青春期，心理叛逆？"他开始观察女儿的变化，发现她喜欢看玄幻小说，对日韩动漫及游戏尤其感兴趣。

一次，在女儿的要求下，郝君破天荒放下手里的工作，随女儿参加了一次在深圳会展中心举办的"cosplay"线下活动。

"cosplay"是英文"costume play"的简写。通常是指利用服装、道具、饰物，并通过化装等手法，以真人扮演动漫故事中的个性化角色；或扮演日韩流行乐队，以及某些动漫影视中的角色。因受日韩及港澳台动漫文化的影响，在沿海经济发达地区，近些年逐渐成为都市青少年潮流文化的一种。

这类活动，同假面舞会有些相似，是少男少女们的嘉年华。对郝君这样的"中年油腻男"来说，出现在这种场合，显得十分"违和"。

"太令人震撼了！"郝君简直不敢相信自己的眼睛，"偌大的空间内，不知从哪冒出成千上万奇装异服、装扮怪异的男孩女孩……"

正是这次遭际，让郝君猛醒。

"是时代进化了，还是自己'石化'了？"他终于恍然大悟，"常年忙碌于施工现场，思维和观念已与潮流脱节——如今的青少年同自己当年的成长环境完全不同，他们心里在想些什么，喜欢什么，玩些什么，自己全然不知！"

现场有很多"cosplay"爱好者装扮成各式动漫故事中的角色：有的像青铜武士，有的像恶魔，有的像仙女，有的像外星人；有的肩扛"大刀"，有的手提"钢叉"，有的背负"宝剑"；有的长发飘飘，有的足蹬高靴，有的戴着魔鬼面具……总之，古灵精怪，应有尽有。

其实，这些少男少女是用这种方式模仿某些动漫故事里的角色造型，并通过互动交流，满足好奇心和个人趣味。

出生于上世纪70年代的郝君随女儿"混"在其中，他哪有心思去探寻这些身着奇装异服、化妆得"没有人形"的孩子们内心世界，只有一门心思：帮助宝贝女儿找到快乐！

现场音乐高亢，人声嘈杂。旋转激光灯将五颜六色的光柱打在孩子们身上，随着舞台上主持人发出的指令，现场不时爆发阵阵尖叫……

"简直是乱七八糟！"郝君夹杂在奇装异服的人丛里，既担心女儿走失，又希望她能找到玩伴。

忽然，他惊讶发现前面有一位小女孩，装扮竟同女儿一模一样："有了有了！找到了同类——让她们之间交流一下不很好吗？"

郝君扯了扯女儿衣袖，女儿也颔首允诺。

怎么上去搭讪呢？

女儿生性胆小，郝君只得趋前近距离打量眼前这位"小魔王"，其实是希望引起她的注意。偏不凑巧，那位同女儿年龄相仿的小孩此时注意力全被"吸"在舞台方向。于是，郝君便上前用手背轻轻碰了碰她的胳膊……

接下来的一幕，让他惊呆了！

还未等自己开口说话，"小魔王"竟像撞到鬼似的，似被电击了一般：嘴巴夸张大开、眼露恐惧，身体一阵哆嗦，迅疾缩向一个角落……

"怎么会这样呢！"郝君傻了一般，愣在那半晌没反应过来，"这是一群什么人啊？这不是病态吗？"

担心再出什么问题，他赶紧牵起女儿的手，快步离开了现场。

后来，有心理咨询师告诉他，有些青少年过度沉迷于玄幻故事情节，以致不可自拔……其中，不少人已染有严重的心理问题，需要做心理辅导，甚至看精神科医生。

"现代大都市里，可是什么人都有啊，这不是个大问题吗？"从此以后，郝君再也不敢让女儿参加这类活动了。

随着时间推移，女儿的情况未见好转。

"不愿见人，成天闭门在家。"女儿成天怏怏不乐，郝君夫妇愁在心里，"需要的话，心都可以掏出来给她，只要孩子健康、快乐就好。"

成天憋在家也不是个办法。一个周末，他同妻子商量后，决定开车带女儿到深圳周边去透透风……

一家三口泛舟湖面。水波荡漾，岸边花红柳绿，一家人心境随之开朗起来。

早晨出门时，还说头痛、肚子不舒服的女儿，此时显得十分开心。

郝君心情大好，许久没这么开心了。"要是能住在这里就好了——"女儿随口冒出这么一句，父亲的心却动了："看来女儿是真心喜欢这儿——都说环境能改变人，何不尝试一下呢？"

正巧，路边有房地产中介举个牌子在四处溜达、推销楼盘。

原本没有置业计划的郝君，便询问了一下价格。未承想就这么随口一问，中介立马"粘"了上来。

区位、交通、环境、规划、性价比、升值空间……一顿溢美赞词劈头盖脸倾倒而下，让人无法拒绝。

一家三口真动心了。

中介手一招，他们便登上了楼盘销售处的接送车……

随即：沙盘演示，电子屏介绍，样板间体验，茶歇小憩。

女儿，面露喜色。

妻子，满面春风。

郝君作出了人生最快的一次决定——

"买！"

"前后总共约40分钟，我们就签订了购房合同——100多平方米，近500万元。"作为一位长期与妻女聚少离多的父亲，郝君觉得亏欠家人太多太多，今见妻女有说有笑，郝君心里有说不出的高兴。虽然是一笔巨额消费，但这位技术出身的父亲觉得："只要女儿开心，妻子满意，这一切都值了。就一个宝贝女儿，只要她健康、快乐，钱又算什么呢？"

刷卡。下定金。签购房合同。

办毕手续，一家三口到附近餐馆吃了顿好饭。

望着女儿红扑扑的脸蛋，再看看妻子愁眉舒展……郝君脸上露出了久违的笑意。

他希望这是一个转机。

人人都需要有归属感，若能让情绪消沉、已休学在家的女儿从此解开心结，拥抱新的生活，今天这一趟那就太值了。

他暗自思忖："或许，自己无意中找到了打开孩子心扉的钥匙。"

坐在我面前的郝君，满是歉疚、自责、遗憾，心情复杂。

因深圳治水的机缘，他拖家带口来到这里。在这个完全陌生、充满竞争的城市打拼，除了工作压力，还有来自家庭的重担。人到中年的郝君，有太多的无奈和不甘。感谢他的信任，将自己的家事向我和盘托出——

"小学二年级之前，女儿表现一切良好。"像很多城市家庭一样，女孩子的培育都是从参加各种艺体活动开始。"在妈妈陪同下，从上幼儿园开始，女儿经常参加各种才艺表演，经常赢得夸赞。女儿的童年很快乐，自己虽常年在异国他乡工作，但心有寄托，工作上干劲十足。"

郝君现在才知道，女儿小学二年级下学期，曾发生一个状况，这让他更为自责。

班上有位顽皮的男生。

一次，该男生将杯中水故意泼到了女儿腿上。女儿也毫不示弱，用自己的水杯回泼了他。男生"哇"地哭出声，回家还向家长"告状"。翌日，男生的家长来到学校，找到女儿，对着她一顿连骂带吓，女儿吓得不知所措……

当然，这件事是来深圳后才被心理咨询师"套"出来的。

"当天，女儿回家就向妈妈倾诉，可妈妈以为这是小朋友之间的小打小闹，根本没当回事。"未曾想，孩子幼小的心灵却因此留下了阴影，埋下了隐患。

从此，女儿在学校感到被同学孤立了。

心理咨询师分析认为，在孩子幼年成长中，父亲角色的缺位，在特定条件下，可能会留下了难以弥补的遗憾……

南国深圳，鸟语花香，生机勃勃；这里，工作节奏快，竞争压力大。类似郝君这样的家庭境遇，其实并不少见。

"尝试过很多办法，每次都希望'这一步走对'。"郝君满以为，一切都可以重回正轨，生活重新开始。

然而，过了兴奋期，女儿旧态复萌。

现如今，女儿厌学、逃避、脆弱、敏感，直至足不出户。

"家已经不像个家了，可生活还是要继续。"郝君对供职的单位毫无怨言，"这么多人的大单位，不可能面面俱到，有些时只能舍小家顾大家。"

令郝君难以释怀的是，因为女儿的问题，对妻子的打击很大。"因为初来乍到，人生地不熟，家里事情又接二连三发生——毕竟是个女人，她没能扛住，被击倒了，一度住院治疗……"

所有的重压，只能由郝君一个人扛。

"远在老家的爷爷奶奶现在都不敢打电话过来，二老不希望打破这个脆弱家庭的宁静，生怕听到什么不好的消息。"郝君说这番话时，已是泪流满面……

现如今，茅洲河流域综合整治，已历时4年余。

最高峰时，有数千台大型机械在轰隆隆开动，有3万余名工人在奋力拼搏。

这是一场史无前例的治理城市污水大会战，深圳仅用4年时间，完成并逐渐修复近40年城市高速发展所累积的水体污染生态欠账。

又一个"深圳奇迹"即将诞生。

所谓"奇迹"，也就是"超常规"的意思。正是因为有了一批又一批诸如郝君这样来自四面八方的建设者，他们"超常规"付出了自己的心血和汗水，包括技术专长、研究成果、经验和智慧。当然，作为"新移民"，尤其是拖家带口的这群人，他们还要面对更多看得见、看不见的难题。郝君一家，正如一叶在陌生水域行进的小舟，不仅要战胜眼前的激流险滩，还要考虑到未来航程中可能遇到的惊涛骇浪。

　　亲爱的朋友，当有一天，你漫步在水清岸绿的茅洲河畔，领略"一江春水，两岸风华"美景，畅享惬意时光时，请记得，为了这一天的到来，曾有许多类似郝君这样的普通劳动者——他们，在默默无闻中已然付出了高昂的代价……

第十八章

茅洲河定律：河水清、两岸亲

环境伦理学家罗尔斯顿认为，生态系统是"一张网"，是"价值持有者"。他认为，自然界具有某种特殊种类的价值，包括生命支撑的价值、经济价值、消遣价值、审美价值、文化象征价值等共13种。①

时至2019年底，茅洲河综合整治基本完成第四年的目标任务。经过近一年的"消黑"整治，茅洲河水质进一步清澈，岸边的生态环境也得以稳定恢复。近期，我通过各种渠道获悉，茅洲河两岸正悄然发生某种变化——一种因地理环境变迁而带来的人际交往变化，即一种被称为"毗邻互动"的交流形式，在隔河相望的深莞两地之间升温展开。

这种变化不仅发生在街道层面，也发生在更基层的社区之间。

基于人们日常生活中朴素的认知，一旦外部生存环境发生良性改变，往往会带来世道人心潜移默化的改变。这些变化，暗合了罗尔斯顿所称的"自然价值"逻辑。换句话说，自然生态的修复，也会带来社会生态的修复。

2019年11月20日上午，当我一年内第二次来到松岗街道碧头社区走访时，发现周遭环境已经有不小的变化。

河岸边的树木更加枝繁叶茂，人行步道设施也更为完善。

更多的配套项目，如社区文体公园、社区办公楼等，正在规划建设中。

茅洲河，像大病初愈者，气色一日比一日红润，各项生理机能正一步步康复。

从地图上看，该河在碧头社区地界拐了个不大不小的弯。造成东莞的一个区域"凸"进了深圳境内，那是长安镇锦厦社区的地盘；"凹"

---

① 王正平：《环境哲学》，上海人民出版社2004年版。

进深圳的这一侧，则是松岗街道碧头社区。

茅洲河干流有4.2公里位于碧头社区，而下游深莞界河长度仅10公里多一点，也就是说占总长小一半了。从地图上看，这几公里岸线是茅洲河中下游弯曲幅度最大的一段。

总面积2.21平方公里的碧头社区，户籍人口虽仅有230户681人，辖区内常住人口却有2.5万人。这个人口倒挂比例在深圳应属稀松平常。若不是与茅洲河为邻，估计也没几个人知道"碧头"的存在。

碧头社区书记蔡植森最近出了一个大"风头"。

今天笔者前来访问，也同此有关。

在社区工作站借用的一间临时办公室里，我与蔡植森，以及两位老村民，面对面做交流。

蔡植森是一名"七零后"，两位老人则分别是73岁的蔡稳胜和68岁的蔡桂森。他们仨都是地道的"本村人"，"喝茅洲河水长大，如今每天守护着茅洲河"。

本月7日，蔡植森作为唯一的基层社区干部代表，在茅洲河治理座谈会上向中央政治局委员、广东省委书记李希做了情况汇报。

一位是最基层的社区书记，一位是省委书记，两位"书记"之间有了一次面对面亲密互动。机缘当然是茅洲河了——前者是社区河段长，后者是省级总河长。

李希到茅洲河调研并非首次，此次应该是两年内的第三次到访。

在本次座谈会上，蔡植森应邀参加，并做汇报发言。

向省里的大领导汇报情况，可是平生第一遭。

"我没啰嗦话，也没刻意准备，就是讲了几句实话。"蔡植森说，头天晚上临时接到通知，就简单拟了个几百字的小稿子。

讲了三件小事：

一是讲述自己对茅洲河的童年记忆，说到那时水清岸绿，在河里抓鱼捞虾的经历；

二是介绍了社区发动、引领群众自觉开展巡河行动，共同守护茅洲河治理成果的做法；

三是介绍了与对岸东莞长安镇锦厦社区开展"毗邻党建"的事。

"讲的三件小事，都得到省委书记的肯定。"蔡植森说，自己也弄不太明白，为何这么多省、市、区领导参加的座谈会，自己一个小小社区干部的发言会引起省委书记的共鸣。

"当讲到自己小时候，茅洲河水十分清澈，大人小孩时常到水里游泳，以及摸鱼捞虾的经历时，李希书记尤为触动。"

其实，无论你是身家亿万还是一贫如洗，也无论你身居高位还是层级卑微，对每一个普通人来说，童年记忆都是心灵深处永远无法磨灭的一方净土。

顺着童年记忆话题，蔡稳胜、蔡桂森两位老者很快沉浸到对"当年"的描述中——

"当年的茅洲河盛产海鲜，最多见的是鱼、虾和螃蟹，其他水产品也很多，人吃不完就拿去喂鸭喂牲口。"

"河水清可见底，岸边沙滩上到处是大片的天然红树林，村民种植的香蕉树等热带植物也很多。那时，茅洲河岸旁有许多池塘，距河岸远一点的地方，是连片的田地。"

"沿岸村落房子不算多，稀稀疏疏的，同如今的景象完全不同。"

"茅洲河从入海口到松岗碧头一带咸淡水交替，立秋前还是淡水，立秋后就变成了咸水。碧头村每年种植两季水稻，因为茅洲河的河水一年内很长时间属于咸水，土壤也受到影响，导致水稻收成并不高。直到1960年代，上马修建了罗田水库，通过远距离输水灌溉，才实现了水稻稳产高产。"

"最近这30多来年，眼见田地在一天天消失，直到被密密麻麻的建筑物挤占得满满当当。各类厂房、住宅比庄稼'种'得还密实。茅洲河的水量却一天天减少，水质也一天比一天差，由混变浊，再变黑、变臭。两岸连片的红树林也在1990年代逐渐消失殆尽。最后，村民再也不提这条河了，只将朝河的窗户全都封闭起来，这条河也被人慢慢忘记了……"

两位老者对渡口的记忆尤为深刻——

以前碧头社区这一侧有一个渡口，由一户村民经营一条摆渡船。

村民乘船摆渡过河一趟从开初是每个人头一毛钱，后来涨到一块钱，再到两块钱。这条摆渡船作为联系两岸的唯一交通载具，直到1992年才结束它的历史使命。原因是横跨茅洲河、连接深莞两地的跨线桥竣工通行，同其他渡口一样，摆渡船成了摆设，渡口也随之消失。

弯曲的河道，摇晃的摆渡船，喧闹的男女老少，以及鸡鸭成群，犬吠声声，炊烟袅袅……风吹稻花两岸飘香的田园生活，是四十年前茅洲河两岸村落的真实写照。现只留存在中老年人的记忆中，以及有心人的黑白照片里。

回忆总是如此美好。

深莞一河相隔，两地联系密切。人员往来、货物贸易都必经这个渡口。当年，东莞长安镇设有墟市，通常是每周二、四、六开市。除日常探亲访友、婚丧嫁娶外，每逢墟日，村人又有新的使命：家庭养殖的鸡、鸭、鹅，以及小猪仔等都会贩运到茅洲河北岸的长安墟市交易。而茅洲河岸边的深圳这一侧也有一个大型墟市，那就是位于河中上游的公明墟，该墟市位于如今光明区公明街道境内。两地墟市会错时开市，东莞及周边地区的群众也会到深圳这边交易。

深圳这边碧头村的群众摆渡过河后，还要经过一段山路，踩单车半个小时就到了长安墟，往返两地一天可以跑几个来回。

三位"本村人"还共同提及一个茅洲河里十分常见，令他们记忆深刻的水生动物——海贼。

海贼的学名叫水獭。在夏天，这种在水里灵活游走的家伙，常神出鬼没，有时还会咬人。下茅洲河游泳，最怕遇到它，冷不防被它咬上一口，立马鲜血淋漓。村里的大人总是叮嘱小孩，下河游泳千万回避海贼出没的地方。

在老村民的记忆中，直到1980年代，海贼在茅洲河下游一带还很常见。岸边的居民常常用渔网捕捉到它，重的有几十斤，长得肥嘟嘟的，肉质细嫩，成为村民舌尖上的美味。

傍晚收工，村民们途经茅洲河，随便用渔网一撒，就能兜到麻虾和各种鱼类，带回家就成为餐桌上的下饭菜。现今被视为高档海鲜的濑尿虾（虾姑）、花蟹等，因其壳厚、没什么肉，个头小点的，村民们懒得费时对付，一般只会拿去喂鸭。

复见儿时记忆，旧景重现，是人生幸事。

在经过连续4年多的治理，茅洲河的水质有了显著改善，原本乌黑发臭的河水也逐渐变清，河中水游生物也渐渐"回来"，连细脚长颈的白色鹭鸟等飞禽也开始回到这片水域觅食。看着眼前的巨大变化，两位老人不禁感叹："被遗忘的茅洲河，如今又回来了，我们这辈老村民仿佛回到了儿时的光阴里。"

为了守住胜果，碧头社区的老人们组建了一支"银河护卫队"。蔡稳胜和蔡桂森两位老人都是这支队伍的成员，他们每天都会沿河岸巡走，哪里冒出一股污水，河边会不会有人乱扔垃圾，绿道植被是否被人损坏等等，都难逃他们的"法眼"。

消除黑臭水体，恢复生态环境，归根结底是大家的事，不能仅由政府唱独角戏，而应当引导群众参与其中，这才是"长制久清"的根本保障。这一点，也正为茅洲河"省级总河长"李希书记所倡导。

随着茅洲河整治成果日益显现，隔河相望的人与人之间、社区之间、街道之间的关系也在发生微妙改变。

时间：2019年7月17日下午。

地点：深圳市宝安区松岗街道办事处会堂。

"毗邻党建合作框架协议签订暨松岗长安跨区域共建党群服务中心建设"启动仪式热闹举行。

东莞长安镇带来名声颇响的莲溪青少年交响乐团。

一支《康康舞曲》为仪式奏响序曲。

松岗街道则呈上国家级非遗项目七星醒狮，以《龙行天下》书画表演应和。

一系列签约，依次举行。松岗街道与长安镇签订毗邻党建合作框架协议。随后，还签署了多个通过党建引领两地联动发展的重点合作子协议，涉及党建、治安、法治、文体等多方面。

碧头社区与锦厦社区也登台签约。

根据合作框架协议，两地携手开展党建共抓、经济共促、法治共举、文化共建、社区共荣、水体共治、治安共护、交通共畅、人才共育、阵地共享等十大方面合作。

双方商定——

◎定期举办茅洲河流域党建和基层治理工作联席会议，共同举办产业投资推介会，共建湾区人文高地。

◎茅洲河协同综合治理，打造法治治安共同体，跨区域城际公交线路建设规划等。

◎推进干部合作交流，实施跨区域党群服务中心建设等重点项目。

一个月后，松岗街道党工委书记阮开江、办事处主任高涛一行，回访长安镇。他们参观了长安镇的vivo工业园，随后来到长安镇茅洲河指挥部，了解长安茅洲河流域水污染综合治理的工作思路、进展及成效。

街道级层面在开展毗邻党建，更基层的社区间也积极行动起来。

根据碧头社区与东莞锦厦社区签订的"毗邻党建协议"，每周四，茅洲河南北两岸就会出现这样一幕：两路人马分头沿南北河岸同步巡河，彼此招招手，互致问候。一旦河水有什么变化，立即互相提醒，各自查找原因。

这是双方商定的社区之间建立"治水共同体",相互探讨、交流的内容之一。

"在此之前,虽近在咫尺,隔河相望的两个社区之间很少接触。"蔡植森说,因为隶属不同的市,两地间的治安协调很是糟糕。经常有人在深圳碧头这边偷窃电动车后,转身就跑到对岸东莞地界销赃。因这边的警力隔河鞭长莫及,加上协调不到位,导致不法分子屡屡钻了"两不管"的空子。

"如今,两地通过毗邻党建,不仅加强了两地的治水交流,更对治安、环境提升等方面有了更好的衔接,治安状况明显改善。"

蔡植森说:"以前,碧头和锦厦两地守望相助,两岸群众通过婚丧嫁娶、探亲访友、民俗交流等走动频繁。"

只是最近这20多年,随着茅洲河被深度污染,加上临河违法搭建的小工厂、小作坊等阻挡了视野,"两岸社区之间的交流就停步了,人心也慢慢疏远……"

正是毗邻党建的开展,才给碧头、锦厦两地"第二次握手"的机缘,这份隔断20多年的情分再次接续。

"活化"一条河,其实是活化了蛰伏已久的邻里亲情。

西方环境哲学中,有一个生态中心论流派。莱昂波特是开创者之一,他提出的大地伦理学,将生态系统理解为一个共同体——整个大地是由土壤、水、植物、动物等组成的共同体。人类作为其中一员,一方面要认识到自然界的一切互相有机依赖;另一方面,要激发人们对大地共同体的热爱。其中,道德情感是大地伦理学的一个重要基础。

身处同一"生态系统"的人们,更容易从"握手"发展到"拥抱"。"对大地共同的热爱"让茅洲河两岸的人们日益走近。期待未来的某一天,中国的环境伦理研究者,能够从茅洲河的变迁中,升华出某种带有普遍意义的"茅洲河定律"来,用以诠释"河水清、两岸亲"的逻辑归因。

让更多人参与进来，一起爱护茅洲河，爱护两岸共同的美好家园。

为了治理茅洲河，碧头社区曾让出作业施工面6.3万平方米，其中拆除永久建筑2.1万平方米，拆除临时建筑1.3万平方米。在寸土寸金的深圳，做到如此牺牲实属难能可贵。

放弃的是眼前利益，得到的是"一江春水，两岸风华"，以及由此释放出的更舒适、更宜居的生活、生态空间，让"临河而居、拥水发展"美梦成真。

如今，沿河居民已开始享受生态恢复带来的鲜甜果实。

茅洲河为各类文体活动带来"题材"。碧头社区在2019年内，已经举办了畅跑茅洲河、茅洲河摄影大赛等活动；此外，社区还组织队员参加区里举办的茅洲河龙舟赛等活动，并取得良好战绩。

茅洲河整治进入尾声，随着河水日渐清澈，深圳这边的沿河绿道也变得草木葱茏起来，人们开始享受河居生活。

茅洲河下游两岸，地理位置相邻的街镇，经济社会状况相似，文化同根同源。蔡植森说："其实，早在1996年，松岗与长安两地就曾缔结'友好镇'，原本兴致勃勃你来我往，因为中间隔着一条大煞风景的茅洲河，两地往来也因此失去了兴致。"

23年后，两地互伸"橄榄枝"，决心突破区域和行政壁垒，探索"毗邻党建"发展模式，进而推动经济、文化、社会等各方面从单边发展向融合发展转变，推动两地在城市基层党建和基层治理上合作共赢，并积极融入粤港澳大湾区一体化发展。

一条河的变迁深度影响着两座城市之间的相处形式。

对于茅洲河的历史印象及其治理现状，东莞方面究竟怎样？

2019年11月20日下午，结束在茅洲河深圳侧的采访，我决定去另一侧的东莞长安镇锦厦社区了解一番。

"很近的，过桥便是。"

碧头社区工作人员很快联系好，并答应陪同我去走一趟。

驾车经由东宝河大桥（横跨茅洲河）时，工作人员指着窗外一处建筑工地说，这里正在建设的是茅洲河党群服务中心，由松岗街道斥资兴建，未来这里将设置治安"屯兵点"，并提供综合服务。建成投用后，将结束深莞连接处存在的"灰色地带"，有利强化邻近地区的治安、消防力量，维护两地公共秩序。

正说话间，车辆已驶过跨界桥。再转个弯，便停在一座大院内。

"到了，这栋就是东莞长安镇锦厦社区办公楼。"

我特意看了下时间，从茅洲河南侧的深圳碧头社区到北侧的东莞锦厦社区，约5分钟车程。

几乎是零距离。

根据安排，先是请一位熟悉情况的本地人士先介绍情况，随后再交流治水进展。

53岁的李进南，是锦厦社区原居民，现任社区环境综管办副主任。

据他介绍，锦厦社区辖区面积9平方公里，户籍人口4900多人，外来人口有11万余人。此外，原籍在此的港、澳等境外同胞有4000多人。看来，这种人口倒挂现象，以及当年"大逃港"留下的历史痕迹，在茅洲河深莞两侧基本一致。

李进南讲了两个"场景"。

一个是小时候到对岸深圳地界"偷石榴"——

"茅洲河是沿岸各村庄孩子们的天堂。"他以这句话开头。

河里水草繁盛，夏天，我们在河边放牛、游水、抓鱼、玩游戏，口渴了捧起河水就喝。

李进南的记忆中，"那时茅洲河水面宽度约70米至100米，水流平缓，岸边有一家修船厂，河里不时有船只往来。东莞这边的后生仔，游到对岸的深圳这边歇息、玩耍是家常便饭"。

小伙伴们游到对岸后，常常会翻过碧头村的堤坝。堤坝内，有个大家惦记已久的生产队果园——碧头村石榴园。

"我们泥鳅般溜来溜去，乘人不备，就翻过堤坝溜进果园偷石榴吃。一旦岸上望风的观察到有看果园的追过来，发出一声唿哨，'水鬼们'哧溜一下全都消失在茅洲河里……"

热闹的墟市，是李进南最难忘的另一个场景——

当年东莞这边的长安公社人口不多，但交通便利。每逢开市日，深圳这边的人也会乘船过来赶集。此外，邻近的大岭山公社、虎门公社也都设有墟市，三地交叉开市。路上是男女老幼、忙忙碌碌的行人。

这种带着泥土芳香的乡间贸易形式，很快被改革开放的大潮席卷而去。

上世纪80年代开始，茅洲河两岸各类染布厂、电镀厂、模具厂、水泥厂纷纷开张，来自全国各地的打工者蜂拥而至。

墟市被农贸市场和超市取代。

工厂排出的废水，以及大量的生活污水，经下水道直接排进了河里。茅洲河开始遭罪了。先是鱼虾翻白，水草也慢慢腐烂，河水颜色渐黑；牛群不见了，河边玩耍的少年儿童失去了自己的乐园。

"村民们告别了农耕生涯，忽然发现茅洲河变'宽'了——因为太脏而无人亲近。人员少了走动，两地居民之间自然也越来越生分。"

李进南用既惆怅又惋惜的语气结束自己的讲述。

锦厦社区副书记李沛洪也是本地人，目前负责辖区内的治水工作。

甫一落座，便介绍地情：茅洲河流域涉及东莞方面主要是长安、黄江两镇，尤以长安镇为主战场，13个社区中，有8个社区需截污消黑。茅洲河干流在东莞辖域由东北至西南依次流经锦厦、乌沙、新民三个社区，自新民社区流入珠江口伶仃洋。

"锦厦社区本地居民九成以上姓李，祖先来自同一个地方——甘肃陇西。"

李沛洪补充了一个"东莞仔去深圳帮打架"的趣事——

深莞两地原本交流频繁，在还未城市化之前，各村庄不同的宗族之间，为田间地头利益，或为一点鸡毛蒜皮小事，都会成为宗族械斗的导火线。倘若出嫁的女方能赴娘家搬兵出头，一可显示"背后势力"，二有利在婆家获得地位。

李沛洪讲述的就是这样一个故事。

长安镇有位女子嫁到深圳沙井街道塱岗村一陈姓人家。陈氏家族人丁较少，刚嫁过来不久，夫家就与邻村人产生了纠纷。夫家处于弱势，眼睁睁被邻村人欺负了，这令东莞媳妇憋了一肚子委屈。

搬兵。出气。

该女子星夜乘船回到东莞娘家，当着父母和几位兄长的面哭诉起来。原本受宠的妹子如此这般受气憋屈，这还了得！未来的日子还长着呢，若咽下此番恶气，今后只怕抬不起头。

周围人一撺掇，犹如火上浇油，几位兄长拍案而起。

东莞这边娘家人一合计，呼啦一下聚集起几十号人，黑压压挤满了一船。

茅洲河承载着一船杀气腾腾的"娘家将"扑向深圳方向。

见到东莞媳妇搬来了救兵，沙井塱岗夫家气势立马蹿高三丈。两路人马合成一处，前往邻村叫阵。一番大呼小叫、拍桌打凳，邻村人眼见来者不善，好汉不吃眼前亏，只得息了威风，闭门不出。

最终是"长辈佬"出面，一番"有事好商量，切莫伤了和气"，干戈化为玉帛……此后，"长安媳妇好威"的名声散播开来，令东莞妹子们着实扬眉吐气了许久，家庭地位随之水涨船高。

除了"帮忙打架"，更多是正常的民间文化交流。

李沛洪还讲了另一件趣事——

茅洲河两岸每年农历正月的"三李"龙狮表演交流，既是民俗宗亲活动，也是传统文化的交流、传承，延续多年，至今未曾中断。

每年农历初三，长安镇乌沙社区李屋村的李姓族人，以及塘厦镇林村的李姓族人，以"龙狮会"方式，交流互访，共贺新年。

等到农历初十这天，东莞"二李"村民组成的龙狮队跨过茅洲河，会同深圳这边的沙井壆岗社区李姓族人，在锣鼓喧天中，"三李"宗亲龙狮交流活动火热举行。威猛、高难、喜庆的龙狮表演，以及围坐共享热气腾腾的大盆菜，在春节拜年的欢乐氛围中，将"三李"宗亲活动推向高潮。

　　经过四年持续整治，古老的茅洲河迎来"水清岸绿、鱼翔浅底"的"新时代"。沉寂已久的"跨界"交流活动，从官方到民间已全面激活……

　　深圳与东莞之间，因一条河的治理而深度"捆绑"在一起：一荣俱荣一损俱损。

　　从"脏在对面不相识"，到"净在僻处有远亲"，茅洲河的跌宕变迁，佐证了环境伦理学家"人与环境和谐同构"的观点。通过对茅洲河的合作共治，深莞两地由"握手"到"拥抱"，并由"环境共治"升华到"命运维系"。在"大湾区时代"，这无疑是一项承前启后的伟大实践，并由此开启人们更大的想象空间。

第十九章

深圳有望告别无"市河"历史

每一个人心里都流淌着一条故乡的河。

河流的灵动和亲密感成为人生记忆的底色。

无论你身在何处，也无论你处在什么样的社会阶层，心底里故乡的河流总是那么清澈见底、生趣盎然。对于河流的记忆，成为人类故土记忆的重要部分，闪烁着人性的光辉。

2019年7月13日，这个时节在长江中下游一带是雨季，不少地方暴雨成灾。

当天是周六，我应约到罗湖区拜访一位深圳水务规划设计方面的重量级专家。乘坐的士来回时，"信手拈来"地向素不相识的司机探问起家乡河流的话题。

深圳这座移民城市，无论走在大街小巷，也无论在车上偶遇，还是餐桌邂逅，大家彼此不生分、自来熟。在这里待久了，对国内各路方言、习性也都能了解一二。

一提及家乡河流，师傅的话匣就哇哇个不停。

湖南的？

对呀。

攸县？

是的。

老家村前有条河吗？

你怎么知道？洣水，三点水加个米字。

"这几天老家出怪事，大水冲了龙王庙！"师傅怕我不信，趁等红灯时，打开手机让我看一段视频。滑稽哩，只见滔滔洪水淹没了树和村庄，一处古建筑被洪水淹得只剩下顶部一小截牌匾，上有鎏金"龙王庙"三个大字。

还有一个视频，是一对小夫妻站在被水淹及膝的厨房里炒菜、烧饭。即便面对洪涝灾害，天性乐观的湖南人依然保持了特有的笃定和达观。

返程时，我又问同样的问题。

这回是一位湖北师傅。他说，自己的家乡在汉江边上，今年还好，虽降雨但没有成灾。

随后，就一路讲述汉江情形及岸边故事……

故乡那条河，印刻在每一个人的记忆深处，伴随你浪迹天涯。

我想起一千公里之外故乡的那条小河。她是万里长江一条支流，有个好听的名字——尧渡河，据传尧帝曾在此渡水而得名。县城叫尧渡镇，是一座千年古镇。孕育尧渡河的是百公里外皖赣交界处一片崇山峻岭。小河沿着山脚，漫过浅滩、涉过深潭，绕过古镇向下游欢快而去。可惜在当年"战天斗地"时，随省里某位要员一声令下，全县男女老少卷起裤管齐上阵，硬是肩挑背扛挖出新河，蜿蜒千年的绕城河道被废弃，"S"形曲线变成了"一"字形直线。同深圳茅洲河中游洪桥头村的"截弯取直"异曲同工。

同疆域内无数河湖水泊的命运一样，老河道成了死水塘，天然造化变身人工河道，但新河的防洪压力似乎从未消退。每年雨季，地方政府压倒一切的中心工作依然是防汛。

讲了这么多，只是为了阐明故乡河流对每一个人的意义。

而河流对于一座城市的意义则需要借助研究者进行阐述。

朱闻博，现任深圳市水务规划设计院股份有限公司（简称"深圳水规院"）董事长、教授级高级工程师。作为给水排水工程学士、城市土地利用规划硕士，2005年之前的17年间，他从事设计与城市规划管理工作；2006年至今，踏入水污染及河流水环境综合治理规划设计领域。

朱院长认为，自己的专业知识与从业实践可用"跨界"一词以蔽之，投射到水环境规划设计领域的好处是，常有"非常之想"与"逆规之谋"。

他领衔的团队，从理念到实践均走在全国的前列。

早在2006年初，该团队即在全国率先提出"流域规划、综合治水、生态治河"理念，受到学界及官方的认可，这与十年后茅洲河全流域、系统性治理战略构想可谓一脉相承。

此外，他们还编制了《深圳五大流域治理规划》及《深圳市蓝线规划》两个重磅规划。特别是"蓝线规划"，已纳入深圳国土规划地籍信息系统，从而为河湖综合治理及延展，律定了宝贵空间。

当天上午，应朱闻博院长之邀，参加在罗湖区某会议中心举办的一个小型论坛。

这是外省市在深学习考察活动的一个环节。台上讲者正是朱院长，听讲者是湖南省某市城市规划建设领域的领导及相关人士。

这位深圳治水专家的演讲，结合特区30多年的治水实践，列举国内外著名城市的经典案例，深入浅出地阐释了城市水环境方面的前沿理念，纵横捭阖1个多小时。

随后，假座楼内咖啡厅，顺着演讲思路，我向他做了一次访谈。

当然，话题围绕茅洲河展开。

2016年深圳大规模启动茅洲河综合整治的前两年，正是朱闻博领衔的团队，完成了对该河中上游截污整治的设计方案，因此，他对这条河的"底数"摸得很清。

朱闻博认为，在深圳的5大河系中，茅洲河流域是唯一在市域内水系完整、支流最发达、水量及长度均居首位的河流。同时，流域开发强度大、居住人口众多——深圳每年的GDP约四分之一来自泛茅洲河流域，数百万人在此居住。当然，其被污染的程度也曾最为严重。因此，这条河流的水环境修复对深圳来说意义重大而深远。

我问：既然如此地位显赫，可否将茅洲河视为深圳的"市河"呢？

他答：若评选市河，茅洲河当仁不让。

交谈甚欢，犹未尽兴。

随后，我们转场至位于红岭路附近的水规院所在地。

朱院长领我参观一处设在楼顶平台上的一个小型雨水循环系统。在一片植物的浓荫里，水声哗哗入耳。据介绍，这套系统没有外来水源，靠的是下雨天从楼顶收集的雨洪，通过物理沉淀、植物过滤、水动力调配等，实现清水环绕、高效循环。"既调节了空气温度和湿度，还养育了花花草草。"

这个微型水循环系统，一定意义上体现了朱闻博的生态理念。

根据当天的访谈记录，经过整理并由其本人审核，形成如下要点——

◎古往今来，凡著名城市，大多有一条著名河流相生相伴。

例证可信手拈来：秦都咸阳，有渭水穿城而过；东都洛阳，有运河贯通南北；此外，巴黎有塞纳河相依，伦敦有泰晤士河相随，上海有黄浦江相伴，南京有秦淮河相偎……

苏州、扬州、成都、武汉、广州等商业都会，都在重要河流的交汇处。

四大文明古国均因河流而兴：黄河及长江——华夏文明；尼罗河——古埃及文化；幼发拉底河和底格里斯河——古巴比伦文明；恒河及印度河——古印度文明。

倘若茅洲河实现"水清岸绿，鱼翔浅底"，待滨河生态碧道打造完成，深度挖掘并绽放水文化，深圳"市河"荣景可期。

◎城市因水而兴，也因水而衰。

中外两座城池由盛转衰，是农业社会水、城关系的典型案例。

长安城，素有八水绕长安美称。自唐朝中期开始，干旱频仍，加上秦岭山脉森林资源被破坏，水土流失，导致长安城区严重缺水。自唐末以来不能立都，水是根本原因之一。

位于幼发拉底河东岸的乌鲁克城，曾经是人类历史上最早的大城市之一，城内有纵横交错的河网体系，被喻为沙漠中的威尼斯。公元前4世纪开始，因天然河流改道，致使水道干涸，这座城市遂走向历史的终点。

时至今日，因城市经济发达，生活便利，吸引了大量移民，城市化快速推进，带来人均水面率降低；高强度开发，导致河网面积减缩；加上水体污染严重，河流功能日益退化。

茅洲河由奔腾恣肆到黑臭死寂，便是一个代表。

因此，拯救茅洲河，应尊重与修复天然水系，建设水生态文明。能否依托干支流水道构建理想的水、城关系，将成为检验茅洲河流域综合整治成败得失的关键。

◎山与水搭建了城市框架；水，与城市的联系应更为亲近、密切。

世界上多数城市建设都与海港、河流和湖泊有关。

荷兰阿姆斯特丹有160多条水道，1000多座桥梁联通城市，构成独特的城市风貌。亲水廊道将区域连成一体，大幅提升了土地的经济和生态价值。

澳大利亚堪培拉市中心有一个人工湖——格里芬湖，湖岸周长35千米，将城市一分为二。水与湖，成就了旅游胜地的美名，也是商业、文教，及都市生活的理想区域。

伦敦的多克兰地区，在荒废的港湾地区，通过对现状河道的改造与亲水河岸的打造，建立野趣横生的生态公园，提升了环境价值和观光价值，同时开辟了令人向往的现代办公、商业、住宅空间。

北京的奥林匹克公园，以龙形水系为主题，水系设计旱季为城市补水，雨季为城市泄洪。不仅为城市增添了鲜活的生态元素，还为高端人居、文体活动等提供一方新天地。

有鉴于此，茅洲河作为城市河道，是深圳重要的生态单元和不可或缺的自然资源。茅洲河水系整治，肩负着重塑城市河道与市民生存的和谐共生关系，以及恢复河流自然与社会双重功能。

◎城市水系包括河、湖、库、海，是城市空间的重要组成部分，也
是评价城市生活环境舒适度的重要指标。

无论是西方的水城威尼斯，还是东方的苏州古城，以水系构成城市
廊道，水廊相融，一道通、百业兴、共繁荣。一条水廊穿越城区，形成
多元生态过渡区、绿化带、动物栖息地和视觉通廊。

——恢复河道生态、水文、环境功能，形成河流生态廊道，服务城
市生态安全。

——提升城市功能和竞争力，改善人居环境和投资环境；促进区
域、城乡、人与自然可持续发展。

朱闻博认为，深圳在40年的时空跨越中"遇见"了其他城市河流数
百年才会遇到的水问题。

深圳以40年治水之路理解水、思考水，在发现问题中解决问题，探
索出中国特色的城市治水之道。

以茅洲河为典型案例，深圳正在践行这样的治水思路：

立足水对城市可持续发展的战略保障；

确立"治水与治城"融合系统思维；

围绕水资源、水安全、水环境、水生态、水文化"五位一体"
建设；

明确了工程治水1.0、生态活水2.0和文化兴水3.0的治水升级路线；

大湾区时代，深圳正以"四湾五河"为依托，打造山水林田湖的生
命共同体，建设"河流长治、海湾共享、九水环绕、水韵鹏城"的一流
宜居宜业滨海城市。

水，对于深圳来说举足轻重。

深圳拥有"科技之城""花园之城""公园之城""森林之城"等
诸多美誉。其实，深圳在发力补齐短板的同时，早已在探索超大城市的
"水平衡"问题，借助水环境整治，不断增加城市水面积，提升水环境

容量，希望打造成城市水平衡领域的样板城市。这方面，深圳已走在全国前列。

朱闻博先生如此评价深圳治水成效：在经历了10多年的城市规划"多规合一"实践之后，面对"超大型城市可持续发展示范"的要求，深圳"水平衡"答卷已完成半数。一个个治水案例从纸上蓝图，变成市民触手可及的现实景象。如福田河经改造实现了"亲水而居"，罗湖区通过暗渠复明实现了"城市焕新"，龙岗河经生态治理带来"水润龙岗"等等。诚然，茅洲河也实现了不黑不臭，并带动一河两岸从"背水而居"，向"拥河发展"转圜。

目前，深圳已经实现从以土地载体为抓手的城市规划"多规合一"，演进到以水系引领为抓手的"水系先导"下的"多规合一"。

他将人、水系、土地三者，巧妙地打了一个比喻：水库、河流、输水管等水系，犹如城市流动的血脉；土地是城市的皮肤；而城市中的人则是毛发。血脉、皮肤不存，毛发焉附？

40年来，深圳人口和经济规模大幅增长，可深圳市的城区面积固定在不足2000平方公里，自然承载力被推向极限。以土地、道路、环境为抓手进行空间规划，日渐走入死胡同。而水系先导的空间规划，则摆脱了土地空间束缚，将城市灵性得以释放和激活。

伴随茅洲河的综合治理，主干及各级支流河道重归人们视野，伴随水质日益清澈，尤其在中下游地区，已经重塑了以沿岸绿道、人工湿地、亲水坡岸、观光长廊等为载体的立体、综合性城市生态新空间。

茅洲河，这条长期被冷落，甚至被忘却、抛弃的母亲河，正以焕然一新的面貌将疏远的城市人群拢回身边。而我们的城市，也正以一个超级拥抱，将她拥揽入怀。

第二十章

"流浪" 25年后 "深圳号" 踏上回家路

非常惊讶——简直闻所未闻!

"在深圳居住了20年,今天才知道这个城市也有皮划艇、赛艇水上运动队,还拿过亚运冠军;更意外的是,这两支队伍一直'流浪'在外,已20余年!"当我第一时间听到深圳皮划艇及赛艇队即将"落户"茅洲河时,心想,如果此刻需要写一篇独家稿件,我准备用这句话做导言。

水,能兴万物。

茅洲河沿岸即将成为一片喧腾的动感水岸。

2019年12月30日下午,我同曾亚博士通话,打探新近的"茅洲河新闻"。曾博士是深圳市河道管理中心主任,茅洲河后期管护是其正业。各种迹象表明,因茅洲河"康复"在望,其"回归舞台中央"愿望强烈。

回顾起来,不知从何时开始,茅洲河变成本地媒体报道的一个"禁地",媒体一般不会去碰与它有关的话题。似乎提及茅洲河就同黑、臭、脏、污联系在一起,是件不体面的事。

岁末年初,随着深圳市"两会"的临近,有关"深圳市全国率先消除所有黑臭水体"的消息陆续公开,治水话题在地方舆论场开始慢慢升温。

曾亚主任的微信昵称"博士曾",是一位很好打交道的人。他在电话里说:"今天上午刚陪同国家生态环境部专家到茅洲河现场检查,原本1小时结束,结果他们看得兴奋,转了一上午……"

嗯,有意思——

"下午又要来一拨人,我正在河边等候呢。"曾博士似乎想吊起我的胃口,"这帮人是广东省体育局的,来茅洲河考察赛道,要在这里开展皮划艇、赛艇等水上运动……"

在茅洲河开展皮划艇、赛艇运动？这可是个大新闻咧！

我让曾博士发个定位。高德电子地图显示，从福田中心区出发，距离44公里，需1小时20分钟。

车上北环大道，沿福龙路至龙大高速，一路畅行。

一个月不见，茅洲河南岸燕罗人工湿地所在的河堤毗连地带，已是"面目全非"。

原先是一堵高墙将一片工业厂房严严实实地"捂"在里面，仿佛要同这条墨汁般脏臭不堪的"黑龙江"划清界限。

现如今，呈现眼前的完全是另一番景象：围墙消失了，河岸、道路、厂区已连成一体。岭南大地常见的红壤被大片翻起，散发特有的乡土味。挖掘机正嗷嗷地伸出"怪手"上下左右开弓，一群戴着黄色安全帽的工人正紧张忙碌着。

我知道，眼下的施工面是广东省"万里碧道"深圳茅洲河宝安辖区6.1公里试验段的一部分。

何为碧道？即依托江、河、湖、海、水库等开放的空间堤岸，通过一系列廊道和植物绿带等，打造山水相依，城水相融，供市民休闲、健身、参与、体验的空间走廊和活动载体。

2018年，广东省开始谋划布局"万里碧道"，这是继建成环珠三角"绿道"网若干年后的又一大手笔。

所谓绿道，"是一种线形绿色开敞空间，一般是林荫小路，供行人和骑单车者进入的游憩线路，通常沿着河滨、溪谷、山脊、风景带等自然道路和人工廊道建立"。

可见，"碧道"与"绿道"都是提升生态人居环境的创意举措。未来，两者交互成网，将山、水资源"活化"为提升居民幸福指数的空间载体。

目前，沿水道两岸布局的"万里碧道"设想正逐步从蓝图走入广东人，特别是大湾区人的生活。深圳更是雄心勃勃制定了"至2025年完成1000公里碧道建设"的宏伟目标。

2019年上半年举行的一次汇报会上，我看到尚未公开的茅洲河碧道规划概念设计。茅洲河碧道建设将分批、分段实施，首期由宝安和光明区各建设一个试验段。茅洲河碧道概念设计定位为"碧一江春水，道两岸风华"，很有诗情画意。茅洲河碧道建设，将结合不同河段的地理条件、产业现状，以及历史人文风貌，设计多个风格各异的碧道段落。

在"深圳速度"之下，很多事都可能发生在"一夜之间"。这不，转眼之间，原先紧邻茅洲河岸的几间厂房已"华丽转身"成高大上的展示空间。

一栋核心建筑的一楼大厅"茅洲河展示馆"几个大字已赫然在目。

曾记得，几个月前，我曾随相关人士赴广州考察东濠涌博物馆，并物色设立茅洲河博物馆的场地，当时建设茅洲河博物馆（展示馆）还只是一个构想。

"曾主任呢？他在哪？"我问值班人员。

"陪广州客人乘游艇往上游去了。"工作人员指向河面说。

哈！啥时茅洲河上开通游艇了？

这变化也忒大了吧！

趁等候的这段时间，我信步迈入附近的燕罗人工湿地公园。眼见这里的各类水生植物生长得越发茂密了，各项亲水设施也更加人性化。呈现眼前的，是一派水声潺潺，花草摇曳，随处可见游鱼戏水的生态景观长廊。这片重点打造的茅洲河生态修复标志性水岸节点，经过几年适应性成长，已从"青涩少女"成长为"妙龄女郎"，其绰约风姿吸引远近市民慕名前来一睹为快。

湿地被誉为"地球之肾"，是重要的生态系统，具有不可替代的综合功能。紧邻水质净化厂的燕罗人工湿地公园，原本是一片弯月形河滩，这片占地面积6.45公顷的滩地，现已打造成兼具水质净化和游憩休闲

◎ 茅洲河碧道示范段：燕罗湿地公园景观

功能的公共空间。燕罗湿地公园即将挂牌为市级湿地公园。

"治水"与"治城"结合，生态恢复与人居环境营造及产业升级同步，实现一箭多雕——这，就是深圳治水的高妙之处。

站在河岸边，凭栏环顾，发现左前方横跨茅洲河的洋涌河水闸（桥）也已清水出芙蓉般出落得端庄大方。蓝天白云之下，色彩鲜艳的桥身，水波荡漾的河面……夹岸红花绿叶，将这一片水面烘托得雍容艳丽……数十年沉疴缠身的茅洲河，现已实现颠覆性改观：水体明净，鱼翔浅底，岸芷汀兰，鹭鸟翻飞。

茅洲河，这条沉睡之河，犹如盘龙蛰伏，现在，它要再次腾云击水、扶摇而起……

正在心驰神往间，一艘通体白色的游艇出现在视野里，它轻盈地划破水面，在茅洲河上激起欢快的浪花。游艇从上游而下，随后转弯、减速，平静的河面划出一道漂亮的弧形航迹。

停靠。系缆。几位女士活泼登岸，男士则很绅士地殿后。

从大伙欢快的谈笑声里，可清晰感受到游者的畅快。

"真是没想到，会有这么漂亮的河道！"

"非常棒！深圳水上运动队可以安心回家了！"

"20多年了，终于找到了理想地……"

兴奋，写在每一个人的脸上。甫一登岸，这群人就兴高采烈地评头论足。

走在前面的那位女士，是广东省体育局船艇训练中心邵亚萍主任，随行的几位都是省、市从事水上运动的专业人员。

"是吗？深圳还有个皮划艇队？"我好奇地插问。

"对呀，深圳皮划艇队还拿过亚洲冠军呢！"邵主任指着旁边那位高个男士，笑说，"喏，就在你眼前。"

想必，偌大的深圳也没几人知道本市有两支威风"水军"，更不知道他们多年寄居外市。

落座茅洲河管理中心设在河堤上的临时会议室，交流继续。

邵主任看起来年龄不足40，搞体育的人，尤显健康开朗。她向我如此介绍：

"深圳这么大的沿海城市，怎么会缺席水上运动呢？——不仅不缺席，还名气不小咧。"

经一番紧急补课，我这个体育门外汉有了一点印象——

深圳有两支水上运动队，各有30来名运动员：一支是皮划艇运动队；另一支是赛艇队。目前，两支队伍正抓紧备赛省青运会。但训练营都不在深圳，而是"委托"外市操办。

"深圳财力充裕，人才济济，为何要远离本土，委托外市？"我问。

"这个问得好——"邵主任侧过脸看向身旁的几位，旋而微微一笑，"这要问深圳自己。"

经几位专业人士解释，方恍然大悟——

◎深圳境内天然河道狭小，多为短促河涌，既不够长，也不够直，更不够宽。

◎深圳境内河流普遍底泥淤塞严重，深度不达标。

◎关键一条，水体普遍严重污染，根本不符合开展水上运动的条件。

一句话，"找不到合适场地，不得已而为之。"

原来如此！

深圳这两支水上运动队，从诞生之日起就不得不舍近求远。

据介绍，皮划艇队自1994年成立，就一直借助广东省船艇训练中心的场地进行训练；成立于1998年的赛艇队，则以委托代培形式，交由肇庆市水上运动中心进行训练、培养。

这两支水上运动队虽然都远离深圳本土训练，但都取得了骄人成绩。

陪同邵主任一行考察的那位"皮划艇亚洲冠军"，名叫郑毅，现为深圳体工大队副大队长。

"郑毅曾代表深圳市，在泰国曼谷举行的第十三届亚运会上夺得皮划艇亚洲冠军。"来自广东省体育局的几位客人，向我继续"讲课"："深圳赛艇队更是了得，队员曾摘取过亚运会、世锦赛及全运会的冠军。"

"觉得洋涌河段开展水上运动条件如何？"我问。

"绝对是个好地方！"邵亚萍主任几乎脱口而出，"不仅深圳的水上运动队可以长期进驻，今后广东省的水上运动项目也可以搬到这边来举办，还可以申办诸如皮划艇马拉松赛、铁人三项等国际赛事……"

她简要总结了洋涌河段开展水上运动的几项优越条件——

首先是赛道宽直。从洋涌河水闸向上游至白沙坑段，长约2千米，除了一个折弯外，基本都是直道，这对城区河流来说已属非常难得。"这里水质清澈，空气清新，很适合开展水上竞技运动。"

其次，茅洲河洋涌河段水深约3米，符合开展水上运动的水深要求；

更重要的是水底经过清淤，现基本平坦，满足了赛艇和皮划艇运动的又一硬要求。

其三，治理后的茅洲河水草很少，可防止船艇移动时"挂航"，满足了船艇运动的适航条件。

此外，茅洲河岸上正在规划建设的沿河碧道工程，如将水上运动元素植入其中，可以充分利用现有建筑，开辟存放赛具的库房，提供运动员室内健身空间等。沿河已建成的步行绿道，可供教练从岸上观察、指挥运动员水上操作。

作为专业人士，邵主任觉得，"深圳的气候常年温暖，对青少年开展冬训尤为有利，也非常适合外省运动员来此交流学习。"

"深圳及广东省的水上运动并不十分普及，广东省体育局的领导特别希望深圳能扛起这面大旗。"邵主任还特别强调一点："船艇运动需要身材高大、体魄健硕的选手，深圳是个移民城市，汇聚了各路人才，非常有利于选拔和培育水上运动的好苗子。将来，深圳依托茅洲河，完全有希望打造广东省乃至全国范围内新的运动品牌……"

按照几位专业人士的说法，打造茅洲河水上运动基地，除了具备上述优势之外，还需配备为运动员开展文化课学习的场所。而洋涌河段恰恰也具备了这一条件。这附近有一所九年一贯制学校——燕山学校。

天时地利人和，在茅洲河洋涌河段设立深圳市水上运动中心的所有条件齐备。这也难怪，考察后令他们如此兴奋了。

说起深圳水上运动队，郑毅别有一番滋味在心头："自1994年深圳成立皮划艇运动队，我就是其中一员，刚开始时在广州市区珠江里进行训练，后来才搬至目前位于广州市花都区的广东省水上运动训练中心场地。"

"皮划艇、赛艇这类运动，需要较大型的器材，对场地的选择性很强。为了将这两支队伍接回家，深圳体育界曾将目光投向市区的几座大型水库，可深圳的水库都是饮用水源，具有严格的生态要求，审批极其严格，只能作罢。"郑毅介绍说，广东省非常重视深圳水上运动队的建设，从皮划艇队成立的第一年开始，省领导就表态，要将深圳皮划艇运动队"扶上马，再送一程"。言下之意，是帮助暂时克服困难，终归要回到本土进一步壮大起来。

"结果是被'扶上马'后，送了一程又一程，送了25年也没能送走。"郑毅笑道，"在广东省体育系统，这句话成了一个善意的笑谈。"

今天，曾亚主任提起事情的缘由，他觉得挺"巧合"。"正在兴建的茅洲河碧道，需要有水上项目参与进来。正联系时，得知深圳市文体旅游部门也在物色水上运动场地……"

"根据初步设想，正在装修的茅洲河展示馆二楼将交由水上运动队使用，此外，包括运动员宿舍、食堂、库房等，将一并纳入考量，希望水上运动能成为茅洲河上一道靓丽的风景线。"曾亚说。

尽管还在构想中，郑毅和几位同事已经在畅想未来了："周一至周五，河道交由专业队开展训练；周六周日，开放给广大热爱水上运动的市民……"

据郑毅介绍，深圳的这两支青少年水上运动队，目前，正在为2022年广东省运动会，以及2023年第三届全国青年运动会而培养、储备优秀运动员。

可以想象，以深圳的人力和财力，随着水上世界锦标赛、桨板运动和龙舟赛等一系列大型国际赛事的开展，茅洲河畔将很快成为一个浪花飞溅、人声鼎沸、活力洋溢的水上运动乐园。

可以预期，随着水环境及滨河生态系统的完善，茅洲河的生命活力也将被激活、释放出来。从来没有在家门口近水、亲水、玩水体验的深圳人，将会充分享受"母亲河"复活所带来的快乐和幸福……

2020年1月21日上午，距离农历春节仅两天，深圳市举行茅洲河碧道示范段开园仪式。宣告2.1公里示范段建成，先行开放。燕罗湿地、茅洲河展示馆、碧道之环、亲水活力节点、洋涌河水闸、啤酒花园等景点将陆续开放市民体验。

在本次开园仪式上，负责治水工作、时任深圳市副市长黄敏，宝安区区委书记姚任，以及深圳水务系统、文体系统相关领导共同为深圳市水上运动训练中心揭牌。这标志着，在外"流浪"了25年的深圳皮划艇、赛艇运动队已正式踏上"回家"之旅。

湾区大地书写"驯水"传奇

老子曰："信言不美，美言不信；善者不辩，辩者不善。"又曰："大巧若拙……"今天的人们将这些充满思辨色彩的古人智慧，奉为名言金句，其实，它们也是"深邃的环境哲学观点"："自然和谐就是美，破坏自然和谐的行为即是恶。"

庄子有曰："天地有大美而不言，四时有明法而不议，万物有陈理而不说。"从中，我们可一窥庄子的环境哲学观点，即："需在自然中体现美"。

"天人合一"，被认为"既是中国哲学的主干，又是人生的理想和最高境界"。何为"天"？儒家认为"天"即自然界——追求人与自然的和谐统一，方为人生至境。这一逻辑可以放大至国家、民族，甚至全人类。

"中国古代虽没有环境哲学，但古代哲人以其深刻的生态智慧，追求人与自然和谐的生活理想，表述了深刻的环境哲学思想。"[①]

在物质极大丰富、社会发展日新月异的今天，人们真该放缓脚步，从古人智慧中汲取能量，并接受他们的忠告……

公元2019年，对于深圳这座城市，甚至整个珠三角城市群来说，都是一个注定要载入史册的年份。

这一年，被喻为"湾区元年"。

发轫于20年前的"大湾区"概念正式落地。标志性的事件是2月18日，中共中央、国务院印发《粤港澳大湾区发展规划纲要》。理论界和

---

① 余谋昌：《环境哲学：生态文明的理论基础》，中国环境科学出版社2010年版，第54—56页。

产经界瞬间沸腾，来自各层面的各种谋划布局随之紧锣密鼓推开……

深圳人刚刚迎来了大湾区时代，很快又传来更令人惊喜的好消息：2019年8月9日，《中共中央、国务院关于支持深圳建设中国特色社会主义先行示范区的意见》正式颁布。

原本热闹不已的舆论场再次沸腾。

2019年，对深圳来说，准确说法应是"双区元年"。

无论"大湾区"，还是"先行示范区"，国家对深圳的要求和期待中，生态文明建设都是首当其冲、必须跨越的第一道"高门槛"。先行示范区建设更是明确到"年"："到2025年，深圳生态环境质量达到国际先进水平，建成现代化国际化创新型城市。"

满打满算，给深圳的时间仅有6年。从治理黑臭水体的实践看，6年间水环境质量要达到国际先进水平，这对40年经济突飞猛进，环境同时"欠账"几十年的深圳来说，面临的挑战将史无前例。

"国际先进水平"究竟是个啥模样？尚无明确标准及范式，但在民间话语体系里，已有人在揣度：起码要同泰晤士河、塞纳河、莱茵河等量齐观吧？

◎ 茅洲河碧道示范段：河心岛成为鸟的天堂

深圳市主要领导十分冷静，曾在多个场合表达对生态环境恢复能否如愿的担忧，认为："这绝不是敲锣打鼓、喊喊口号，轻轻松松就能做到的事。"

盛名之下，千斤重担正等待着年轻的深圳躬身挑起。

2019年，原本有一个水污染治理检查验收的"国考"（前章已提及）。深圳全市及治水主战场宝安区，从上到下也都围绕这一指挥棒在"转"。深圳各区提前上报整治的黑臭水体，要悉数通过考评。早在年初，省、市、区、街道，从上到下，已层层立下"军令状"。

一轮轮"阶段考"、一次次"模拟考"之后，国考时间一推再推，直到2019年10月下旬，一个消息才坐实：年内"国考"取消！这让人想起高考——学校总是打提前量，将任务前移，搞倒计时等等，为的是让考生不要临时抱佛脚，而要未雨绸缪。

时过境迁，回头一想，越发像这么回事。

没有人会刻意分析为何"国考"取消。不过，随后的情况表明，深圳这个优等生，达到了"免试"标准。

其实，根据国家统一制定的"水十条"要求，2020年才是全面完成污染水体消除黑臭的"大考"之年。广东及深圳均自我加压，将黑臭水体治理达标时间适当前移。深圳狠狠心，竟将达标时间前拨了整整一年！让诸多治水专家直呼"这不可能，简直天方夜谭"。

这一目标前移，工期、工作量及质量保障体系等都得前移，某些方面甚至要翻倍加量。但是，对于全省及深圳的水环境来说，提前一年获得喘息、恢复、提质的机会，这笔"生态账"应该是大赚。

时至2019年底，好消息不断传来。

首先是中央政治局委员、广东省委书记、省级总河长李希又一次来到茅洲河污染整治现场。

据2019年11月9日《南方日报》报道，11月7日，李希到深圳市宝安区，深入茅洲河流域，就认真学习贯彻习近平生态文明思想、打好打赢污染防治攻坚战、推动党的十九届四中全会精神落地落实进行调研。

"李希深入茅洲河污染治理现场，察看沙井排涝泵站运行、断面水质监测、环保设施设置等情况，并主持召开座谈会，听取省、市、区及街道、社区各级河长和相关单位、基层工作人员工作汇报，详细了解茅洲河干支流及两岸综合治理、碧道建设整体规划情况。他充分肯定茅洲河流域综合治理工作取得的新进展，要求深圳、东莞两市及省有关部门继续加大工作力度，全力完成茅洲河治理目标任务。"

显然，李希既是"督战"，同时也给茅洲河治理阶段性成效"打了高分"。这似乎也为另一个好消息做了"预热"——

11月11日晚，中央电视台综合频道首播系列纪录片《美丽中国》。第一集《清水绿岸》，用7分多钟的时长，讲述深圳市在茅洲河治理方面取得的成效，认为业已创下中国水环境治理的"深圳速度"。

该纪录片采用了2019年11月5日的监测结果，作为茅洲河治理的"年终成绩单"：

◎茅洲河下游共和村"国考断面"氨氮、总磷同比分别下降40.9%和42.6%，提前两个月达地表水V类标准。

◎中游燕川断面氨氮、总磷同比分别下降62.5%和54.3%，达到地表水V类标准。

◎上游楼村、李松蓢断面水质优于地表水V类标准。

这标志着，经过四年的全流域、系统化综合治理，茅洲河这一广东省、深圳市水污染治理"头号工程"，提前一年达到国家考核标准。

2020年1月7日，深圳市政府召开水污染治理成效新闻发布会，正式宣布："深圳水环境实现历史性转折，全域消灭黑臭水体，以茅洲河、深圳河为代表的五大河流考核断面水质，全部达到或优于地表水V类标准，全市159个黑臭水体、1467个小微黑臭水体全部不黑不臭。"

紧接着，在1月8日召开的深圳市六届人大八次会议上，市长陈如桂所作《政府工作报告》中再度确认："深圳成为全国首个全域消除黑臭水体的城市。"

进入不惑之年的深圳经济特区，以严谨的数据、理性的表达，令人信服地向世人昭示：奇迹已经发生，"不可能"已成为眼前现实。

水体污染，一度被喻为"严重制约深圳经济、民生发展的最大生态短板"。通过"举全市之力"，"一切工程为治水工程让路"等非常之举，经过4年持续大投入、高强度治理，深圳初步实现"从背水而居，到拥河发展"的根本转折。

近两年，几乎所有法定大、小长假里，笔者都曾随深圳市及宝安区的"治水人"去"巡河"；又经过较长时间的田野调查和沿河走访——我试图读懂这条河流。

阅读茅洲河——

我分明看到，流域治理、生态修复，不仅是一场人、财、物的大比拼，更是一场理念、决策、科技的大会战。从宏观部署，到关键决断；从统筹协调，到临场指挥；从项目实施，到细节把控……检验的是中央、省、市生态文明建设"一盘棋"，是否布局合理、调度有方，并游刃有余；干支流各区段、各节点、各时段能否稳步统筹推进，检验的是基层党政团队的动员力、执行力、战斗力。

阅读茅洲河——

上游至下游，包括石岩河、大陂河、洋涌河、东宝河各河段，数百公里总长的干支流两岸，以及400平方公里流域的国土上，洒下了无数"治水人"的汗水，也留下了无数"治水人"的足印——从国家部委、广东省、深莞两市领导，到沿河及流域内各区、街道（镇）、社区干部，以及EPC总承包企业，参与各阶段治水的几大央企，各层级广大干群等等。

无论是茅洲河水环境提质增效，还是河岸生态修复、碧道示范段打造，其根本目的，是还市民以"水清岸绿、鱼翔浅底、鸥鹭齐飞"的良好环境，提升市民幸福感、获得感。

"治水"成果，普通老百姓是否真的"受用"呢？

需要诚实回答。

其实，早在"官方结论"作出之前，我曾以"民间人士"身份，到茅洲河"脏得出名"的若干点位探访过。"不虚美、不隐恶"，扼要文字以记之——

时间：2019年年中。

地点：岗头水闸、益华电子城。

岗头水闸位于新桥河、上寮河、万丰河"三河"交汇处；益华电子市场则位于河、闸交接处。"三河"汇，这一带曾是茅洲河下游支流黑臭水体的一个"代表"，也是最受群众诟病的一个水环境"污点"。这里，正是2013年2月传播甚广的一次网络舆情——深圳市民"重金悬赏"，"邀环保局长下河游泳"事件的发生地（见本书第三章）。

"未治理前，水动力不足，岗头水闸一带囤积了大量污泥，一到下雨天气，底泥上翻，臭味加倍……你看，底泥被清理，水质变清，已基本实现不黑不臭。"新桥街道沙企社区干部潘奕斌陪同我前来走访，他抬手指向远处，"那边还建了座三江公园，供市民休闲活动。"

透过花草树木的缝隙，我看到公园凉亭里有人在小憩，遂走了过去。

"请问，您住在附近吗？"我问。

"是呀，我在餐馆工作，上夜班。"这位来自四川的年轻人是一家餐馆的大厨。他说，上班前来这里透透气，"上班前，看看公园的绿草和鲜花，呼吸一下新鲜空气，感觉畅快很多……"

潘奕斌说，三江公园竣工时间是2020年，到时，环境会更好。

"我们盼了10年了，终于盼来了今天！"说这话的，是益华电子城管理处的部长林东，"益华（电子城）紧邻岗头水闸，治水情况如何，益华人最有发言权。"

益华电子城占地4万平方米，现有商户3000多户。

身材瘦高的林东说："益华（电子城）开张12年，我在这里干了10年。"

"三年前，这一带的河水像墨汁，比臭鸡蛋还难闻。特别是下雨天，飘散到空气里的那味道难以形容。"林东皱着眉头，做了个夸张的表情，"除了恶臭，周边蚊子也是成群成堆。"

"如今水质同以前比真是天地之别……益华是受益者，我们心存感激。"

林东将我领到市场后面，指着河边一块空地说："为了配合治水，益华主动拆除了一间早年搭盖的员工食堂，彻底杜绝了生活污水排放入河。"

"河边那一排，是电子城配套公寓楼，住进的人多年不敢开后窗……为稳住商户，益华10年没敢调租金。"林东指着那排墙面艳丽的公寓楼说，"外围水变清、岸变绿了，益华董事会觉得电子城外观陈旧，已与周围环境很不协调，经股东商议，出资对临河建筑立面进行了刷新升级……"

电子城方面倒是满心欢喜，商户们感受如何呢？

我决定独自走进几家店铺，捞"干货"。

◎电子城商户、江西吉安人肖浩：

"我在这经营电子产品6年，家也在附近，天天路过河边。以前根本不敢邀请客户到店里来参观，担心周边环境太差，把客户吓跑了。现在河水可以流动，不见了漂浮物，没了臭味……以前，河水死了似的，没有人敢在边上走。现在，我经常喊客户过来走走看看，生意确实好很多……河岸早晚到处都是散步的人，我自己也时常去溜达一下。"

◎电子城商户、潮汕人罗秀明：

"我在这开店9年，同亲戚合伙做五金配件。当初准备租住电子城的公寓楼——房子都看好了，后经人提醒，打开后窗……我的妈呀，一阵臭味灌得头晕……赶紧打消主意。眼下，正准备搬来居住……"

◎电子城商户、"90后"丘浩斌：

"你看，我这商铺位置离河很近，后窗几乎正对着河，租金倒是便宜些……原来那哪是河啊，上面还漂浮着五颜六色的垃圾……政府治水动作很快，如果让我给治水工作打分，我会给100分。"

◎电子城商户、梅州人李丽青：

"我们是专门经销空压机的——你来问治水？哎呀，感受太深了……目前的治水成果，虽然还有待继续改善，但我已经很满足了；河边公园也建设得挺好，傍晚都会带孩子去那边散散步……政府办这样的实事，办到了老百姓心坎上，若评分，我给满分。"

……

再去看看河边居民感受如何。

下一站：万丰河上游万丰湖湿地公园。

这里曾经是一片死寂的水面。周边多是老旧城中村，水环境极差，是茅洲河支流上的另一个极顽固的网上"槽点"。

我们将车停放在公园外围指定处，方获准步行入园。

站在湖边，放眼四望，呈现在眼前的是：

水岸青青，花香阵阵；

微风徐来，水漾涟漪……

这里的绿化及水质，更胜岗头水闸一带。

我分别同几位附近居民闲聊。其中有三位，来自万丰水库花园住宅区，另几位未透露居住小区。他们都家住周边。

"原来的万丰水库就是一大片烂泥塘，一到下雨天，即便住在20层楼，也会闻到阵阵腥臭味。因外围环境太差，这一片区成了无人问津的房价洼地，有钱人早跑了……"几位乐呵呵向我介绍。

在房价高企、寸土寸金的深圳，"恶臭房"变身"湖景居"，物业大幅升值，居民们的心境不啻喜从天降。高兴全都写在脸上，对政府大力治水的评价与谢意，无需问，无需答。

居民的心情之美，东北人张叔的话可做代表："当初是'捡便

◎ 茅洲河碧道示范段：生态梯田

宜'，买了这儿的房子，指望升值呢，结果在这埋汰六七年了，周边房价蹭蹭涨，就这原地踏步……你问现在啥心情？还用说嘛，吃了蜜似的……"

有视频记录为证：包括益华电子城管理方、经营户，以及普通居民，对目前的治水成效，清一色用的是"很满意"三字置评。深圳人"苦水久矣"！因为"苦大仇深"，所以感受强烈。做梦娶媳妇——成了！包括那些伴随互联网长大的"80后""90后"，他们也都毫不吝啬自己的溢美之词。

对比2013年"网友重金悬赏，邀请宝安环保局长下河游泳"的视频资料，我发现，从"天怨人怒"到"众皆点赞"，这种民意的"反转"真是太决绝了。诚然，他们都是受益者，这种随机走访，很可能以偏概全。但有一点可以肯定：生态修复、环境升级，不正是要让老百姓受益吗？政府花这个钱——倍儿值。

代价巨大，成效惊人——这便是我这位局外人的观察与判断。

时光如水，年岁翻篇。

深圳迎来治水又一年。

2020年4月16日，新华社就深圳治水成效，发出新闻通稿。这篇题为《为有源头清水来——深圳"驯水记"》（以下简称"驯水记"）的通讯电稿，总结了近年来深圳治水所取得的重大突破性成果。

"通过4年努力，深圳已在全国率先实现全市域消除黑臭水体，被国务院评为重点流域水环境质量改善明显的5个城市之一，并成为全国黑臭水体治理示范城市。"新华社记者以2019年深圳"消黑"成果为开篇，认为，"从污水横流到水清岸绿，从'头痛医头、脚痛医脚'到全流域治理，深圳在建设中国特色社会主义先行示范区的新征程上探路'先行'，走出一条超大型城市水污染防治的绿色发展之路。"

国家通讯社以这样的表述，为以茅洲河流域整治为代表的深圳4年治水成效"定位"，让广大"治水人"颇感欣慰。

这篇"驯水记"，以权威数据，呈现了一场波澜壮阔的特区治水画卷，迅速抢占各大媒体头条——

◎作为深圳最大河流，茅洲河已连续5个月实现国考断面水质达标，沿岸居民重拾戏水摸鱼的美丽乡愁。

◎4年来，深圳全市累计投入1200亿元，统筹推进茅洲河等为代表的重污染河流治理，并以此为牵引带动周边环境整体提升。

◎深圳全市有1057名市、区、街道、社区四级河长和647名湖长，累计巡河7.3万人次，整改问题1.2万余个。

◎深圳全市已处置一级水源保护区违建1069栋，拆除黑臭水体沿河违建134万平方米。

◎新增污水管网6275公里，完成小区、城中村正本清源改造13536个。

◎建设生态补水工程138个、人工湿地24个。

◎2019年10月底以来，深圳159个黑臭水体已连续实现不黑不臭，其中101个达到国家地表水Ⅴ类，全市1467个小微黑臭水体全部完成整治，水环境质量实现根本性改善。

◎2019年，深圳GDP突破2.6万亿元，新增国家高新技术企业2700
家，万元GDP水耗由2010年的19.95立方米下降到7.93立方米，处
于全国领先水平。

◎环境提升带来获得感的同时，也让不少市民加入护水治水行列。
如今，深圳有702名志愿者河长和12万名"河小二"志愿护河队
伍，成立了全国第一家志愿者河长学院。

......

茅洲河流域通过环境整治释放出15平方公里土地，拓展了重大
产业项目、重要基础设施的布局空间。茅洲河两岸已从昔日的"散乱
污"、劳动密集型企业云集，到如今天安数码城、长江股份等一批高新
技术产业和上市企业入驻，茅洲河流域正成为当地产业转型发展的"新
引擎"。

茅洲河下游的宝安区，已启动引进创新产业、环保产业，力争打造
体现生产、生活、生态"三生"融合的昭示性项目。

随着茅洲河水质的持续改善，深圳人已经将视野拓向更深、更广的

◎ 茅洲河碧道示范段：湿地公园景观

◎ 茅洲河碧道示范段：啤酒花园

领域。其中，碧道建设将成为最大亮点。

　　茅洲河碧道试点段（宝安段）共6.1公里长，其中2.1公里的示范段已于2020年初开园：燕罗湿地、亲水活力节点、洋涌河水闸、啤酒花园等景点在"五一"小长假里，已成为网红打卡地。

　　眼下，剩余4公里碧道，包括碧道之环、燕罗人行天桥、燕罗体育文化公园，以及深圳市水上运动训练中心皮划艇艇库等，将于2020年8月深圳经济特区成立40周年纪念日之前建成。同时，该河段的一河两岸城市风貌及产业升级工作已同步启动。茅洲河有望打造成"湾区东岸绿脉、深圳西部门户"，以"美丽碧道画卷"向深圳经济特区40周年献礼……

　　未有穷期，深圳治水道阻且长。

　　2020年4月17日，深圳"决战决胜污染防治攻坚战"新闻发布会举行。

　　"2020年是深圳高质量全面建成小康社会的收官之年，也是污染防治攻坚战决战决胜之年。深圳提出了更高的目标：包括茅洲河在内的五大干流水质稳定达标，159个水体、1467个小微水体稳定消除黑臭。"

　　深圳市政府向外界宣布——

2020年，深圳将打好"水污染治理成效巩固管理提升年"战役，推动治水从"旱季达标"向"全天候达标"、从"治污"向"提质"转变。年内，将全面接管小区、城中村内部排水设施，打通水污染治理的"最后100米"。

接下来，深圳将以"碧一江春水，道两岸风华"为愿景，按照"治水治产治城相融合、生产生活生态相协调"的建设理念，努力打造集安全的行洪通道、健康的生态廊道、秀美的休闲漫道、独特的文化驿道、绿色的产业链道"五道合一"的千里碧道，营造碧水蓝天深圳新名片。

◎2022年，深圳将完成600公里碧道建设，全市碧道网络基本成形；

◎2025年，在全省率先高质量建成1000公里碧道。

深圳已经瞄准新的目标，并擘画了未来蓝图。

40年的历史欠账，仅用4年基本偿还。相比世界上那些著名河流，动辄数十年、上百年，甚至数百年的治理历程，不能不说，这是人类治理水体污染史上的一个奇迹。

深圳不会歇息，只会奋力前行。

奇迹，在延伸；神话，在续写。

四十不惑。在湾区大地，深圳，定会给全国人民带来更多的惊喜……

写作这本书临近尾声，一个超级病毒，飞速侵掠全国、全球。

14亿国人在惊惧和疑虑中度过了庚子年春节以及随后的数十个日日夜夜。

在天下承平已久，高科技能让人类登天遁地的21世纪二十年代萌初，人类这个无所不能的超级灵长类，出人意料地被一个"神秘莫测"的新冠病毒几乎击倒在地。

此番人人需佩戴口罩、需测量体温、需申告行踪的"病态风景"，不可思议却真真切切地在这个星球上呈现。

仿佛一夜之间，世间的一切发生改变。山川草木易色，连每日呼吸的空气也令人生疑。世界瞬间充满了不确定性，人与人之间需鉴识与隔离……

瘟疫降，国难临。"生化危机"现实版来了，整个国家被按下"暂停键"……时至六月入夏，国内疫情渐息，境外依然肆虐。新冠病毒令地球慌乱、人类气喘。

过完春节，从老家回到深圳，同所有人一样，需自我隔离14天。宅在家、勿走动，成随后一段时间的主题。正好，给我一个静心梳理书稿、整理纷乱思维的机宜。又经过数月"口罩生存"，社会渐趋息定，此段时间，得以端坐案前，凝神聚力，夙夜不懈，完成全部书稿。

这些时，邻国日本捐赠物上的一句"山川异域，风月同天"竟掀起一阵波澜。这本是来自中国一千多年前一段掌故，疫情之下，竟成为文化人舌尖上的"美味"。这句充满哲思的偈语，正是"同顶一片蓝天"的诗意诠释。不妨视其为从空间维度阐释人与人、人与自然间相依相偎的良善关系。

逝者如斯夫！我又惦记起茅洲河。一千年前在那河边濯衣、嬉戏的古人，与今天垂钓、观鸟的人们，若从时间维度观照，不也"风月同天"么？人类是同一棵树上的叶子，只不过经历着不同的春夏秋冬。

闲暇是哲学之母。那些天，"憋"在家里的十多亿国人，有更多的时间当哲学家。

有人翻出17年前非典时期的老照片，发现类若翻版。漫长的历史长河中，17年本就是眨眼之间，这期间发生的万千故事，对人类历史来说，可谓九牛一毛。但，这绝不是我们健忘的理由。

20年前，在茅洲河边亲耳听闻：我们是在一张白纸上描绘蓝图，绝不重复西方国家"先污后治"的老路。20年后的今天，发现恰恰重复了那条老路。我们无奈而尴尬地落入了同一条路上的同一个陷阱。

尼采说，人最终喜爱的是自己的欲望。这就思之极恐，因为欲望无止境。

我们以积淀数千年的东方智慧，竟无法"扳直"那根来自西方的"环境库兹涅茨曲线"。所幸，我们没有在经济高速路上，坐等所谓"环境临界点"的"必然到来"。

很多改变已不可逆，包括我们眼前的这条茅洲河。一位环保专家告诉我，对环境的最好保护就是不去触碰，但实际绝无可能。如今的茅洲河即便实现水清岸绿，可也不再是40年前家乡门前的那条河了——

水，尚不可掬而饮之；

岸，手造痕迹显眼；

鱼，只是证明河的生机……

即便如此，我们已经很知足了。毕竟，两千万普通老百姓能够在河边行走，畅快呼吸清新空气，看看鹭鸟掠水的身影。还可泛舟河上，欣赏龙舟竞渡……

我们还需要一点耐心，静心等候。

总之，茅洲河的复活，已是人间神奇。这座城市以一条河的起死回生，书写了一个经典和传奇。总有一天，当后人议论我们这一代人时，会以谅解而非责怪的心态，翻过这略显厚重的一页。

走笔至此，世界各地疫情依然蔓延，感染者已逾数百万。我相信在人类的合力之下，疫情一定能被遏制住。但由此引发的思考，必将持续很久很久。我希望，从此之后，决策者能对山川草木、对河网田园都加以重新审视。面对大自然的天风海山，应给予最大的尊重。对大自然的恩赐，理当保持谦敬之姿。

网友有言："我们是时候弯下腰捡起我们丢下的布满灰尘的信仰，我们要管住自己的贪婪，我们要敬畏大自然。我们已经受到了应有的惩罚。"

我想引用《水下巴黎》一书的结尾收束全书："人们不可能知道大自然什么时候会突如其来地向人类挑战，更不可能知道什么时候依靠自己的邻居就可以在灾难中幸存下来。"

无论怎么说，我们应当善待身边的每一座自然天成的山峦、每一条随地赋形的河流、每一方树影环绕的湖面、每一段曲折灵动的海岸……

我们祈望大自然的宽恕。

2020年6月18日改定

建 议 配 合 二 维 码 一 起 使 用 本 书

提高阅读效率

与书友互动交流

扫码后，您可以
获得以下线上服务：

☑ 倾听书友观点 ☑ 发表我的观点